Liebe Jana,
schön, dass du dabei bist.
Gute Unterhaltung wünscht dir
Boris

Wenn der Tod uns nicht mehr scheidet

Boris Steidle

Wenn dein letztes Stündlein schlägt, dann darfst des Lebens nicht überdrüssig sein. Nein, es möge dich gesättigt haben.
(William Ambrose Muffin, 1786)

Wie hat dir der Schmöker gefallen? Schreib mir unter:
boris.steidle@hotmail.de

<Boris Steidle>
Land ohne Geheimnisse
Erstausgabe 2025
ISBN: 9798287595500

Druck:
CreateSpace, ein Unternehmen von Amazon.com

Das Cover wurde von Christiane Schreiber
(www.drachenfels-illustration.de) gestaltet.
Text von Boris Steidle

Rechtlicher Hinweis:

Alle weltbewegenden historischen Ereignisse in diesem Buch sind völlig frei erfunden. Etwaige Ähnlichkeiten mit tatsächlichen Ereignissen und lebenden Personen wären rein zufällig und natürlich komplett unbeabsichtigt.

Hinweis zum Format:

Mir ist klar, dass der aktuelle Satz sogenannte »Hurenkinder und Schusterjungen« enthält. Kindle direct publishing macht es einem da nicht einfach. Ein manueller Wechsel führt dazu, dass aufeinanderfolgende Seiten nicht mehr die gleiche Größe haben. Das schaut dann nicht sehr professionell aus. Das Einzige, was mir einfiel, waren Füllsätze oder Streichungen, sodass keine alleinstehenden Zeilen mehr zustande kommen. Ist doch aber auch irgendwie gekünstelt?

Inhaltsverzeichnis:

Kapitel 1:	Nächtlicher Einsatz	8
Kapitel 2:	Ein gefährliches Geheimnis	24
Kapitel 3:	Ein alter weißer Mann	28
Kapitel 4:	Begegnung der seltsamen Art	46
Kapitel 5:	Ende einer wilden Ehe	76
Kapitel 6:	Mitarbeitergespräch	86
Kapitel 7:	Der Weg nach draußen	96
Kapitel 8:	Er kann es nicht lassen	108
Kapitel 9:	Wie soll das verdammt nochmal gehen?	124
Kapitel 10:	Countdown zum Tag X	138
Kapitel 11:	Im Untergrund	180
Kapitel 12:	Gamechanger?	194
Kapitel 13:	D-Day	206
Kapitel 14:	Neue Fronten	226
Kapitel 15:	Friedenskonferenz	248
Kapitel 16:	Leben und Tod	258
Dank		

Die Protagonisten

Achmed: Stirbt einen sinnlosen Tod
Amira: Ottos verschwiegene Haushaltshilfe
Ali Gator: Mitglied des Sonderkommandos
Bart Stobbel: Der nicht mehr alleinerziehende Vater von Waana
Carmen Bert: Frau Doktor ist eher ruppig.
Granit Schotter: Subversives Element aus der *grünen Zone*, aber mit Herz
Ila Biller: Lernt schnell mit Waffen umzugehen
Iris Tee: Nimmt Sams Platz ein
Jana Klar: Vertreterin der Privilegierten in der Friedenskonferenz und erfolgreiche Geschäftsfrau mit dubiosen Methoden
Lotti Prolifke: Kanalreinigerin, die zu ihrem Job steht
Manna Sarin: Nerdfrau an der Grenze der Legalität. Wahrlich keine Freundin von Otto, aber sie brauchen sich.
Omar Kling: Wäre gern ein Held, taugt aber nicht dazu.
Otto Doble: Halb Mensch, halb Maschine. Aber mit Gefühlen
Peer See: Dorfältester mit überraschendem Verhandlungsgeschick
Sam Sung: Opfert sich für die Sache
Sven: Rettet Waana das Leben
Waana: Kämpferin aus den Slums
Harry Balle: Versteht was von Menschenführung

Kapitel 1: Nächtlicher Einsatz

31.05.2065

Der innere Alarm weckte mich. Normalerweise holt er mich per WLAN zart aus dem Schlaf, jetzt pushte er mich mit aller Gewalt hoch. Der neben meiner Niere platzierte Biochip aktivierte das Nebennierenmark, das die maximal zulässige Menge des Hormons so freisetzte. Ein Adrenalinstoß wie ein Vorschlaghammer. In kürzester Zeit kam ich von Null auf Hundert.

Vor Kurzem habe ich meinen einhundertsten Geburtstag gefeiert. Und jedes Jahr feiere ich wieder. Denn wenn man das ewige Leben anvisiert, dann ist jeder Geburtstag ein Meilenstein. Obwohl man eigentlich ja noch unendlich viele vor sich haben sollte.

Ich habe mich nie dazu bringen können, wie es Vorschrift ist, mich mit heruntergelassener Hose abzulegen. Die fehlende Beinfreiheit hat mich kaum richtig schlafen lassen und die paar Sekunden, die ich brauche, um in das Teil hineinzukommen, machen auch keinen Unterschied.

Wir würden jetzt Stunden unterwegs sein. Wir würden durch die Kanalisation in der *grünen Zone* robben, jeden Busch in den diversen Grünanlagen durchstochern, etliche Mülltonnen ausleeren und auch ungebeten in so manche Wohnung eindringen. Immer auf der Suche. Auf der Suche nach Eindringlingen. Menschen, aber nicht wie wir, die nicht das Recht haben, die *grüne Zone* zu betreten.

Sie tun dies, weil sie sich auf einem Raubzug befinden. Denn in der Zone gibt es all die Dinge im Überfluss, an die andere Menschen, die ohne integrierte Chips, nicht herankommen.

Der absolute Renner ist jegliche Form von Unterhaltungselektronik, die denen draußen das Leben am Limit etwas versüßt. Obwohl sie kaum an Strom herankommen, um die Teile auch zu betreiben. Denn draußen mangelt es an allem, was dazu dienen könnte, Strom zu erzeugen. Nur auf Schrott oder weitgehend

ausgebeutete Lagerstätten erlaubt ihnen die *Instanz* noch Zugriff.
Tragbar muss alles sein, was die Menschen von draußen abgreifen. Denn viel Zeit bleibt ihnen nicht. Der Schirm über der *grünen Zone* entdeckt sie meist kurz nachdem sie aus ihren Löchern gekrochen sind und wir rücken aus. Die Truppe, deren Aufgabe es ist, das Eindringen der Elenden, die außerhalb der Zone leben, zu verhindern. Sofern man das Leben nennen kann. Für die *Instanz* und uns sind sie Untermenschen.
Unser Zug besteht aus achtundzwanzig Frauen und Männern, die speziell dafür ausgerüstet wurden, die Eindringlinge aufzuspüren. Die *Instanz* stellt uns alles zur Verfügung, was uns dazu befähigt, unsere Arbeit ordnungsgemäß zu erledigen. Unsere wichtigsten Werkzeuge sind Nachtsichtgeräte und Richtmikrofone. Früher gehörten auch Hunde zu unserer Ausrüstung, die aber vor ein paar Jahren durch preisgünstigere technische Hilfsmittel ersetzt wurden. Autonom fahrende Mannschaftswagen bringen uns zu unseren Einsatzorten, bewaffnet sind wir mit automatischen Schnellfeuergewehren.
Auch an diesem Tag galt der Schießbefehl. Die Vorgabe ist, ohne jegliche Vorwarnung auf die Eindringlinge zu schießen, sobald wir sie im Visier haben. Und immer mit dem Ziel, sie bewegungsunfähig zu machen. Gnade walten zu lassen, ist uns ausdrücklich untersagt. Denn ihr Untermenschenmaterial wird noch gebraucht. Ihre Körper dienen uns Menschen in der *grünen Zone* als Ersatzteillager für körpereigene Organe, die trotz aller Maßnahmen zur Verhinderung des Alterns ihren Dienst nicht mehr versehen.
Die Message an das Ungeziefer draußen soll in ihrer Prägnanz unmissverständlich sein: *Wir müssen leider draußen bleiben.*
Wenige Sekunden nachdem ich mich aus dem Bett gedrückt hatte, glitt ich mit den Kameraden und

Kameradinnen die Feuerwehrrutschstange hinunter und schob mich in das Einsatzfahrzeug. Neben mir der Kollege Ali, der sich gerade seinen Helm mit integriertem Nachtsichtgerät und Sprechfunk überstülpte.
So schnell wie er kam ich nicht auf Touren. Mir gelang es nur, mich derart ins Innere des Busses zu pressen, dass die Automatiktür mir keine meiner Extremitäten kappte. Surrend setzte sich das Elektrofahrzeug in Bewegung. Ein, zwei Minuten würden mir noch bleiben, um meine Einsatzbereitschaft durch das Überstülpen des Helms und die Aufnahme und das Entsichern des Schnellfeuergewehres herzustellen.
Der Bus schoss mit atemberaubender Geschwindigkeit durch die nächtliche Zone. Die wenigen anderen Fahrzeuge, die noch unterwegs waren, überholte er mit beeindruckender Präzision.
Während wir vor dem Seenpark abrupt zum Stehen kamen, gelang es mir, das Display des Helms herunterzuklappen und mich auf die gemeinsame Funkfrequenz aufzuschalten. Im Display erschienen genaue Anweisungen, wohin ich zu gehen hätte.
Normalerweise jagen wir allein. Die waffentechnische Überlegenheit und die Unterstützung durch Drohnen, die den Einsatz koordinieren, machen die Aktion für uns zum Tontaubenschießen. Selbst wenn sich ein paar der Kreaturen von draußen zusammenrotteten, konnten sie gegen einen massiven Feuerstoß nichts ausrichten. Jeglicher Hinterhalt wurde uns von Drohen gemeldet.
Den Richtungsweisungen auf dem Display folgend, stürmte ich in den Park. Meine Kolleginnen und Kollegen taten es mir nach. Die Anweisungen dirigierten mich zu einer Imbissbude direkt am See, einem Hüttchen mit nicht mehr als fünfzehn Quadratmetern Grundfläche.
Bei einem der Fenster war die Scheibe eingeschlagen und es dann durch einen Griff nach innen geöffnet worden. Die Wärmebildkamera projizierte eine menschliche Silhouette auf mein Display.

Doch auch ich war nicht unbemerkt geblieben. Der Eindringling hatte sich in der Hoffnung, nicht entdeckt zu werden, in einem Vorratsschrank versteckt.
Vorsichtig schob ich das Fenster der Imbissbude weiter auf und schaltete das Zielfernrohr meiner Knarre ebenfalls auf Wärmebild um. Die Silhouette im Schrank bewegte sich nicht. Die Feind-Freund-Erkennung in meinem Helm gab den Schuss frei. Die Drohne über mir meldete keine Bedrohungen.
Ich drückte ab. Doppelschuss, Kombination Körper-Kopf, zumindest was das Wärmebild hergab. Der Getroffene zuckte kurz, dann erstarrte er.
Den sicheren Tötungsschuss konnte ich mir nicht verkneifen. Der schlug zwar ein drittes Loch in die Schranktür, das Furnier splitterte ordentlich, aber der Körper im Schrank bewegte sich nicht mehr. Keinen Millimeter.
Immer noch schussbereit stieg ich ins Innere des Kiosks. Mit dem Lauf meiner Waffe schob ich die Schranktür auf. Zwischen Putzmitteln und Reinigungsutensilien eingezwängt der Körper der Kreatur von draußen. Aus drei Schusswunden quoll das Blut. Der war hinüber. In einer Plastiktüte hatte er seine Beute verwahrt. Die Beute, die ihm das Leben gekostet hatte. Sie bestand aus ein paar Küchengeräten und einigen Konservendosen.
»Schütze 14 meldet Abschuss!«, setzte ich ins Mikrofon ab. Die *Instanz* bestätigte.
Sie würde umgehend einen Bergungstrupp schicken, der sich um den Kadaver kümmerte. Das hieß, ihn zu unterkühlen und schnellstmöglich zur nächsten Körperverwertungsstelle zu liefern. Dort würde man ihm alles entnehmen, was sich noch als Organspende verwerten ließ.
Ich habe mich so manches Mal gefragt, warum die *Instanz* es uns überließ, Jagd auf die Eindringlinge zu machen. Aber es gibt Fragen, die man als Bewohnerin oder Bewohner der *grünen Zone* besser nicht stellt. Sicher gab es

seltene Momente, in denen man in Gesprächen mit den Kollegen die Masken fallen lassen konnte und solche Tabus anriss. Eine Erklärung war, dass die *Instanz*, um nicht den Anschein totaler Kontrolle zu erwecken, meine Kollegen und Kolleginnen einschließlich meiner Person dazu einsetzte, um den Eindringlingen den Garaus zu machen. Eine andere war, wenn die sich gegenseitig die Schädel einschlagen, dann ist das nicht unser Problem. Erklärungen, die mir einigermaßen einleuchteten.
Als ich einmal mit Ali darüber sprach, lachte er mir ins Gesicht und sagte rundheraus: »Du denkst viel zu kompliziert, mein Freund. Vor dreißig Jahren haben Menschen im Schlachthof gearbeitet, vor fünfundzwanzig Jahren immer noch. Niemand, nicht mal die *Instanz* ist auf die Idee gekommen, das zu ändern. Warum auch? Never change a running system!
Aber für solche verbotenen Gedanken hatte ich jetzt eh keine Zeit. Denn mein Display wies mir erneut den Weg. Ich turnte wieder zurück ins Freie und steuerte mein nächstes Ziel an. Im Laufschritt ging es über das Kiesbett des Seeufers.
Der See war nach höchsten Standards der Gartenbaukunst angelegt worden. Am Ufer reihten sich Pinien, Zypressen und Kiefern, die den Besuchern tagsüber als Schattenspender die Möglichkeit zum Verweilen boten. Unter den Bäumen hölzerne Sitzgruppen, die den Verzehr des mitgebrachten Proviants zum erholsamen Vergnügen machten. Während man allerlei Leckereien genoss, ließ man die Augen über den See schweifen und ergötzte sich am Anblick der verschiedensten, auf kleinen Inselchen angelegten Beete mit exotischsten Gewächsen. Schwäne und Gänse zogen ihre meditativen Bahnen durch das eher brackige Gewässer, um ab und an Brotreste aufzuschnappen, die ihnen Besucher zuwarfen. Nahrungsmangel war den Tieren unbekannt.
Aber jetzt, mitten in der Nacht war die Szenerie nicht so beschaulich, in der Dunkelheit gab die Farbenpracht

wesentlich weniger her. Außerdem war ich nicht hier, um mich zu erholen, sondern um zu töten.
Ich schnaufte ordentlich, als ich mein Zielobjekt eingeholt hatte. Dem war meine Ankunft, so sehr ich mich auch bemüht hatte, mich unauffällig zu nähern, nicht verborgen geblieben. Der Mann um die zwanzig versuchte, getrieben von der nackten Angst um sein Leben, in Büschen Deckung zu finden.
Doch die hochmoderne Überwachungstechnik hatte ihn erfasst und bot ihm keine Möglichkeit des Entkommens. Um ihn in freies Schussfeld zu bekommen, feuerte ich eine Garbe in Richtung des Gestrüpps. Panisch sprang der Mann aus seine Deckung.
Was ihm aber auch nicht half, seine Lage noch aussichtsloser machte, denn er lief mir direkt vor die Flinte. Zwei Schüsse hallten durch die Nacht und gaben ihm den Rest.
»Schütze 14 meldet weiteren Abschuss an aktueller Position«, vermeldete ich lakonisch. Wieder bestätigte die *Instanz*.
Ich gönnte mir auf einer der Sitzgelegenheiten eine kurze Verschnaufpause. In der Ferne hörte ich weitere Schüsse und verzweifelte Schreie.
Wieder einigermaßen bei Atem, wartete ich auf den nächsten Einsatz. Es kam aber nichts rein. Neben der Leiche rumzusitzen, drückte aufs Gemüt. Der Mann war Anfang zwanzig, athletischer Körperbau, dunkler Teint, ein ebenmäßiges Gesicht, fast anmutige Züge. Die Augen vom Todeskampf weit aufgerissen.
Aber die Entbehrungen des Lebens da draußen hatten schon ihre Spuren hinterlassen. Die Hände voller Schwielen, die Fingernägel kurz und doch unterlegt mit pechschwarzen Rändern. Narben an Armen und Beinen zeugten von den Kämpfen, die der junge Mann in seinem kurzen Leben schon hatte ausfechten müssen.
Ich habe das Leben nie als besonderes Geschenk empfunden. Eher als Tatsache, der man so leicht nicht

entkommt. Deshalb hat es mir nie besondere Skrupel bereitet, den Teil meiner Menschenbrüder, den uns die *Instanz* als minderwertige Untermenschen andient, zu töten. Denn ich erlöse sie damit aus ihrer elenden animalischen Existenz, womit ich gut leben kann. Sogar für immer?
Trotzdem beschloss ich, mich woanders niederzulassen, um den Output meiner nächtlichen Bemühungen nicht mehr vor Augen zu haben. Ein Kammerjäger kennt wahrscheinlich einen erhebenderen Anblick als die Früchte seiner Arbeit.
Es war erstaunlich still um mich geworden. Auch über Funk kamen keine Einsatzbefehle herein. Was mich in der Überzeugung bestärkte, dass der Einsatz gelaufen war.
Jetzt gleich schlafen, daran war nicht zu denken. Ich lief zwar nicht mehr auf Hochtouren, war aber noch ordentlich wach. So schlenderte ich auf dem sauber gepflasterten Pfad am Ufer des Sees entlang und genoss die morbide Stille des menschenleeren Parks. Am Horizont ließ sich die erste Morgenröte erahnen.
Dann drei Flecken auf dem sonst blitzblank gefegten Pflaster. Blut? Ich hätte sofort die Einsatzleitung informieren müssen, Verstärkung anfordern. Eine Drohne, die sicherstellt, dass ich in keinen Hinterhalt geriet. Entgegen jeder Vorschrift tat ich es nicht. Warum ein Riesentheater wegen ein paar Spritzern Blut machen?
Außerdem war mir so danach, meinen Gedanken nachzuhängen. Ich war jetzt einhundertfünfzehn Jahre alt. Ich hatte so viel gesehen, so viel erlebt. Was würde da noch kommen? Gab es noch etwas, was ich nicht gesehen, gelesen, gerochen, gefühlt oder geschmeckt hatte? Mir fiel nichts ein.

~

Hier war ich für die nächsten Minuten sicher. Es hatte mich so mittel erwischt. Über der rechten Hüfte ein

Einschuss. Zwar nur eine Fleischwunde, die aber wie Sau blutete. Im linken Unterarm ein Durchschuss, der wohl auch die Elle touchiert hatte. Die Schmerzen noch erträglich. Der Puls dagegen auf weit über hundert.
Wie ich in diese missliche Lage gekommen war? Ich kann lesen und schreiben, im Gegensatz zu vielen meiner Mitmenschen von draußen. Der Vater hatte es mir beigebracht. »Wenn ich dir schon nichts anders schenken kann ...«, war sein Spruch gewesen.
Was hilft es, wenn man beim Klauen lesen kann? Viel, denn man findet leichter den Weg zurück und auch was zum Klauen.
Sven, der nichts mit Buchstaben anfangen konnte, hatte mir das Leben gerettet. Er hatte die Kugeln eingefangen, die für mich bestimmt gewesen waren. Wäre er in Deckung geblieben, dann hätten sie mich durchsiebt. So verschaffte er mir die Sekundenbruchteile, in denen ich mich die Böschung herabfallen ließ. Ihn kosteten sie das Leben.
Dass es mich trotzdem erwischt hatte, realisierte ich erst, als ich aus dem Park war. In dem Moment, wie ich mich über den Zaun in den Vorgarten des Reihenhauses schwingen wollte, merkte ich endlich, dass auch ich etwas abbekommen hatte.
Nur mit Mühe und dem rechten Arm gelang es mir, mich über das Drahtgeflecht zu hieven. Um auf der anderen Seite schmerzhaft im Vorgarten aufzuschlagen.
Ich musste einfach liegen bleiben. Zu lähmend war der Schmerz. Lag da wimmernd, verzweifelt auf der Suche nach einem Ausweg. Der einzige schien eine Außentreppe zum Keller des Hauses zu sein, die mich erst mal unsichtbar machen würde. Mit der rechten Hand gelang es mir, meinen Kuhfuß, das Standardwerkzeug des erfolgreichen Einbrechers, aus

meinem Rückenbeutel zu ziehen und mich auf ihn gestützt die Außentreppe herunterzuschleppen.
Fast hätte ich es nicht ohne Sturz geschafft. Mehrere Male hielt mich nur der Kuhfuß in der Senkrechten.
Plötzlich brach im Park die Hölle los. Ein Hubschrauber startete keine fünfzig Meter von mir entfernt. Damit brachten sie vermutlich meine abgeschossenen Kameraden in die Körperverwertungsanstalt, um deren noch brauchbare Körperteile auszuschlachten.
Der Lärm war meine Chance. Ich setzte den Kuhfuß an der Kellertür an. Ohne größeren Widerstand drang er in das morsche Holz des Türrahmens ein. Die Tür aufzudrücken kostete mich ordentlich Kraft. Nach Luft schnappend hing ich fest. Feuerte mich innerlich an, mich in den Keller zu schieben. Aus meiner Hüfte quoll weiter Blut. Doch mein Körper spielte nicht mit. Ich kam einfach nicht weiter. Verharrte hyperventilierend.
Endlich gelang es mir, von der reinen Todesangst getrieben, mir den Schubs zu geben, mich in den Keller zu quetschen. Ich zog die Tür zu, die jetzt nicht mehr richtig schloss. Wenigsten fühlte ich mich für den Moment sicher, wichtig für die Psyche. Allerdings stand ich nun im Dunklen.
Es musste einen Lichtschalter geben. Unendlich lange tastete meine Hand die Wand ab. Nichts, nur eine nutzlose Schraube, kein Schalter. Ich schob mich an der Wand entlang, bis ich gegen ein Regal stieß, das mir scheppernd vermittelte, dass es hier nicht mehr weiterging.
Langsam passten sich meine Augen den Lichtverhältnissen an. Zumindest schemenhaft konnte ich meine Umgebung ausmachen. Der Rahmen mit dem Schatten auf der anderen Seite des Raumes musste die Treppe ins Erdgeschoss sein. Mich auf den Kuhfuß

stützend, wankte ich in deren Richtung. Immer wieder rammte ich irgendwelchen Krempel, der im Weg stand, der Schmerz im Vergleich zum Wundschmerz vernachlässigbar.

Die Deckenleuchte blitzte grell auf, als ich den Schalter endlich ertastet hatte. Jetzt sah ich wenigstens, wo ich mich befand. Was für uns Menschen von außerhalb wie ein gut sortierter Krämerladen aussah, war der mit dem Wohlstandsmüll von Bewohnern der *grünen Zone* überladene Keller eines Reihenhauses.

E-Bikes, Schlauchboote, Werkzeug, Gartenerde, Holzlatten, Farbreste, Tapetenrollen, Verpackungsmaterial.

Hier würde ich die kommende Nacht abwarten müssen. Für den unwahrscheinlichen Fall, dass sie mich nicht vorher aufgriffen, musste ich durchhalten, bis ich im Schutz der Dunkelheit zu dem Kanaldeckel schleichen konnte, durch den wir in die *grüne Zone* eingestiegen waren.

Es sah verdammt schlecht aus. Allein die Frage, ob ich die nächsten zwölf Stunden durchhalten würde. Unbemerkt und ohne Unterstützung zu dem Gully zurückzukommen war auch nahezu unmöglich, zumal in meinem Zustand. Außerdem würde man nach mir suchen. Mit Sicherheit war weder den Häschern noch der *Instanz* entgangen, dass ich ihnen entwischt war.

Ich machte mich daran, mich einzurichten, um die minimale Chance wahrzunehmen, doch lebend aus dem Ding hier herauszukommen.

Prio eins waren Medikamente und Verbandsmaterial. Natürlich musste ich improvisieren, denn wer lagert so was schon im Keller?

In einem Holzregal entdeckte ich Weinflaschen. Der Rebensaft würde mir als Desinfektions- und

Stärkungsmittel dienen. Nur aufkriegen musste ich die Flaschen ohne eine riesige Sauerei, die mich verraten könnte. Die Hausbesitzer waren augenscheinlich auf Ordnung bedacht. An einer Werkzugwand entdeckte ich Zangen und Schraubenzieher. Die schob ich mir in die Hosentaschen und wankte zum Weinregal.

Doch ich brauchte sie nicht. Einige Flaschen hatten Schraubverschlüsse. Meine rechte Hand drehte die Flasche, mein Mund fixierte den Verschluss.

Der erste Schluck war eine Offenbarung für meine trockene Kehle. Gierig ließ ich weitere folgen. Um mir dann die Flasche von den Lippen zu reißen. Ich durfte mich jetzt nicht abschießen, hatte mich darauf zu fokussieren, mich wieder so weit zu stabilisieren, damit ich im Schutze der nächsten Nacht lebend aus der Zone herauskam.

Dafür musste ich meine Wunden versorgen. So gut es eben ging. Die Blutungen stillen, die Wundränder desinfizieren. Mir die Kugel aus der Hüfte pulen. Und dann einen Verband improvisieren.

Nachdem ich kurz innegehalten hatte, um mich etwas zu fangen, gönnte ich mir noch einen Schluck. Dann schleppte ich mich weiter durch den Keller, auf der Suche nach Material, das mir als Verband dienen könnte. Alles aufziehend, was ich greifen konnte, stieß ich auf Tape und auf aussortierte Klamotten. Die würden für eine erste Wundversorgung herhalten müssen. Teile davon würde ich mir anziehen, bevor ich mein Versteck verließ. Sofern ich bis dahin durchhielt.

Auf der anderen Seite des Kellers, gegenüber dem Eingang vom Garten aus, fand ich eine Nische neben einem Metallschrank. Sie würde mein Ruheraum sein, bis ich mich auf den Weg zurück machen könnte.

Alles, was ich an Klamottenähnlichem gefunden hatte, warf ich dorthin. Das Zeug würde mir als Verbandsmaterial, Verkleidung und Ruhelager dienen. Für meine medizinische Versorgung krallte ich mir zwei der Weinflaschen. Als Operationsbesteck sollten kleine Schraubenzieher, Teppichmesser und Zangen herhalten.
In der Ecke liegend, im diffusen Licht der Kellerbeleuchtung, riss ich aus einem T-Shirt Fetzen, mit denen ich meinen linken Arm bandagierte.
Auch außerhalb der *grünen Zone* gibt es Ärzte. Doch die sind nur ein paar Kurpfuscher, die sich ihre vermeintlichen Künste teuer bezahlen lassen. Eine wirkliche medizinische Versorgung gibt es nicht. Deswegen ist jeder, der da draußen in der Wildnis rumgeistert, mehr oder weniger ein Rettungssanitäter. Fähig, sich selbst zu verarzten. Schusswunden sind aber eine besondere Herausforderung.
So machte ich mich an die einhändige Behandlung des Einschusses über meiner Hüfte. Die betäubende Wirkung des Weins hatte eingesetzt. Schön, wenn der Schmerz nachlässt, und so gönnte ich mir noch einen kräftigen Schluck. Ich musste den Punkt zwischen Trunkenheit und Betäubung treffen, der es mir erlauben würde, mir die Kugel aus der Hüfte zu pulen. Wäre ich zu benebelt, dann verlöre ich wahrscheinlich das Bewusstsein, würde alkoholisiert in dem Kellerloch verbluten.
Ich brauchte Licht. Mit dem Rücken gegen die Kellerwand gelehnt, konnte ich die Wunde sehen. Ich näherte mich mit dem Schraubenzieher der Einschussöffnung. Meine rechte Hand zitterte, den Schmerz erahnend, den das Eindringen in die Wunde hervorrufen würde.

Dann der Höllenschmerz. Doch es gab kein Zurück. Ich musste tiefer rein. Blut tropfte auf den Kellerboden. Endlich stieß mein Operationsbesteck auf Widerstand. Ich jaulte vor Schmerz. Das musste die Kugel sein. Gut, denn sie saß nicht allzu tief. Wahrscheinlich ein Querschläger.
Ich befahl mir, weiterzumachen. Das Ding musste raus. Doch das erwies sich als nahezu unmöglich, wenn man nur eine Hand hat, um die Extraktion durchzuführen.
Mir blieb nichts anders übrig, als den Wundkrater aufzuschneiden. Also Teppichmesser statt Schraubenzieher. Erbärmlich zitternd gelang es mir, die Öffnung in meinem Fleisch fast doppelt aufzuziehen. Mit Daumen und Zeigefinger drückte ich den Schnitt auf. Das Blut triefte nur so. Ich versuchte, die Blutung mit einem weingetränkten Stofffetzen zu stillen, was mir leidlich gelang. Trotzdem würde ich das Projektil kaum greifen können. Zumindest nicht ohne mir wieder fürchterlich wehzutun.
Das tat ich dann auch. Meine Wahl war auf eine kleine Flachrundzange gefallen. Wimmernd vor Schmerz rammte ich mir sie in den Wundkanal. Die Zange konnte das Projektil zuerst packen, doch dann entglitt es ihr. Ich sah Sternchen, ließ die Zange fallen.
Schwer atmend lag ich auf meinem Lager. Ich musste tiefer rein, hart zupacken und dann ohne Rücksicht auf Verluste die Kugel extrahieren.
«Kann ich das? Kann ich das? Du musst!», bläute ich mir ein. Wieder setzte ich mir die Flasche an die Lippen und tankte ordentlich. Jetzt oder nie!
Dann stieß ich zu, rammte mir die Zange gnadenlos in die offene Wunde, griff die Kugel und riss sie mir aus dem Fleisch. Quiekte wie ein abgestochenes Schwein.

Die Zange mit der Kugel kam neben mir in einer Lache Blut zu liegen. Unter größter Anstrengung gelang es mir, eine angegammelte Unterhose mit Wein zu tränken und auf die Wunde zu pressen.
Eine Ewigkeit lag ich da, schnaufte gegen den Schmerz an und sah zu, wie Blut unter der Wundauflage hervorquoll. Ich presste so lange, bis der Strom endlich versiegte und gerinnendes Blut den Stofffetzen auf die Wunde klebte.
Jetzt nur nicht das Bewusstsein verlieren. Nur nicht die Wunde wieder aufreißen lassen und dann im Delirium elend verrecken. Aus dem Altkleiderballen zog ich einen Kissenbezug und band ihn mir um den Bauch. Als Druckpolster schob ich mehrere Socken zwischen die Stoffbahnen.
Jetzt wäre es eigentlich angesagt gewesen, das Licht auszuknipsen und sich unsichtbar zu machen. Aber ich konnte einfach nicht mehr. Führte nochmal die Flasche zu den Lippen. Dann erlosch mein Bewusstsein.

~

Es war kurz nach fünf. Die *grüne Zone* erwachte langsam zum Leben. Am Horizont dämmerte es. Gegen jede Regel war ich zum Ausgang des Parks gelaufen, die Morgenluft genießend, statt zum Einsatzfahrzeug zurückzukehren. Ich war irgendwie komisch drauf und wollte niemanden sehen. Den Sprechfunk hatte ich vorschriftswidrig runter gedimmt. Mir war danach, die Ereignisse der Nacht durch die morgendliche Ruhe zu übertünchen. Pustekuchen!
Auf dem Gehsteig wieder Blut. Eigentlich höchste Alarmstufe, offensichtlich trieben sich hier noch nicht eliminierte Untermenschen herum. Das machte mich wütend. Endlich wieder runtergekommen, zum ersten Mal nach Stunden, musste ich wieder hochfahren.

Ich folgte der Blutspur auf die andere Seite der Straße. Der Untermensch musste sich in die Reihenhaussiedlung geflüchtet haben. Vor dem Zaun eines der Gärten noch mal Blut.
Ich klingelte am Gartentor: Keine Antwort. Unschlüssig, was zu tun sei, stand ich eine Weile vor dem Zaun. Nichts rührte sich. Dann bemerkte ich die Treppe zum Keller.
Möglichst lautlos schwang ich mich über den hüfthohen Zaun. Das Gewehr im Anschlag arbeitete ich mich zur Treppe vor. Im Treppenschacht einige Blätter, sonst nichts.
Doch die Kellertür steht einen Spalt weit offen. Im Keller brennt Licht. Vorsichtig, die vertrockneten Blätter auf den Stufen meidend, schleiche ich die Treppe herunter. Die Tür ist aufgebrochen.
Mit dem Lauf meiner Knarre schiebe ich sie vorsichtig auf. Die Scharniere quietschen. Vor mir ein stinknormaler Keller, aber irgendetwas stimmt hier nicht. Hinter einem Regal mache ich die Spitze eines Kuhfußes aus. Mit dem hat der Eindringling wohl die Tür aufgedrückt.
Ich aktiviere die Wärmebildkamera. Der Flüchtige liegt im Gang vor der Rückwand des Kellers, bewegungslos neben einem Metallschrank. Ich warte ab, aber er rührt sich keinen Millimeter. Ist er schon tot? Schwer zu sagen.
Weiterhin schussbereit arbeite ich mich Schritt für Schritt vor, schwenke neben dem Regal in den Gang an der Rückwand ein.
Da liegt sie in ihrem Elend. Die Frau meiner feuchten Träume, genau so, wie ich sie den Cybersexgenerator hatte erschaffen lassen. Dunkler Teint, kurze Haare, das Gesicht eines Porzellanengels. Allerdings blutverschmiert, und völlig verdreckt.

Kapitel 2: Ein gefährliches Geheimnis

01.06.2065

Trotz meines fortgeschrittenen Alters bin ich sexuell noch fähig und aktiv. Auch die für den Geschlechtsakt notwendigen Körperfunktionen sind bei mir voll betriebsbereit und werden bei den halbjährlichen Arztbesuchen regelmäßig medizinisch überprüft und gegebenenfalls werden Komponenten ausgetauscht. Allumfassende medizinische Checks sind gesetzlich vorgeschrieben. Logischerweise muss man kaum jemanden aus der *grünen Zone* dazu zwingen, sich regelmäßig durchchecken zu lassen, denn davon hängt das ewige Leben ab. Ferner erregt man ungewolltes Misstrauen, wenn man nicht unaufgefordert bei den halbjährlichen Check-ups vorstellig wird. Die *Instanz* führt selbstverständlich genau Buch. Und stellt hartnäckig Fragen, wenn man die Frist überzieht. War Bürgerin oder Bürger X mit Problemen konfrontiert, bei denen er die Unterstützung durch die Gemeinschaft benötigte? War ihm etwas zugestoßen oder kämpfte sie oder er mit psychologischen Problemen? Selbstmorde: eher selten. Wer bringt sich schon um, wenn es einem an rein gar nichts fehlt? Das ist der Grundgedanke der Dreieinigkeit zwischen Mensch, Maschine und *Instanz*. Jedem der drei essenziellen Bestandteile des ewigen Dreiklangs steht eine umfassende Erfüllung all seiner Bedürfnisse zu. Im Gegenzug ist jede der drei Parteien dazu verpflichtet, bedingungslos das ihrige zu tun, um den ewigen Dreiklang aufrechtzuerhalten.

Wie die meisten biologischen Bewohner hier bin ich Single. Trotz meiner sexuellen Spannkraft hatte ich weder Frau noch Freundin. Bordelle gibt es in der *grünen Zone* nicht. Denn daran, körperliche Freuden mit meinen altbekannten Mitmenschen zu teilen, habe ich weder Interesse, noch besteht Bedarf. Warum die ganzen Mühen der Balz auf sich nehmen, wenn man mühelos in den Paarungsmodus umschalten kann? Bei dem man dann, natürlich nur virtuell, genau auf den Partner trifft, von dem man träumt, ein Leben lang geträumt hat. Erfüllender Sex: garantiert mit inbegriffen.

Ich hätte die junge Frau, die da schwer verletzt vor mir in der Kellerwerkstatt lag, sofort eliminieren müssen. Die vorschriftsmäßigen zwei Schüsse in Kopf und Thorax. Dann ordnungsgemäß Meldung erstatten und die Untermenschenmaterialverwertung die restliche Arbeit machen lassen. Alles andere wäre ein schweres Dienstvergehen, das einschneidende Konsequenzen nach sich ziehen würde. Bis hin zur Todesstrafe.

Doch ich konnte einfach nicht. Es war, als verspürte ich mit einem Mal die ganze Empathie, die ich über Jahrzehnte hinweg mühelos unterdrückt hatte. Weder Schmutz, Blut noch Lumpen konnten den Schwall unterdrückten Mitleids aufhalten, der mich in diesem Moment überrollte. Ein Schwall, der mich so aus der Bahn warf, dass ich nicht mehr funktionierte.

Die junge Frau starrte mich erfüllt vom blanken Horror des bevorstehenden Todesschusses aus weit aufgerissen Augen an. Meinen Finger am Abzug musterten wir uns schweigend eine schiere Ewigkeit.

«Du bist von *draußen*?», fragte ich blöde.

Die Frau nickte voller Angst. Aber Leugnen hätte keinen Zweck gehabt. In der *grünen Zone* lief niemand so herum wie sie und legte sich schon gar nicht blutend in einem Keller ab.

Wieder schwiegen wir uns an.

«Du wirst mich töten?», fragte sie schließlich sich in ihr Schicksal fügend, der Antwort überaus gewiss.

Ich schwieg weiter, wissend, dass ich es nicht übers Herz bringen würde.

«Wie schwer hat's dich erwischt?»

Auch wieder eine saublöde Frage. Was ging mich das an, wie schlimm sie verwundet war. Doch sie ließ sich darauf ein, sah es als Spielchen um Zeit zu gewinnen.
«Zwei Treffer. Hüfte und Hand», flüsterte sie qualvoll. Streckte mir die Hand mit dem Lumpenverband entgegen.
Ich trage immer ein Erste-Hilfe-Kit mit mir herum. Sollte ich eigentlich nicht brauchen, aber man weiß ja nie. Das zog ich jetzt aus einer der Taschen meiner Uniform.
»Ich werd' dich jetzt erst mal verarzten«, versicherte ich der jungen Frau vor mir. »Dann sehen wir weiter. Wie heißt du?«
»Waana.«
Während ich mich daran machte, den improvisierten Druckverband aus Stofffetzen an der Hüfte zu entfernen, musterte mich meine Patientin verständnislos und voller Angst. Die ließ sie ihre Schmerzen vergessen. Sie wimmerte kaum hörbar, als ich die Wunde desinfizierte und dann einen sauberen Verband auflegte. Ließ alles völlig apathisch über sich ergehen. Den Unterarm konnte ich nur notdürftig pflastern, weil mir das Verbandsmaterial ausging.
»Was wirst du mit mir machen? Meldest du mich der Untermenschenmaterialverwertung?«
»Nein«, sagte ich einsilbig, nicht wissend, was ich eigentlich vorhatte. »Das hätte ich ja schon längst tun müssen.«
Waanas musterte mich müde. Wir schwiegen uns weiter an. Schließlich fasste ich einen Entschluss.
»Ich hole dich morgen Nacht. So lange musst du hier durchhalten. Ich organisiere einen fahrbaren Untersatz und bringe dich zu mir. Dort sehen wir weiter.«
Mit den Stofffetzen machte ich mich daran, die Blutflecken im Keller zu beseitigen. Ein Schuss Desinfektionsmittel und reiben, reiben, reiben. Eigentlich eine sinnlose Aktion, denn wenn jemand in den Keller käme, dann würde er unweigerlich über Waana stolpern.

Eine Übersprungshandlung. Momente, die ich brauchte, um meine Gedanken zu ordnen.
Obwohl die Zeit drängte. Ich war schon viel zu lang vom Radar verschwunden. Die *Instanz* hatte sicher bereits die Suche nach mir in die Wege geleitet. Ich würde behaupten, dass ich bei der Verfolgung eines Individuums in die Kanalisation herabgestiegen sei. Es aber verloren habe. Keine besonders gute Erklärung für mein Abtauchen unter den Radar. Denn das Individuum konnte sich ja nicht in Luft aufgelöst haben. Aber ich hatte keine bessere. Die *Instanz* würde mir schon glauben, ehrbarer Bürger, der ich nun mal war. Denn meine Abschussrate spricht für mich.
Ich überließ Waana den Rest des Erste-Hilfe-Kits. Viel war nicht mehr drin. Versicherte ihr, dass ich sie in der kommenden Nacht abholen würde. Ihre wunderbaren Augen musterten mich abschätzend. Aber ich war ihre bei weitem beste Chance.
Als ich den Keller durch die Gartentür verließ, hörte ich hinter mir ein »Danke, Fremder!«. Doch ich war schon dabei, Richtung Park zu rennen. Von dort setzte ich eine Meldung an die *Instanz* ab. Die stellte zwar einige Fragen, die ich aber ohne große Rückfragen abschmettern konnte. Dann zeigte sie mir auf dem Display an, wo ich mich für den Rücktransport einzufinden hatte.

Kapitel 3: Ein alter weißer Mann

3.06.2065

Mein Gehirn und die *Instanz* sind nicht direkt verdrahtet. Biologisch-technisch wäre es kein Problem, dass die *Instanz* alle meine Gedanken mitliest. Entsprechende Interfaces wurden entwickelt, getestet und auch implantiert.

Doch sie kamen über das Prototypenstadium nie hinaus. Die *Instanz* war sich der Tatsache nur zu sehr bewusst, dass ein umfassendes Gedankenmonitoring unweigerlich eine Reaktion der Menschen in der *grünen Zone* provoziert hätte, die den gesellschaftlichen Dreiklang empfindlich gestört hätte. Das Risiko wollte die *Instanz* nicht eingehen.

Und das musste sie auch gar nicht: Auch ohne permanentes Gedankenmonitoring hat die *Instanz* fast immer eine genaue Vorstellung davon, was in einem Menschen vorgeht. Über das Datenübertragungsinterface, das uns allen zur permanenten Überwachung der Lebensfunktionen implantiert wurde, konnte die *Instanz* ziemlich präzise abschätzen, wie ein biologischer Mensch drauf ist. Ein permanentes Gedankenmonitoring ist also nahezu überflüssig.

Was für mich hieß, dass ich extrem behutsam vorgehen musste. Nichts in meinem Dasein, meinem Metabolismus, meinen Gewohnheiten durfte sich so ändern, dass dadurch Aufsehen erregt wurde.

Der wichtigste Grundbaustein des ewigen Lebens ist das Gehirn. Auch hier funktionieren die Bio-Informatik-Interfaces hervorragend, doch ein kompletter Tausch ist nicht möglich. Das Hirn ist eben doch keine Festplatte, deren Daten man so einfach überspielen kann. Deshalb kommt seinem Erhalt besondere Bedeutung zu.

Es ist ein öder Gemeinplatz, dass es hier kein Patentrezept gibt. Klar, dass Rauchen und Alkohol über kurz oder lang die kognitiven Fähigkeiten schwächen. Das Bedürfnis, sich eine Kippe anzustecken oder sich zuzuschütten, kann das

Bio-Informatik-Interface erfolgreich unterdrücken. So wie es mir ebenfalls auf Wunsch den Sex mit der Traumfrau vorgaukeln kann, obwohl ich allein im Bett liege oder im Restaurant sitze. Letzteres ist nicht so direkt empfehlenswert.
Die größte Herausforderung bei der Erschaffung des ewigen Lebens ist und war, den natürlichen Alterungsprozess aufzuhalten. Im Gegensatz zur Transplantationsmedizin und der Züchtung von Ersatzorganen im Reagenzglas hatte man beim Gehirn noch nicht den ultimativen Weg gefunden ihn aufzuhalten. Denn zu viele Faktoren beeinflussen den natürlichen Alterungsprozess. Nach einer gewissen Anzahl von Teilungen gelingt es den Chromosomen nicht mehr, sich fehlerlos zu reproduzieren. Auch lässt die Zellfunktion mit der Zeit nach und Proteine falten sich nicht mehr korrekt. Entzündungen und die Schlafqualität spielen ebenfalls eine bedeutende Rolle. Wir wurden dazu angehalten, viel zu ruhen und auch bei unbedeutenden Erkrankungen sofort den Arzt aufzusuchen.
Den privilegiertesten in der *grünen Zone* steht es frei, ihr Erbgut mit der CRISPER-CAS9-Methode modifizieren zu lassen. Der Einsatz der Methode ist aufwendig und teuer, sodass nur Menschen sie sich leisten können, die höchsten sozialen Status genießen. Die haben damit die Möglichkeit, alles an ihrem Körper zu optimieren und somit, trotz ihrer schon herausragenden Stellung, jeden auch noch so kleinen Makel zu beheben und sich in Richtung jedes noch so abgefahrenen Schönheitsideals zu tunen. Aus grauhaarigen Methusalems werden blonde Jünglinge. Ja sogar ein Wechsel des Geschlechts erwies sich, wenn auch extrem aufwendig, als möglich. Für mich war das in der Form nicht drin, aber ich fand mich eigentlich so ganz in Ordnung.
Vor Jahren war es der *Instanz* gelungen, erfolgreich zusätzliche Neandertaler-DNA in das menschliche Genom einzuspleißen. Ziel war es gewesen, biologische Menschen

widerstandsfähiger zu machen, ihnen einen stabileren Knochenbau und eine robustere Gesundheit zu verleihen. Die Versuche verliefen erfolgreich, den genmanipulierten Kindern war das genetische Erbe des engen Verwandten des Menschen durchaus anzusehen. Auch wiesen sie die angestrebten Merkmale wie stabileren Knochenbau und eine größere Resistenz gegenüber Krankheiten auf.

Doch sie blieben, wohl hauptsächlich wegen ihres Aussehens, immer absolute Außenseiter, hatten enorme Schwierigkeiten, sich an das Leben in den *grünen Zonen* anzupassen. Neben vielen anderen Anpassungsschwierigkeiten konnten sie diverse Nahrungsmittel nicht verdauen, was immer wieder zu längeren Klinikaufenthalten führte, sofern sie der Versuchung von Zucker und Milchprodukten nicht widerstanden.

Nach ein paar Dutzend in vitro erzeugten Kindern stellte die *Instanz* die Versuchsreihe am lebenden Objekt ein. Androiden ohne biologische Komponenten waren produktionstechnisch günstiger und versahen die ihnen anvertrauten Aufgaben überaus zuverlässig. Oft übten sie Tätigkeiten aus, die biologische Menschen nicht machen wollten oder bei denen ihnen die *Instanz* nicht vertraute.

Das Gehirn bleibt also die Achillesferse des ewigen Lebens. Aber keine Panik! Auch wenn hier der Stein der Weisen noch nicht gefunden war, so war es gelungen, viele der den Alterungsprozess des Gehirns bestimmenden Faktoren in ihrer Wirkung stark abzudämpfen. Täglich nahm ich mehrere Präparate, um mein Gehirn am Laufen zu halten. Und ich bilde mir ein, dass es auch ganz gut funktionierte. Wer kann schon mit über hundert noch zu mitternächtlicher Stunde zum »Illegale-Eindringlinge-Schießen« gehen?

Weil es wegen meiner Verspätung keinen Sinn machte, zum Treffpunkt zurückzukehren, sammelte mich nicht der Einsatzwagen, sondern ein ganz normales autonomes Taxi auf. Es fuhr mich nach Hause.

Mit anderen biologischen Methusalems bewohnte ich einen Appartementblock in der *grünen Zone.* Das Privileg, ein ganzes Haus für sich zu haben, in dessen geräumigen Keller ich eben eingedrungen war, haben nur ganz besonders verdiente Mitbürger. So prominent bin ich dann doch nicht.

Aber egal! Meine Bude mit ihren knapp sechzig Quadratmetern reicht mir. Putzen brauche ich nicht, das macht jeden Tag eine autonome Haushaltshilfe. Die nimmt auch alle Waren und Güter des täglichen Bedarfs entgegen, die angeliefert werden. Die *Instanz*, die sich selbst eher als »die umfassendste aller Einheiten« referenziert haben möchte, weiß, was ich normalerweise brauche. Theoretisch wäre es möglich, dass ich nur daran denke, was mir sonst noch fehlt und die *Instanz* kümmert sich darum, dass der Gegenstand oder das Lebensmittel angeliefert werden. Wobei die *Instanz* genau weiß, was ich will, auch wenn ich selbst nur eine ungefähre Vorstellung davon habe, was ich will. Sie errechnet meinen Willen aus meinem Handeln und meinen Körperdaten.

Trotzdem tausche ich mich mit meiner autonomen Haushaltshilfe namens Amira aus. Auf deren Bildschirm erscheint das Bild meiner Traumfrau und sie redet mit mir. Ein Roboter mit einer dem menschlichen Kopf nachempfundenen Ein- und Ausgabeeinheit war mir zu erbärmlich. So steht mein Teil auch nicht auf zwei Beinen, sondern rollt auf Rollen. Nur zwei erstaunlich agile Arme verleihen der Maschine Züge, die an einen Menschen erinnern.

Es gibt auch Modelle, die Menschen täuschend echt nachempfunden sind. Die werden häufiger nachgefragt als Robotermodelle. Aber, wie gesagt, ich will mir da nichts vormachen lassen. Für mich gibt es nach wie vor einen Unterschied zwischen Mensch und Maschine, auf dem ich bestehe. Doch Amira war jetzt noch nicht mein Problem.

Stattdessen musste ich mir, ohne irgendwelche Auffälligkeiten in meinem Metabolismus zu erzeugen,

einen Plan überlegen, wie ich Waana, ohne Spuren zu hinterlassen, in meine Bude bringen konnte. Viel Zeit blieb mir dazu nicht.
Als erstes versuchte ich, mich herunterzufahren. Legte mich für ein paar Stunden ab. Aber nur ein paar Stunden.
Dann fuhr ich mich wieder hoch, zog mich aus dem Bett und verabreichte mir ein anregendes Heißgetränk. Während ich an meiner Tasse nippte, zermarterte ich mir den Kopf, wie ich jetzt am besten vorginge. Doch mir fiel so gar nichts Zielführendes ein. Stattdessen dämmerte in mir nur eine bittere Erkenntnis: Was ich da tat, war der komplette Wahnsinn. Ich war dabei, mich ohne »Wenn und Aber« ans Messer zu liefern.
Trotzdem machte ich weiter. Wenn mich heute jemand fragen würde, warum ich das tat, müsste ich ihm gestehen, dass ich es nicht weiß. Ich konnte eben nicht anders. Die Erlebnisse der Nacht, die verendende Waana in der Garage, hatten mich auf ein Gleis gesetzt, auf dem ich jetzt unaufhaltbar einem ungewissen Schicksal entgegenfuhr. Komplett bescheuert eigentlich, denn ich riskierte ein sorgenfreies Leben auf der Sonnenseite des Planeten.
Die momentanen Prioritäten lagen auf der Hand: Wenn Waana die Nacht überlebte, dann musste ich sie aus dem Keller holen. Eine Herausforderung, die ich tunlichst vor der *Instanz* zu verbergen hatte. Was mir aber durch deren Allgegenwärtigkeit enorm erschwert wurde.
Also: Am späten Nachmittag würde ich mir eins dieser Autos besorgen, das kein Mensch in der *grünen Zone* braucht. Eines dieser Autos, die nicht autonom fahren, sondern Lenkrad, Schaltung und einen Verbrennungsmotor besitzen. Die meisten davon waren, soganannte »Muscle-Cars« und dienten dazu, den Bewohnern der *grünen Zone* den Rausch von Geschwindigkeit zu schenken, an dem jeder Autonarr sich seit der Erfindung des motorisierten Fahrens so innig ergötzt. Eigentlich war deren Benutzung auf spezielle

Routen beschränkt, da die *Instanz* sicherstellen wollte, dass sie für den autonomen Betrieb der Fahrzeuge in der Exklave des Wohlstands keine Gefahr darstellten. Doch viele meiner Mitbürger hielten sich nicht daran, denn der Spaßfaktor, auch mal jemanden mit einem solchen Boliden abzuholen oder auch mal zum Shopping oder ins Restaurant zu fahren, war einfach zu groß. Besonders kühne Zeitgenossen fanden ihren Kick darin, sich mit überhöhter Geschwindigkeit durch die autonom fahrenden Fahrzeuge zu schlängeln und diese zu grenzwertigen Ausweich- und Bremsmanövern zu nötigen. Ab und zu raste auch mal einer mit Affenzahn gegen eine Wand oder in einen Abgrund. Freie Fahrt für freie Bürger eben.

Ich würde mir einen dieser Spritfresser holen und vorgeben, mich dem Rausch der Geschwindigkeit hingeben zu wollen. Bevor ich aber auf die Rennstrecke ging, würde ich noch in unserem Hauptquartier vorbeischauen und mich ganz nebenbei unter dem Vorwand, etwas abliefern zu wollen, in die Asservatenkammer einschleusen.

Denn in der Exklave des Wohlstands, der Zone des ewigen Lebens, gab es trotz aller Bemühungen eben doch noch Illegale. Sie wurden von den privilegierten Bewohnern durchgefüttert, damit sie ihnen als biologische Diener, Haushaltshilfe oder Gesellschafter zu Diensten waren. Ihr Aktionsradius war auf die Häuser oder Wohnungen ihrer Herren beschränkt. Denn laut dem Gesellschaftsvertrag in der *grünen Zone* ist es der *Instanz* strengstens untersagt, innerhalb privater Wohnbereiche die Kontrollmaßnahmen durchzuführen, die in der Öffentlichkeit gang und gäbe sind. Trotzdem war die *Instanz* fast immer erstaunlich gut im Bilde, was in den Wohnbereichen der Zone so abging. Es wurde gemunkelt, dass die »Zentrale Einheit« so manches wissentlich tolerierte, um bei den biologischen Bewohnern nicht das

Gefühl des totalen Ausgeliefertseins gegenüber der künstlichen Intelligenz aufkommen zu lassen.
Natürlich übertrieb es so mancher. Dann war die *Instanz* gezwungen, einzuschreiten. Stellte die Behausungen der Übeltäter schonungslos auf den Kopf und strafte sie für alles ab, was sie sicherstellten. Theoretisch wären sogar Todesurteile vollstreckbar gewesen, doch das versuchte die *Instanz* dadurch zu verhindern, dass sie schon im Vorfeld prophylaktisch eingriff.
Bei den Strafaktionen wurden Unmengen an illegalen Substanzen sichergestellt. Substanzen, die ich jetzt dringend brauchte, wie Antibiotika und Schmerzmittel. Natürlich war ich auch auf Spritzen, Nadeln, Desinfektions- und Verbandsmaterial aus.
Aber zuerst musste ich mir meinen fahrbaren Untersatz bestellen, der die höchst subversiven Aktionen kaschieren sollte, die ich für die kommende Nacht plante.
Ich arbeite immer noch mit Desktop, Tastatur und Bildschirm. Davon konnte ich mich nie lösen, obwohl alles, was ich am Rechner mache, auch über mein mir implantiertes Bio-Informatik-Interface abgewickelt werden kann. Aber ich komme nicht von den alten Interfaces los. Sie schenken mir die Illusion, dass ich noch die volle Kontrolle ausübe.
Die Datenbank zeigte mir die verfügbaren Fahrzeuge an. Ich hatte Glück. Mein Lieblingsauto war die ganze Nacht verfügbar: Ein pechschwarzer Pontiac GTO Baujahr 1965. Schon allein die bullige Front mit den übereinandergestapelten Doppelscheinwerfern war das Argument für mich. Viel wichtiger war an diesem Tag aber auch der riesige Kofferraum der über fünf Meter langen Limousine. Dort wollte ich Waana unterbringen. Megacool zusätzlich die durchgehende vordere Sitzbank, auf der auch drei Personen Platz gefunden hätten. Ein Potenzial, das ich heute keinesfalls ausnutzen konnte. Und sonst eigentlich auch nicht.

Unter zwanzig Litern war die Karre bei meinem Fahrstil nicht zu betreiben. Mir egal, denn ich zahlte pro Minute. Ich würde ordentlich was hinlegen müssen, denn ich wollte den Boliden die ganze Nacht bewegen. Der *Instanz* die unstillbare Sehnsucht nach einem Geschwindigkeitsrausch vorgaukeln, der kein Ende fand.
Ein autonomes Taxi fuhr mich zur Abholstation. Aus einem Schließfachschrank holte ich mir per App den Schlüssel. Eine Zeitreise: das Anlassen. Denn den Kraftstoff für den Acht-Zylinder-Motor verdampfte ein Doppel-Register-Vergaser, sodass bei Vollgas eine Leistung bis zu 335 PS unter der Haube freigesetzt wurde. Der Sound, dieses wuchtige Wummern, entsprechend.
Sobald ich die Parkgarage verlassen hatte, gab ich ordentlich Gas. Der Straßenkreuzer nahm es dankbar an, der V8-Motor setzte seine Kraftreserven begleitet von dem wohligen Wummern frei, das mir unter normalen Umständen so viel Fahrspaß bereitete. Doch heute war ich nicht auf Motorpower und Raserei fokussiert. Denn ich hatte ja einiges vor.
Als erstes steuerte ich das Kommissariat an. Obwohl ich noch eine ganze Nacht voller Fahrspaß vor mir hatte, wollte ich meinen Besuch in der Asservatenkammer nicht weiter aufschieben.
Wenige Minuten später kam ich vor dem Kommissariat zum Stehen. Normalerweise war der Parkplatz davor für Einsatzfahrzeuge reserviert, aber als ehrbarer Einwohner der *grünen Zone* würde mich die *Instanz* schon das halbe Stündchen stehen lassen, das ich für meine Aktion veranschlagt hatte.
Ich lief Ali direkt ins Messer.
»Hi Otto, was machst du hier? Immer im Dienst?«
Krampfhaft arbeitete ich daran, mir meinen Frust nicht anmerken zu lassen. Obwohl ich jetzt niemanden weniger gebrauchen konnte als ihn. Denn mein Kollege Ali ist ein netter Kerl. Ich habe nicht viele Freunde, ihn würde ich als einen von den wenigen bezeichnen. Wie auch ich hat er

das hundertste Lebensjahr schon lange hinter sich gelassen. Aber er hält sich fit, verdammt fit. Nicht, dass ich nicht auch meinen Körper stähle und versuche, die Merkmale des Alterungsprozesses zu unterdrücken, aber er beherrscht die Kunst des Kraft- und Regenerationssports bis zur Perfektion. Seine Oberarme sind muskulöser als mancher Oberschenkel. Haare hat er zwar nicht mehr auf dem Kopf, aber seine Vollglatze verleiht ihm eine noch energischere, durchsetzungsfähigere Ausstrahlung. Trotz seines Alters ist seine Haut straff. Vor zwanzig, dreißig Jahren hätte ein Jeder den Methusalem auf maximal Mitte dreißig geschätzt. Inzwischen war ein jung wirkendes Äußeres jedoch kein Indiz mehr für das wahre Alter eines Menschen.
Wir treffen uns auch außerhalb der Arbeit. Machen Kraftsport oder archaische Dinge wie Wandern und Fahrradfahren. Gehen auch mal zusammen einen trinken. Schön, dass die Saufgelage unserer Fitness keinen Abbruch tun. Denn wir trinken komplett alkoholfrei. Doch über das Bio-Informatik- Interface wird das Gehirn auf Rausch gepolt. Genial! Saufen ohne Kotzen und Schmerz. Doch mit einer ordentlichen Stimmungsaufhellung.
Ich verbringe gerne Zeit mit Ali. Wir kennen uns schon seit Ewigkeiten. Es war noch im letzten Jahrhundert, dass wir Kollegen wurden. So in den Neunzigern.
Damals arbeiteten wir noch als Lehrer an derselben Schule. Er: Sport und Biologie, ich Mathe und Physik. Abends gingen wir manchmal auf ein Bier, um über Schule, Unterricht und Dummheit der Schüler zu schimpfen. Auch als die Welt dann eine andere wurde, haben wir uns nicht aus den Augen verloren.
Ich konnte ihm selbstverständlich nicht sagen, warum ich auf das Kommissariat gekommen war. Dumm, ich musste mir was einfallen lassen. Ich mimte Freude.
»Ich bin auf der Suche nach dir.«

»Nach mir?«, frage er ungläubig. »Du hättest doch einfach ...«
»Überraschung! Schau mal aus dem Fenster!«
Ali spotte sofort den GTO auf dem Parkplatz. Er grinste dreckig.
»Für wie lange hast du ihn?«
»Die ganze Nacht!«
»Ich bin dabei!«
Ich musste jetzt da durch. Es ging nicht anders, denn er fuhr genauso wie ich voll auf den GTO ab.
Wir klapperten all die special places ab, die wir auch sonst auf unseren Touren besuchten. Zuerst ging es auf die Rennstrecke, um so richtig Dampf abzulassen. Hier galt das Motto freie Fahrt für freie Bürger in seiner reinsten Form.
Wir wechselten uns nach jeder Runde ab. Da kaum andere Boliden auf der Straße waren, schafften wir es, die Karre bis nahe an die zweihundert hochzuheizen. Auch bei der Geschwindigkeit lag der Wagen immer noch gut auf dem Parcours, hatte die Bodenhaftung, die selbst bei dem Tempo nie den Gedanken aufkommen ließ, dass etwas schiefgehen könnte. Ali und ich traten das Gaspedal voll durch und klopften dabei coole Sprüche. Ließen uns lang und breit darüber aus, was es doch für ein Spaß war, die geballte Kraft eines V8-Motors auszukosten. Ich mimte Begeisterung, obwohl ich nur an Waana dachte.
Im Prinzip hätten wir die ganze Nacht so fortfahren können. Was wir auch schon viele Male gemacht hatten. Aber ich hatte ja andere Pläne. Also gab ich vor, Hunger zu verspüren.
Ali hatte auch Hunger: auf Geschwindigkeit. Also ließ ich ihn noch eine Runde drehen. Ich spürte, dass Ali gern weiter gecruist wäre. Nur widerwillig steuerte er die Ausfahrt der Rennstrecke an.
Unser Stammlokal ist das »All Foodstuffs« Restaurant. Da kriegst du wirklich alles, vom Bärenschinken bis zur marokkanischen Tajine. Nachdem wir uns die Bäuche

vollgeschlagen hatten, bot ich an, Ali nach Hause zu fahren.
Doch weit gefehlt. Meinen Vorschlag, es jetzt dann gut sein zu lassen, quittierte Ali mit der Bestellung von zwei extra großen Portionen Cappuccino.
»Wenn wir die Karre schon mal haben, dann sollten wir unbedingt dranbleiben.«
Ich konnte nicht kneifen. Die *Instanz* und er hätten zweifellos sofort gecheckt, dass was nicht stimmt.
»Wir lassen es noch 'ne Runde piano angehen. Spulen noch ordentlich Kilometer auf der Landstraße ab.«
Notgedrungen stimmte ich zu. Wie es der armen Waana jetzt wohl ging? War sie überhaupt noch am Leben?
Erst gegen vier Uhr morgens hatte auch Ali genug. Doch so leicht wurde ich ihn immer noch nicht los. Er bestand darauf, dass wir den Boliden zusammen zurückbrachten. Blöd für mich: Ich musste die Karre komplett loswerden.
Auf dem Rückweg teilten wir uns ein selbstfahrendes Taxi. Das ließ mich vor meinem Appartementblock raus. Brav ging ich ins Haus, um im Eingangsbereich vor dem Aufzug eine weitere Fahrzugreservierung vorzunehmen. Sehr verdächtig, aber es ging nicht anders.
Ein weiteres selbstfahrendes Taxi brachte mich zurück zur Abholstation. Diesmal hatte ich eine Ford Mustang, Baujahr 1975. Nicht mehr die elegante klassische Form, sondern das Nachfolgemodell. Was mir jetzt ziemlich egal war. Zumindest war der Kofferraum groß genug.
Dann wieder zum Kommissariat, ab in die Asservatenkammer. Den ganzen Abend über hatte ich ein an meiner linken Wade befestigtes Kampfmesser mitgeschleift, das ich in der Asservatenkammer ablegen würde. Die Story dazu war, dass ich es meinem ersten Abschuss der vorigen Nacht abgenommen hatte. So würde ich mir Zutritt zu dem streng gesicherten Bereich verschaffen. Meine Fingerabdrücke auf dem Plastikbeutel plausibel. Ansonsten war das Teil komplett sauber. Schwierig zu erklären. Doch die Wahrscheinlichkeit, dass

mir jemand auf die Schliche kommen würde, war verschwindend gering. Und in einem Jahr würde es dann eh entsorgt.
Hektisch durchstöberte ich die Boxen anderer Ablagen. Verbände, Desinfektionsmittel, Pinzetten hatte ich daheim oder konnte ich auch ohne besonderes Aufsehen besorgen. Ich suchte aber Antibiotika und Schmerzmittel. Die würde ich für die Verarztung meiner Patientin brauchen.
Schmerzmittel würde man in einer Asservatenkammer erwarten. Ich fand auch reichlich, nahm aber nie die ganze Packung, sondern nur einzelne Blister, damit es nicht auffiel. Schwieriger und zeitraubender war es, an Antibiotika zu kommen. Doch auch hier wurde ich fündig. Eben deswegen, weil es durchaus noch eine Menge Illegale in der *grünen Zone* gab. Und auch einen Markt, auf dem man Medikamente für sie auftreiben konnte.
Endlich hatte ich alles zusammen, was ich brauchte. Im Laufschritt verließ ich das Kommissariat, hechtete in den Mustang und trat aufs Gas.
Die Uhr zeigte 5:33 Uhr. Bald würde es hell werden. Was mehr von psychologischer Bedeutung war, denn auch die nächtliche Straßenbeleuchtung würde meine Verdunklungsversuche nahezu unmöglich machen. Natürlich würde ich in den nächsten Tagen alle in Frage kommenden Überwachungsvideos checken, aber ohne eine ordentliche Portion Glück hätte ich keine Chance.

~

Ich lag im Dunklen in der Ecke neben dem Schrank. Schlafen wäre eigentlich nicht möglich gewesen, denn der Schmerz pochte in Arm und Hüfte.
Ich schüttete mich weiterhin mit Wein aus dem Regal zu. Das Verlangen, mich wegzubeamen: übermächtig. Doch ich musste noch einigermaßen bei Verstand bleiben.

Der Alkohol dämpfte die Angst. Im Prinzip hatte ich mit dem Leben abgeschlossen. Doch die Hoffnung war noch nicht gestorben, denn sie stirbt ja bekanntlich zuletzt. Immer wieder kreisten meine Gedanken um den seltsamen Fremden. Was wollte der von mir? Was würde er mit mir anstellen? Warum hatte er mich am Leben gelassen? Was wäre der Preis dafür?
Die Stunden vergingen. Und eigentlich doch nicht. Wenn man schmerzgepeinigt wach liegt, dann ist jede Minute eine Ewigkeit.
Ich hatte jegliches Zeitgefühl verloren. Machte gerade die vierte Flasche auf. Der Wein immer noch betäubend, doch der Hunger nagte mit jedem Schluck mehr an mir.
Dann wurde an der Tür zum Garten gerüttelt. Ich griff nach einem Schraubenzieher, wissend, dass ich mich nicht ernsthaft zur Wehr setzen könnte.
Draußen musste es noch dunkel sein. Durch die geöffnete Tür drang fast kein Licht in den Keller. Doch dann war ich plötzlich vom Schein der Deckenbeleuchtung geblendet. Der Fremde schlich sich langsam zur Rückwand des Kellers, an der ich lehnte.
»Wie geht es dir?«, fragte er, das grelle Licht der Deckenlampe etwas abschirmend. Sein Gesicht machte ich im Gegenlicht nur schemenhaft aus.
Ich beantwortete die Frage nicht, denn ich wollte nicht zugeben, dass ich am Ende war.
»Was machen wir jetzt?«
Auf die Frage hatte der Fremde so keine Antwort parat. Stattdessen blickte er suchend im Keller umher.
»Wir brauchen eine Kiste, eine Decke oder einen Sack. Damit es nicht zu offensichtlich ist, was ich hier abgreife.«
Wieder leuchtete mir die Deckenlampe direkt ins Gesicht, obwohl sich meine Augen etwas an das Licht

gewöhnt hatten. Der Fremde hatte die Suche nach Transporthilfen im Keller aufgenommen.
Ich hörte, wie er Gegenstände aus einem Behältnis nahm. Dann vernahm ich, wie Metall über den Kellerboden schleifte. Als er wieder vor mir stand, hielt er eine Alukiste in den Händen.
»Passt du da rein?«
Nicht, dass ich es wusste, aber ich musste. Der Fremde streckte mir eine Hand entgegen und zog mich hoch.
»Langsam, langsam!«, stöhnte ich.
Doch die wahre Tortur stand mir noch bevor. Ich bin um die eins siebzig, aber die Box war nicht länger als einen Meter fünfzig. Breite und Höhe sicher nicht mehr als vierzig Zentimeter. Schon ohne meine Blessuren eine Herausforderung, mich da reinzuquetschen, aber mit Schusswunden in Arm und Hüfte die pure Folter. Der Fremde setzte alles daran, mir zu helfen. Aber er tat mir auch fürchterlich weh.
»Du musst da rein, es geht nicht anders.«
Sein Tonfall verriet, dass er sich keinen Illusionen hingab: »Ich muss dir jetzt wehtun!«
Das tat er dann auch. Presste mich ohne Erbarmen in die Box, schloss den Deckel und ließ die Verschlüsse zuschnappen. Damit war ich in dem Alusarg komplett fixiert.
Der Fremde war wahrlich nicht von schlechten Eltern, er verstand was von Fitness. Trotzdem bereitete ihm das Handling der von mir reichlich ausgefüllten Box einige Probleme. Besonders in dem engen Keller konnte er das Teil kaum wuchten, ohne dass er überall hängen blieb. Die Rempler bekam ich in meinem Aluminiumsarg eins zu eins mit. Und das durchaus nicht schmerzfrei, eher durchdringend peinigend. Der Fremde fluchte bei jedem

Stoß. Ich jaulte. Die Treppe zog er mich hoch, wohl auch durch den Vorgarten.
Kurz darauf fluchte er noch eindringlicher. Am Kippen und Schwingen merkte ich, dass er dabei war, mich über den Zaun zu lüpfen. Was wegen dessen erhöhter Oberkante nicht so einfach war. Mit einem Schlag ins Kreuz kam ich aber auf der zu liegen.
Dann senkte er mich auf der anderen Seite ab. Leider mit dem Kopf zuerst. Der Druck auf die Halswirbelsäule unerträglich. Dann der Stoß, als die Kiste unsanft mit der Vorderseite auf dem Gehsteig aufkam. Für mich kaum auszuhalten.
Doch ich musste in genau dieser Position ausharren. Denn der Fremde war plötzlich nicht mehr allein. Ich hörte Stimmen.
»Verdammt schwer das Teil, oder?«
»Um die fünfzig Kilo«, kam es von dem Fremden. Ich konnte hören, dass ihn die Anwesenheit eines Unbeteiligten genauso störte wie mich.
»Was hast du denn da drin?«
»Werkzeug« kam es nach einer zu langen Pause von dem Fremden.
»Kann ich dir helfen?«, bot sich der ungebetene Passant an.
»Ja, natürlich!«
Ich wurde aus der peinsamen Schräglage befreit, schwankte Richtung Auto. Doch der ungebetene Helfer wollte noch mehr wissen:
»Warum hast du denn nicht den Transportservice angefordert?«
Wieder zögerte der Fremde.
»Ich muss heute ran. Jetzt, gleich!«
»Verstehe«, sagte der Passant. So ganz überzeugt schien er nicht.

Die Kiste wurde abgelegt. Ich hörte, dass sich der Kofferraumdeckel über mir schloss. Noch waren da die Stimmen der beiden. Ich verstand aber nicht mehr, was sie sagten. Wahrscheinlich verabschiedete der Fremde den Passanten und bedankte sich. Was er hoffentlich überzeugend tat, denn der Passant war jetzt eines seiner größten Probleme.
Wir fuhren los. Eingeklemmt in der Pein meiner Transportkiste waren es wohl zehn bis fünfzehn Minuten. Das würde ich zumindest heute schätzen. Währenddessen, begleitet von dem Versuch die Schmerzen in der Kiste auszuhalten, rotierten meine Gedanken nur um ein Zentrum. Was würde der Fremde mit mir anstellen? Warum hatte er mich nicht erschossen?

Dann öffnete sich der Kofferraum. Nicht aber die Alubox. Erneut verschlimmerte sich meine Tortur, der Fremde schien die Box jetzt wieder in Eigenregie zu handeln. Nochmals Rempler und Stöße, Aufnehmen und Absetzen.
Endlich hörte ich, wie die Verschlüsse an der Box geöffnet wurden und der Sargdeckel über mir gab den Blick nach draußen frei.
Der Fremde hob mich aus der Box. Allein wäre ich wahrscheinlich nicht mehr herausgekommen. Jetzt konnte ich zum ersten Mal seine Gesichtszüge in Nahaufnahme ausmachen. Ich muss ihn völlig verständnislos angeglotzt haben.
Um uns herum, das war seine Wohnung. Ich sah eine Decke, einen Deckenstrahler, weiße Wände, Schlafzimmereinrichtung. Spürte seine kräftigen Arme, wie sich mich in einem Bett ablegten. Trotz der

Schmerzen empfand ich es als so weich, warm und rein. Der Fremde musterte mich unschlüssig.
»Ich gebe dir zuerst was gegen die Schmerzen und gegen die Infektionen. Dann einen Happen zu essen.«
Sagte er und verschwand aus dem Zimmer. Ich lag da, genoss die unverhoffte Geborgenheit und spürte das Pochen der Einschüsse. Der Fremde kam mit einem Glas Wasser und mehreren Pillen zurück.
»Die blauen sind gegen die Schmerzen, die weißen Antibiotika.«
Er drückte mir Pille für Pille in den Mund. Gab mir jedes Mal einen Schluck zum Runterspülen. Ich trank gierig. Die sauren Pillen gingen mir nur mit intensiver Spülung den Rachen runter.
»Ich mach' dir jetzt was zu essen.«
Ich nickte dankbar, der Fremde verschwand wieder durch die Tür. Aus dem Nebenzimmer hörte ich das Klirren von Geschirr.
Kurze Zeit später kehrte er zurück und setzte sich auf den Bettrand. In seiner Rechten ein Teller mit Leckereien, die ich so appetitlich nicht kannte. Stück für Stück schob er mir Käse, Schinken, Minitomaten, gekochtes Ei, Trauben und Apfelscheiben in den Mund. Er reichte mir jetzt nicht mehr Wasser, sondern wohlschmeckenden Saft aus süßen Früchten. Ich nahm die Gaben dankbar an. Die Schmerzmittel begannen zu wirken.
Der Fremde drückte sich vom Bett hoch.
»Ich lass dich jetzt eine Runde ausruhen. Dann sehen wir weiter.«
Ich versuchte zu lächeln: »Hast du auch einen Namen, Fremder?«
»Ich bin der Otto.«

Ich glitt sanft ins Reich der Träume, obwohl ich die Welt nicht mehr verstand. Noch vor Stunden hatte ich mit dem Tod gekämpft, jetzt lag ich »erster Klasse« und wurde liebevoll umsorgt. Doch würde das so weiter gehen?

Kapitel 4: Begegnung der seltsamen Art

27.06.2065

Vorsichtig schloss ich die Tür zu meinem Schlafzimmer. Waana war so mitgenommen, dass sie auch neben einem startenden Düsenjäger eingeschlafen wäre. Während ich die Tür langsam zuzog, poppte ein Gedanke in mir hoch. Der Gedanke, der mich die nächsten Wochen und Monate stündlich, ja fast jede Minute beschäftigen würde: Bist du noch irgendwie bei Trost?

Die schlimmsten Fehler sind die, die man sehenden Auges begeht. Aber ich konnte nicht anders. Zu groß war das Bedürfnis, dem Wesen in meinem Bett beizustehen, statt sie zu eliminieren. Was war nur mit mir los? Ich war bereit, ein Leben auf der Sonnenseite aufzugeben, von dem Millionen Elende träumten. All die Privilegien wegzuwerfen, um diese Frau zu retten. Mit Logik hatte das nichts zu tun. Das unterschied mich noch von einem Androiden, obwohl schon unzählige Chips in mir verbaut waren.

Was das Dilemma vergrößerte. Denn wenn ich jetzt vollkommen aus meiner täglichen Routine ausbrach, dann würde mir die *Instanz* sofort auf die Spur kommen.

Sicher, es gab einen grauen Bereich, so etwas wie menschliche Schwäche, in dem die *Instanz* Abweichungen wissentlich duldete. Ein letztes Zugeständnis an Autonomie an die Menschen, die sie als ihre Verbündeten, ihr ansatzweise ebenbürtig, ansah. Doch der Graubereich war schmal. Ich musste verdammt vorsichtig sein. War eigentlich schon viel zu weit gegangen. Und doch gab es kein Zurück.

Was tun? Was jetzt tun, ohne mich komplett abzuschießen? Wichtigst: So tun, als wäre nichts. Nur nicht auffallen.

Wie das, wenn ich schon überall meine Spuren hinterlassen hatte? Essentiell war die Spuren zu

verwischen, hoffen, dass sie im Rauschen der allgemeinen Überwachung untergingen. Ich musste ins Kommissariat, um zu überprüfen, was von den beiden letzten Nächten im System hängen geblieben war.
Doch kaum stand ich in meiner Küche, hatte ich ein ganz anderes Problem. Amira, meine maschinelle Haushaltshilfe, rollte mir direkt in den Weg. Sie hatte ihren Lautsprecher auf volle Lautstärke hochgefahren. Und war reichlich zickig.
»Wer ist die Frau?«
»Das geht dich nichts an!«
»Ach ja, deinen Dreck kann ich dir wegräumen. Und dann schleppst du mir so ein Weib an! Sie hat hier keinen Platz!«
»Wer und was hier Platz hat, das entscheide ich!«
»Nein, ich werde nicht zulassen, dass du dich ruinierst! Meinst du, ich checke nicht, dass die von draußen ist? Du bist Beamter! Das kann dich deinen Job kosten!«
Amira hatte verdammt recht. Ich schwieg.
»Also was? Ich werde sie melden!«
Ich war kurz davor, dass mir die Sicherung durchbrannte. Einzig und allein die Tatsache, dass ich wusste, dass Amira nichts aus meiner Wohnung ohne meiner Zustimmung weitergeben durfte, ließ mich nicht austicken.
»Das wirst du nicht! Vergiss nicht, du bist meine Haushaltshilfe. Nicht mehr und nicht weniger!«
Für ein paar Momente hatte ich Oberwasser.
»Otto, bitte! Das kannst du nicht machen! Denk doch an die Konsequenzen! Und überhaupt: Was willst du mit ihr?«
Ich wusste es genauso wenig.
»Amira, lass uns nicht streiten. Gib mir ein bisschen Zeit. Dann können wir reden. Und jetzt lass mich vorbei, ich muss gehen!«
Amira gab mir den Weg frei. Sofort verließ ich die Wohnung, um möglichst viel von den inkriminierenden Aufzeichnungen so zu löschen, dass es die *Instanz* nicht merkte.

Ich fuhr mit dem Taxi. Dass ich am Abend zuvor meine Arbeitsstätte betreten hatte, würde sowieso nicht unbemerkt bleiben. Mein Ortungschip würde aufzeichnen, dass ich sie aufgesucht hatte.
Doch die Aufzeichnungen der Überwachungskameras konnte ich manipulieren, musste aber größte Vorsicht walten lassen. Theoretisch wäre es möglich gewesen, über das Bio-Informatik-Interface direkt auf alle Überwachungsvideos der vorigen zwei Nächte zuzugreifen. Genauso wie das Interface mir den perfekten Porno mit mir in der Hauptrolle in meine Gefühlswelt projizieren konnte. Doch auf die hochsensiblen Daten der Überwachung konnte nur innerhalb des Kommissariats zugegriffen werden. Eine Sicherheitsvorkehrung, die verhindern sollte, dass Unbefugte, vielleicht auch von außerhalb der *grünen Zone*, auf das Datenmaterial der Polizei- und Ordnungskräfte zugriffen.
Im Kommissariat konnte man aber auch auf den Standardcomputerarbeitsplatz aus dem letzten Jahrhundert zurückgreifen: Desktop, Bildschirm, Tastatur und Maus. An einen solchen setzte ich mich jetzt.
Als erstes überprüfte ich, ob mein Freund Ali im Haus war. Sonst hätte ich ihm wieder irgendeine Erklärung präsentieren müssen. Ich hatte Glück, er war nicht eingeloggt.
Dann widmete ich mich den Überwachungsvideos. Als erstes ließ ich mir alle Kameras anzeigen, die mich erfasst haben konnten. Ich begann damit, dass ich mir die Aufnahmen ansah, die zeigten, wie ich nach dem Einsatz den Park verlassen hatte.
Es sah schlecht aus. In erstklassiger Bildqualität war zu erkennen, wie ich der Blutspur aus dem Park ins Haus folgte. Ein glasklarer Beweis dafür, dass ich den Keller betreten hatte. Meine Stimmung sank. Natürlich hatte das Überwachungssystem auch aufgezeichnet, wie ich nach einiger Zeit den Keller verließ und die Treppe wieder heraufkam. Klar, dass es auch Material geben musste, auf

dem zu sehen war, wie Waana sich in den Keller schleppte.
Noch inkriminierender waren die Videos der folgenden Nacht. Sie zeigten, wie ich in Zivil ohne jegliche Autorisation ein weiteres Mal in den Keller des Hauses eindrang und ihn wenig später mit einer gestohlenen Transportbox von nicht unbedeutender Größe wieder verließ. Wenn die *Instanz* auf diese Daten stoßen würde, wäre ich geliefert. Die Uhr tickte. Das Material musste verschwinden.
Einfach löschen wäre keine Lösung gewesen. Das Fehlen von mehreren Minuten auf verschiedenen Überwachungskameras wäre nicht unbemerkt geblieben. Ich konnte nur die Videos so türken, dass man meine Aktionen und mich auf ihnen nicht mehr zurückverfolgen konnte.
Aber selbst konnte ich das nicht. Nicht in der Qualität, dass es unbemerkt bliebe. Dazu brauchte ich jemand, der solche Sachen machen konnte, ohne irgendwelche Spuren zu hinterlassen. Was hieß, dass ich jemanden finden musste, der bereit war, dies ohne großes Aufsehen gegen bare Münze durchzuziehen.
Wer konnte so was? Mit wem davon hatte ich schon mal etwas zu tun gehabt? Ich öffnete die Datenbank mit Straftätern im Bereich Cyber-Crime. Blätterte jedes Dossier einzeln durch. Die wüstesten Typen poppten vor mir auf. Die Liste ihrer Verfehlungen meist endlos. Sie hätten mir sicher weiterhelfen können. Doch sie waren nicht mehr greifbar. Die *Instanz* hatte sie mit Verbannung belegt und sie hochkant aus der Zone hinausgeworfen. Selbst wenn sie noch lebten, kam ich nicht an sie ran.
Natürlich hätte ich einen Suchalgorithmus anwerfen können. Der hätte mir in Sekunden die passende Person geliefert. Und mich ans Messer. Denn die *Instanz* hätte meine Abfrage sofort registriert. Das Suchergebnis wäre für mich dann komplett verbrannt gewesen.

So klickte ich mich weiter durch die einzelnen Dossiers durch. Dann fand ich sie endlich: Manna Sarin. Zwar der totale Freak, aber noch in der Zone. Warum, blieb mir ein Rätsel. Und ich hatte schon mal mit ihr zu tun gehabt.
Doch gut auf mich zu sprechen würde sie nicht sein. Ich hatte damals ihren Lebensgefährten von außerhalb der Zone verhaftet. Allein das hatte ihr schon das Herz gebrochen. Wir hatten ihr zu verkaufen versucht, dass wir ihn einfach nur abschieben würden.
Was gelogen war. Stattdessen hatten wir ihn in die Körperverwertungsstelle gefahren, ihn ausgeschaltet und ihn als Organreservoir benutzt. Eben völlig nach Vorschrift.
Was hatte er sich auch in der Öffentlichkeit zeigen müssen? Wäre er in Mannas Wohnung geblieben, dann wäre ihm nichts passiert. Doch er meinte, auf der Straße herumspazieren zu müssen. Selbst schuld, kann ich da nur sagen.
Manna Sarin sah das sicher anders. Und wie sollte ich sie überhaupt treffen? So, dass es die *Instanz* nicht mitbekam? Schwierig und zeitintensiv. Aber absolut notwendig.
Private Datenträger sieht die *Instanz* gar nicht gern. Sie stellt einem ja die kostenlose Cloud zur Verfügung. Natürlich unter Zusicherung absoluter Diskretion. Doch mir war klar, dass Manna sich hüten würde, die Daten auf der Cloud auch nur zu lokalisieren. Geschweige denn anzufassen oder zu öffnen. Noch schwieriger würde es sein, ihr Zugriff auf das Material zu verschaffen.
Einen USB-Port gab es auf dem Rechner, so antiquiert er auch erscheinen mochte, nicht. Die Videos einfach auf einen USB-Stick zu ziehen, wäre zu schön gewesen, um wahr zu sein.
Ich musste anders vorgehen, musste die Videos auf einem internen Datenträger ablegen und diesen dann aus dem Kommissariat herausschmuggeln. Dazu musste ich wieder in die Asservatenkammer.

Per Irisscan verschaffte ich mir Zutritt. Dumm nur, dass mich das System fragte, wegen welchem Fall ich hier sei. Ich gab die Eliminierung im Kiosk vorletzte Nacht an. Wieder nicht ganz ohne Risiko, aber ich musste rein.
Das Messer interessierte mich natürlich null. Ich suchte in all den Asservaten nach einer Festplatte, die ich unauffällig mitgehen lassen konnte. Dazu musste ich Hunderte von gelben Fallboxen durchstöbern, bis ich endlich einen brauchbaren PC fand.
Den nahm ich mir vor. Fluchend werkelte ich die Seitenplatte auf, zog die Verbindungskabel ab, löste zwei Schrauben und zog die Festplatte aus ihrer Führung. Mit einigem Ruckeln bekam ich das Teil frei.
Jetzt raus und die Festplatte irgendwo anhängen, wo es nicht auffiel. Trotz aller Vorsichtsmaßnahmen der *Instanz* gibt es immer wieder Schwachstellen in ihrer Überwachung. Ich wusste, dass im Serverraum momentan Umbauarbeiten durchgeführt wurden. Hier hoffte ich andocken zu können.
In den Serverraum komme ich so nicht rein. Das ist den Wartungsrobotern vorbehalten, die ihn betreuen. Doch wegen der Baustelle war eine der Wände durchbrochen. Hier sollte eine neue Klimaanlage installiert werden.
Ich musste ziemlich turnen, um mich durch die Öffnung unter der Decke zu winden. Die Herausforderung dabei war, die Festplatte nicht fallen zu lassen. Entnervt klemmte ich sie mir zwischen die Zähne. Auf dem Bauch liegend schob ich mich durch die Öffnung.
Fast wäre ich auf der anderen Seite ungebremst aufgeschlagen, konnte mich aber mit dem rechten Fuß noch so einigermaßen abfangen. Auch die Festplatte ging nicht zu Bruch. Es gelang mir, sie mit einer Hand zu sichern. Für einen Methusalem eine beachtliche Leistung.
Im Serverraum schlug mir die Hitze entgegen. Eine fahrbare Klimaanlage sollte Abhilfe schaffen, doch die rackerte am Limit.

In den Halterungen saßen unzählige Festplatten. Die Regale reihten in einer langen Reihe auf. Die Energiesparleuchten spendeten bleiches Licht.
Ich hatte mir vorgenommen, meine Platte in eines der Rigs zu hängen, wo bald neue Datenträger installiert werden sollten. Die waren leicht zu finden, denn die Installationsroboter hatten die Verkleidungen offengelassen.
Unschlüssig stand ich mehrere Minuten vor dem geöffneten Serverkasten. Hunderte von LEDs blinkten in allen Farben. Überall saßen leere Steckplätze. Ich drückte meine Platte auf einen von ihnen. Zu meiner Freude begann eine LED an meiner Platte zu blinken. Alles in mir sehnte sich danach, es als gutes Zeichen zu deuten. Auf einem verknitterten Zettel notierte ich noch die Servernummer.
Ich verließ den Serverraum auf dem gleichen Weg, auf den ich ihn betreten hatte. Schweißgebadet quälte ich mich durch die Öffnung. Ohne Festplatte, aber dadurch wurde es auch nicht viel einfacher. Ich stürmte zum Standardcomputerarbeitsplatz zurück. Ruckelte an der Maus.
Doch der Bildschirm blieb schwarz. Reichlich angenervt ruckelte ich weiter. Doch nichts tat sich. Ich drückte auf den Ein-Aus-Knopf des Rechners, doch auch das änderte nichts.
Eine Weile starrte ich auf den Bildschirm. Was war das jetzt wieder? Es sah verdammt danach aus, als hätte ich alles vermasselt.

~

Der Harndrang weckte mich. Im ersten Moment konnte ich meine Befindlichkeit nicht begreifen. Sicher, da waren immer noch die Schmerzen in Arm und Bauch. Aber nicht mehr so unglaublich lähmend wir vorher. Doch Ottos Schlafzimmer war für mich nicht zu fassen.

Das weiche Bett, die blütenweißen Laken, mein Kopf in einem Kissen versinkend, um mich herum ein Zimmer, so aufgeräumt und sauber wie auf den Bildern, die wir uns manchmal da draußen ansahen. Ich wollte den Raum so gar nicht verlassen, doch ich musste schlichtweg pinkeln.

Langsam schob ich ein Bein nach dem anderen über die Bettkante. Qualvoll war das Hochdrücken des Oberkörpers. Dann saß ich endlich aufrecht.

Mit dem rechten Arm schob ich mich in Zeitlupentempo nach oben. Sobald ich aufrecht stand, ließ der Schmerz etwas nach. Das Gehen ging so, halt nur recht gemächlich.

Hinter der Tür vor mir musste sich der Rest der Wohnung befinden. Ich drückte die Klinke herunter, schob die Tür ein Stück auf, stieß aber sofort auf Widerstand.

»Du kannst da nicht raus!«

Eine Frauenstimme. Ich zögerte.

»Ich muss mal.«

Die Tür blockierte weiter. Irgendwas stand dahinter. Ich wartete auf eine Reaktion. Nichts tat sich.

»Bitte, ich muss unbedingt pissen!«

»Du musst warten bis Otto wieder da ist!«, sagte die Stimme auf der anderen Seite.

»Ich kann nicht warten! Wenn du die Tür nicht freigibst, werd' ich in den Mülleimer machen!«

Ich war schon dabei, meine Drohung in die Tat umzusetzen, als sich die Tür hinter mir öffnete. In den entstehenden Spalt schob sich ein rollender Meter mit zwei Armen.

»Okay, du darfst aufs Klo, aber dann musst du sofort wieder zurück ins Zimmer!«, erklärte mir die Roboterstimme streng.

»Was meinst du, was ich sonst mache?«
Der Roboter gab den Weg frei. Einer der beiden Roboterarme deutete auf eine Tür neben dem Eingang. Ich humpelte los und erledigte mein Geschäft.
Im Klo sah ich in jeden Winkel und in jede Ecke. Wie auch die anderen Räume war es blitzblank und ordentlichst aufgeräumt. In dem Bemühen mehr über meinen Retter herauszufinden, durchfilzte ich den Spiegelschrank und die Kommode. Doch ich fand nichts, was mir mehr über Otto verraten hätte. Im Spiegelschrank fand ich diverse Hygieneartikel von Seife bis Rasierwasser, in der Kommode nur Handtücher. Dann übermannte mich ein Schwächeanfall und ließ mich das Badezimmer wieder verlassen. Doch als ich brav wieder zurück ins Schlafzimmer wollte, stellte sich mir der rollende Meter in den Weg.
»Du darfst hier nicht sein! Du musst so schnell wie möglich verschwinden!«
»Das entscheidest nicht du. Das hier ist Ottos Wohnung«, gab ich trotzig zurück.
»Ist dir klar, in welche Schwierigkeiten du ihn bringst?«
Ich nickte.
»Warum machst du es dann?«
Langsam wurde es mir zu viel.
»Das geht dich gar nichts an! Ist dir dummer Kasten eigentlich klar, wie schwer es mich erwischt hat? Ich muss hierbleiben, bis ich wieder einigermaßen fit bin!«
Der rollende Meter rührte sich nicht, verweigerte mir weiter den Zugang zum Schlafzimmer.
»Jetzt hör mir mal zu, du kleine Schlampe! Du hast hier gar nichts zu melden! Tag und Nacht kümmere ich mich darum, dass der Otto alles hat, was er braucht. Ohne seine Amira würde der Laden hier nicht laufen! Du störst nur!«

Trotzdem gab der Haushaltsroboter den Weg frei. Ich schleppte zurück ins Schlafzimmer und ließ mich komplett fertig ins Bett sinken. Trotz der Schmerzen schlief ich sofort wieder ein.

~

Der Tausch der Festplatte hatte offensichtlich das gesamte Netzwerk abstürzen lassen. So oft ich den Ein-Aus-Knopf auch betätigte, der Rechner fuhr nicht mehr hoch. Ratlos hockte ich vor dem schwarzen Schirm. Verfluchte meine Dummheit. Fragte mich ein ums andere Mal, wie ich jetzt bloß aus der Nummer rauskäme.

Natürlich gibt es einen Support. Doch wenn ich den jetzt angerufen hätte, dann hätte ich mich gleich auf den Weg nach draußen machen können. Ohne meine Waana, denn die würde, sauber zerlegt in ihre einzelnen Komponenten, hier bleiben.

Was tun? Zum Teufel, was tun? Wie das Kaninchen vor der Schlange saß ich weiter vor dem schwarzen Bildschirm.

Schließlich der Geistesblitz. Wenn ich meinen Rechner nicht hochbrachte, dann ebenen einen der anderen. Natürlich würde das wieder enorm viel inkriminierendes Bildmaterial produzieren, aber es war zumindest ein Ansatzpunkt. Ich sprang auf und machte mich auf den Weg durch das Kommissariat. Lauschte bei jedem Rechner, ob er lief, um festzustellen, dass er es nicht tat. Drückte dann unerbittlich den Reboot. Manche LEDs leuchteten, bei manchen Rechnern tat sich gar nichts. Schließlich landete ich wieder an meinem Arbeitsplatz. Drückte auch hier das Knöpfchen.

Unendlich die Erleichterung, als auf dem Bildschirm diese kryptischen Zeilen aufblinkten, die anzeigen, dass der Computer bootet. Zwei, drei Minuten später war ich im System. Warum es gerade mein Rechner war, mit dem mir das gelang, ist mir bis heute nicht klar. War es reiner

Zufall? Hätte das System auch ohne mein Zutun nach einer gewissen Zeit gebootet? Ich werde es nie erfahren.
Zuerst suchte ich die Platte, deren Anstecken das ganze System zum Absturz gebracht hatte. Zu meiner großen Freude und Erleichterung fand ich sie auch. Dann schmiss ich den Müll runter, der sich auf dem Datenträger befand. Sicher wichtiges Beweismaterial, aber jetzt so gar nicht mein Problem. Dann durchforstete ich alle Überwachungsvideos, auf denen meine selbstmörderischen Aktionen vor zwei Tagen abgelegt waren.
Eine große Hilfe dabei war die Gesichts- und Bewegungserkennungssoftware. Statt mir jedes Video einzeln reinziehen zu müssen, suchte ich nach allen, auf denen ich vor zwei Nächten auftauchte. Innerhalb kürzester Zeit hatte ich alle Videos mit mir drauf zusammen und verschob sie gnadenlos auf die geklaute Platte.
Jetzt hieß es noch, meine heutige Aktion zu verschleiern. Also suchte ich mit demselben Tool nach Aufnahmen von mir heute im Kommissariat.
Ich wurde nicht fündig. Es gab kein Videomaterial der letzten dreißig Minuten. Meine Stimmung besserte sich merklich. So stümperhaft meine Aktion auch gewesen war, hatte ich es trotzdem geschafft, meine Spuren erfolgreich zu verwischen? Ich wollte es einfach glauben, dass nichts, was in der letzten halben Stunde geschehen war, mitgeschnitten worden war. Weiter nachprüfen konnte ich das so jetzt nicht. Ein Restrisiko blieb, aber ich zockte sowieso mit hohem Einsatz.
Stattdessen musste ich die Platte umhängen. Hoffend, dass es alle auf Video gebannten Spuren zerstören würde, ging ich wieder in den Serverraum. Zog die Platte ohne Rücksicht auf Verluste ab und steckte die ursprüngliche auf. Wartete eine paar Minuten. Wahrlich entzückt stellte ich fest, dass Tausende von LEDs verloschen, denn das System fuhr sich, völlig verunsichert durch den rabiaten

Festplattentausch, wieder herunter. Das weitere Geschehen war mir reichlich egal. Also verdrückte ich mich wieder durch das Loch für die neue Klimaanlage aus dem überhitzten Serverraum. Der Hitze entflohen, verließ ich das Kommissariat fluchtartig.

~

Ich erwachte, als Otto mein Zimmer betrat. Er balancierte ein Tablett mit einem Frühstück, wie ich es so nicht kannte, nie hatte genießen dürfen. Nichts fehlte. Rühreier, Speck, Croissants, Brötchen, Honig, Marmelade, Butter, Nutella, Fruchtsalat, Müsli und Milch, Schinken, Wurst, Käse, Kaffee, Saft. Vorsichtig schob er sich auf die Bettkante, das Tablett jetzt auf den Oberschenkeln.

»Wie fühlst du dich?«

Ich versuchte zu lächeln: »Besser.«

»Mit was fangen wir an?«, fragte er mit Blick auf das überquellende Tablett.

»Weiß nicht. Entscheide du.«

»Den Kaffee mit Milch und Zucker?«

Ich nickte.

Otto rührte Milch und Zucker in den Kaffee. Mit letzterem meinte er es wirklich gut. Dann führte er die Tasse dann vorsichtig an meine Lippen.

»Langsam, heiß!«

Vorsichtig saugte ich die warme Flüssigkeit in mich auf. Der Geschmack mehr als göttlich.

Ich ließ mich füttern. Otto schmierte kleine Happen und löffelte mir süßes Müsli zu. Ich nahm jeden Bissen dankbar an. Ab und an fragte er mich, nach was mir der Sinn stünde. Ich zuckte nur ratlos mit den Schultern. So entschied er.

Es war eine Henkersmahlzeit der anderen Art. Bei jedem Bissen, den mir Otto in den Mund schob, war mir nur zu bewusst, dass mich da mein Henker fütterte. Verstehen tat ich eh nichts mehr. Ich konnte nichts anderes als mich genussvoll nähren, den Horror der vergangenen zwei Tage wegschlemmend.
Wir saßen mindestens eine Stunde so da. Dann ging beim besten Willen nichts mehr rein. Auf einem Fetzen Croissant mit Nutella kauend schüttelte ich den Kopf.
»Ich kann nicht mehr!«
Otto stellte das Tablett beiseite.
»Was machen wir jetzt?«, wollte ich wissen.
Otto nahm meine Hand und schaute mich unglücklich an: »Ich weiß es auch nicht.«
Trotzdem fühlte es sich gut an. Unbegreiflich warum, denn ich hatte keine Zweifel daran, was sein Auftrag war: Mich zur Strecke zu bringen und zu verwerten. Ungeachtet dessen lag ich in einem samtweichen Bett und der Schmerz ließ langsam nach.
»Waana, ich muss nochmal los.«
Ich nickte nur.

~

Manna Sarin aufzutreiben, würde nicht einfach sein. Natürlich konnte ich zu ihr hinfahren und bei ihr klingeln. Genauso gut hätte ich gleich ein Geständnis ablegen können.
Ich musste sie abpassen und diskret kontaktieren. Was logischerweise so nicht ging. Wenn ich einen offiziellen Fahndungsauftrag gehabt hätte, dann hätte ich nur ihre Position über ihren Ortungschip abrufen müssen. Was nicht ging, denn ich hatte keinen Grund Manna Sarin zu orten.

Folglich hieß es, genau Ausschau halten. Ich positionierte mich in Sichtweite ihres Hauses und wartete. Und wartete. Doch Frau Sarin ließ sich nicht blicken. Sie saß wahrscheinlich eh vor einem ihrer Rechner. Im Prinzip gibt es für die Bewohner der *grünen Zone* keinen zwingenden Grund, das Haus zu verlassen. Alles, was man zum Leben braucht, kann man sich liefern lassen.
Nerds wie die Sarin sind nicht dafür bekannt, dass sie besonders viel Wert darauf legen, sich an den Schönheiten der Natur zu erfreuen. Bis die Frau ihre Wohnung verließ, konnten Wochen vergehen. Aber mir blieb nichts als so lange auszuharren, bis ich sie irgendwann abgreifen konnte. Was aber eher schwierig ist, wenn man unter dem Radar durchtauchen muss.
Meine Gelegenheit bot sich mir in der dritten Nacht, in der ich in einem gesharten Auto in sicherer Entfernung den Hauseingang beschattete. Gegen dreiundzwanzig Uhr verließ Manna Sarin ihr Domizil.
Ich war mir sofort sicher, dass es sie war. Ihr Punklook ihr unverkennbares Markenzeichen. Die gesamte Kleidung pechschwarz, Leder oder Imitat. Natürlich auch das Halsband mit den silbernen Applikationen. Unmengen von Piercings und Ringen an allen Stellen, die sich für das Tragen mehr oder weniger eigneten. Mehrere schwere Ketten, alle Silber, hingen ihr um den Hals. Auch die schmückten diverse Applikationen aus allen Bereichen des Alltags. Die Stiefel klobig, die Absätze durchgehend mindestens fünf Zentimeter dick, hier zusätzlich Silber an allen Ecken und Enden.
Den Kontrast zu Schwarzchrom bildeten Gesicht und Haare. Die waren wasserstoffblond bis an Wurzel gefärbt, aber nicht der übliche Irokese, sondern in dicken Strähnen zur Seite frisiert. Die Schminke grell. Ihre Augen hatte sie mit hauchdünnen schwarzen Linien betont, dafür die Augenlider in allen Farben des Regenbogens geschminkt.

Das war eindeutig Manna Sarin. Sobald ich mir einigermaßen sicher war, dass sie mich nicht im Blick hatte, hängte ich mich an sie dran.
Langsam schloss ich zu ihr auf, versuchte, den Moment, in dem sie checkte, dass ihr jemand folgte, so lange wie möglich hinauszuzögern. Unnötig, denn in der *grünen Zone* fühlt sich jeder sicher. Die umfassende Überwachung würde sofort Alarm auslösen, wenn ich mich von hinten an sie rangemacht hätte. Als ich einen Meter hinter ihr war, setzte ich meine Message ab.
»Ich brauch deine Hilfe. Aber ja nicht umdrehen!«
Manna Sarin ging weiter, als wäre nichts gewesen.
»Wer bist du? Was willst du?«
»Du kennst mich so nicht, aber ich dich. Ich habe einen Auftrag für dich!«
»Ich habe keine Ahnung, was du willst!«
»Hast du schon! Wir treffen uns in einer Stunde im Connect! Hast du verstanden? Es bringt nichts, wenn du kneifst.«
Die Sarin bestätigte und ich fiel zurück. Bei der nächsten Gelegenheit bog ich ab.
Das Connect war einer der Schuppen, in denen sich die trafen, die sich als Subkultur in der *grünen Zone* verstanden.
Ich fiel natürlich auf wie ein bunter Hund. Die ganzen Freaks in dem höhlenartigen Laden im Keller eines eigentlich ganz passablen Hauses beäugten mich misstrauisch. Jeder checkte, dass ich hier war, um irgendeinen Deal klar zu machen. Ich hoffte, dass keiner raffte, dass ich für die Sicherheitsorgane arbeitete. Obwohl das vermutlich nur dazu geführt hätte, dass man mir deutlich gemacht hätte, auch ohne meine Anwesenheit auskommen zu können. Mit den Sicherheitsorganen legen sich in der *grünen Zone* nur absolute Soziopathen an.
Der Gedanke, ob ich durch mein Tun auf deren Niveau herabgesunken war, schoss mir durch den Kopf, als Manna endlich die Spelunke betrat. Womit der Deal meine

ganze Aufmerksamkeit beanspruchte. Ich winkte ihr zu. Zögerlich kam sie an meinen Tisch.
»Warum hat das so lange gedauert?«
»Was willst du von mir?«
»Ich habe einen Job für dich. Du musst ein paar Videos türken.«
Manna zögerte.
»Ein paar Videos türken. Einfach so mal? Und warum sollte ich das machen?«
»Weil ich alles über dich weiß. Ich kann dir verdammt viel Ärger machen!«
»Und deswegen soll ich irgendeinen Scheiß für dich veranstalten? Wo ich dann so richtig Ärger bekommen kann? Vergiss es, Typ!«
Ich fing an, ihr runterzuleihern, wegen was sie schon alles aufgefallen war. Machte ihr deutlich, dass ich sie von nun an permanent auf dem Schirm haben würde. Und dass ich ihre Dienstleistung nicht umsonst in Anspruch nähme. Was auch nicht ganz einfach sein würde, denn Bargeld in seiner ursprünglichen Form gab es in der *grünen Zone* so nicht mehr. Alles wurde nur noch bargeldlos abgewickelt. Oder man tauschte eben. Und ich war mir sicher, dass ich in der Asservatenkammer noch so einiges finden würde, was für Manna nicht uninteressant wäre.
»Ich weiß, dass du gut im Geschäft bist. Und ich weiß, dass du weißt, dass ich es weiß. Was ist dein Problem? Wir gewinnen beide!«
Endlich ließ sie sich auf einem der Stühle am Tisch nieder, doch am Haken hatte ich sie noch lange nicht.
»Woher weiß ich, dass du mich nicht einfach nur für irgendetwas hinhängen möchtest?«
»Warum sollte ich das tun?«
»Weiß ich nicht. Aber trotzdem besteht die Möglichkeit ...«
»Ich will, dass du mich auf ein paar Videos unsichtbar machst. Mehr nicht. Du siehst die Videos und hast damit die Garantie, dass ich dich in Ruhe lasse. Was willst du mehr?«

»Was heißt: Ich sehe die?«
»Ich vertraue dir genauso wenig wie du mir. Ich werde nicht von deiner Seite weichen, wenn du an den Videos rumfummelst.«
»Tolle Idee. Willst du etwa bei mir vorbeikommen?«
»Natürlich nicht!«
Ich zog die Festplatte aus meinem Rucksack.
»Wir machen das hier zusammen. Schau dir die Platte gut an. Du wirst sie an dein Notebook, oder mit was du arbeiten willst, hängen müssen.«
Sanna warf nicht mehr als einen kurzen Blick auf die Platte.
»Wann soll ich das machen?«, fragte Manna lustlos.
Ich rang ihr den nächsten Tag ab, fragte sie noch, was ich ihr als Gegenleistung besorgen könnte. Sie wollte Koks, Schmerzmittel und elektronische Bauteile. Ich versprach sie zu organisieren. Manna ließ mich grußlos sitzen. Ich zahlte die Zeche und machte mich auf den Heimweg.

~

Amiras Geschimpfe weckte mich. Sie machte Otto Vorhaltungen, dass er sich mit mir Probleme einhandle, die sich zu einer Katastrophe auswachsen würden. Otto hörte sich nicht gerade begeistert an, war aber in der Defensive. Er wiederholte gebetsmühlenartig, dass er schon wisse, was er tue und sie sich gefälligst nicht seinen Kopf zerbrechen solle. Amira beruhigte sich nicht, ließ sich immer neuen Vorhaltungen einfallen.
Mit einem deutlich artikulierten »Es reicht jetzt!« riss Otto die Tür zum Schlafzimmer auf. Und zog sie geräuschvoll hinter sich zu.
»Sorry, die nervt so unendlich!«
Während er sich auf der Bettkante niederließ, drehte ich mich vorsichtig zu ihm hin.

»Wie geht es dir?«, fragte er, wobei er mir einen Cappuccino in die Hand drückte.
»Besser!«, sagte ich und machte mich über das Heißgetränk her. Köstlich, ach so köstlich, der süße anregende Milchschaum. Ich trank fast die halbe Tasse in einem Zug. Otto grinste verschämt.
»Tut es noch sehr weh?«
Natürlich tat es noch gut weh. Ich wollte aber nicht jammern.
»Es geht so.«
»Wir müssen die Verbände wechseln. Und dich waschen. Kriegen wir das hin?«
»Klar«, antwortete ich zögerlich. Es musste zweifellos sein, doch meine Hilflosigkeit erschreckte mich.
Otto fühlte meine Stirn: »Fieber scheinst du keines zu haben.«
Ich nickte.
Dann war Körperpflege angesagt. Otto holte eine Schüssel mit warmem Wasser aus der Küche. Amira belehrte ihn währenddessen, dass sie grade erst alles geputzt habe und keine Sauerei wünsche.
»Waschlappen habe ich nicht. Wir müssen Küchentücher nehmen«, erklärte er, als er wieder ins Zimmer kam.
Dann wurde Otto übergriffig. Er schlug die Bettdecke zur Seite und begann mich freizuschneiden. Die Fetzen, in die ich mich seit Jahren kleidete, schnitt er mir einfach so vom Leib. Sobald er mich freigelegt hatte, begann er mich mit einem Schwamm und lauwarmem Seifenwasser abzureiben. Ich ließ es geschehen. Es fühlte sich gut an und doch so falsch.
Das Seifenwasser musste er aber sogleich wegschütten und durch neues ersetzen. Denn ich stand vor Dreck. Amira gab natürlich wieder ihren Kommentar dazu ab,

als er in die Küche ging. Otto hörte sich die Tirade wortlos an.
Sobald ich gewaschen war, erfolgte die Salbung. Ganz vorsichtig zog er die blutverschmierten Verbände ab und begann die Wunden zu desinfizieren. Der Alkohol brannte höllisch. Doch ich bin einiges gewohnt. Wenn du da draußen über die Runden kommen willst, musst du hart im Nehmen sein. Ich bin es.
Dann legte Otto die frischen Verbände auf.
»Wie fühlst du dich?«, fragte er unsicher.
Wie fühlte ich mich? Dem Tod entronnen, lag ich nackt und waidwund vor meinem Henker. Der tat alles, um mich dem zu entreißen, salbte und wickelte mich. Um mich herum eine Sauber- und Behaglichkeit, die ich so nicht gekannt hatte. Im Nebenzimmer ein eifersüchtiger Haushaltsroboter, der nichts lieber getan hätte, als mich den Häschern auszuliefern.
»Besser, viel, viel besser!«
Ich log nicht.
In meiner Verwirrung hätte ich es fast versäumt, mich wieder zu bedecken. Otto hatte inzwischen zwei Schmerztabletten und ein Glas Wasser besorgt. Er drückte sie mir zärtlich auf die Lippen und ließ mich am Glas nippen. Die Tabletten machten ihren säuerlichen Abgang.
Wir sahen uns an. Schweigend. Schließlich nahm Otto meine Hand.
»Ich weiß auch nicht, wie das jetzt weitergehen soll. Ich bin ratlos ... Jetzt ruh' dich aber erst mal weiter aus.«
Das tat auch Otto. Er schien todmüde zu sein. Mit der Selbstverständlichkeit einer langjährigen Ehe zog er sich Hemd und Hose aus, holte sich eine Decke aus dem Schrank und bettete sich neben mich. Keine zwei

Minuten später war er eingeschlafen. Ich tat es ihm nach.
Am nächsten Morgen saß er frühstückend neben mir, als ich die Augen auftat. Einen Moment lang starrten wir uns ungläubig an.
Wir frühstückten zusammen. Wortlos, nur die reich gedeckte Tafel genießend. Plötzlich packte er das Betttablett und stellte es mit einem Ruck zu mir rüber.
»Waana, ich muss los! Sicherstellen, dass niemand etwas merkt. Wenn ich wieder da bin, dann schauen wir weiter.«
Er drückte mir einen Kuss auf die Hand und schob sich aus dem Zimmer. Ich wusste weiter nicht, was ich von all dem halten sollte. Alles war so falsch und doch meine einzige Chance. Ich konnte dem nicht widerstehen. Warum auch?

~

Ich hätte alles dafür gegeben, noch liegen bleiben zu können. Aber ich hatte ein Rendezvous. Nicht, dass ich Lust hatte, den Tag mit Manna Sarin zu verbringen, aber es ging nun mal nicht anders. Sie war die einzige Hoffnung, dass ich mit meiner krummen Tour durchkommen würde.
Die Festplatte in einem Jutebeutel machte ich mich auf den Weg zum Carsharing, um mir wieder einen dieser spritfressenden Boliden zu holen. Diesmal war es ein silberner Passat Kombi Baujahr 2015. Der Wagen war zwar völlig übermotorisiert, fiel aber als Familienkutsche wesentlich weniger auf als die wirklichen Boliden.
Ich sollte Manna vor dem Connect aufgabeln. Als ich davor zum Stehen kam, war weit und breit nichts von ihr zu sehen. Den Passat vorschriftswidrig in der zweiten Reihe parkend, steig ich aus und warf ich einen Blick ins Innere der Spelunke.

Drinnen war nicht viel los. Die wenigen Gäste musterten mich abschätzig. Wieder fiel ich auf wie ein bunter Hund. Auch hier von Manna keine Spur.
Draußen gelang es mir wenigstens, einen legalen Parkplatz zu ergattern, von dem aus ich das Connect im Auge behalten konnte.
Vierzig Minuten später ließ sich Manna endlich blicken. Als ich hupte, steuerte sie direkt auf den Passat und mich zu.
»Du bist spät«, sage ich genervt.
Ihr war das egal.
»Hast du die Festplatte?«
Ich angelte den Jutesack von der Rückbank. Manna zog aus ihrer Notebooktasche das zugehörige Notebook und einen Haufen Kabel und Adapter. Ich sah ihr gespannt zu, wie sie das Equipment zusammensteckte. Was ihr gar nicht gefiel.
»Willst du nicht losfahren? Soll uns jeder hier zusammen sehen?«
Ich tat, wie mir geheißen. Manna fuhr das Notebook hoch.
»Hast du Zugriff?«
Die Antwort traf mich wie ein Hammerschlag.
»Nein!«
»Was heißt nein?«
»Nein heißt, dass ich keinen Zugriff habe! Was soll es sonst heißen?«
»Scheiße!«, stöhnte ich und trat auf die Bremse. Der Passat kam zum Stehen. Autonom fahrende Fahrzeuge hupten, um dann schwungvoll an mir vorbeizuziehen.
»Was bleibst du jetzt stehen?«, raunzte mich Manna an. »Fahr weiter!«
»Wozu?«, fragte ich doof.
Manna warf mir einen vernichtenden Blick zu. »Auffälliger geht's einfach nicht! Die halbe Straße blockieren! Hast du sie noch alle? Fahr weiter!«
Brav gab ich wieder Gas. Ohne einen blassen Schimmer, wie es jetzt weitergehen sollte.

»Da vorne rechts«, befahl mir meine Beifahrerin.
»Warum?«, wollte ich wissen, bog aber rechts ab.
»Jetzt beruhige dich mal, Alter! Ich brauch noch ein paar Adapter, dann kriege ich das Teil schon zum Laufen!«
Eine Viertelstunde später hielten wir vor einem Haus in einem eher langweiligen Wohnviertel. Manna machte Anstalten, den Wagen mitsamt dem ganzen Equipment zu verlassen. Ich konnte sie gerade noch an der Schulter greifen.
»Lass mich!«, fuhr sie mich sofort an.
»Die Platte bleibt hier.«
»Super! Wie soll ich sie dann angeschlossen kriegen?«
»Dein Problem!«, maulte ich zurück. »Hol dir, was du brauchst, und dann machen wir weiter.«
»Das kann Stunden dauern!«
»Dann dauert es eben Stunden. Der ganze Krempel bleibt aber hier!«
Reichlich grob riss ich ihr das Equipment samt Platte vom Schoß. Motzend stieg sie aus dem Auto und verschwand in dem Plattenbau neben uns. Ich blieb im Wagen zurück und wartete. Mindestens eine Stunde. Irgendwann begann ich daran zu zweifeln, dass sie überhaupt zurückkommen würde.
Als sie dann endlich wieder aus dem Haus kam, war meine Stimmung am Tiefpunkt. Zumindest hielt sie eine Plastikschachtel in den Händen.
»Warum hat das so ewig gedauert?«, wollte ich wissen.
»Selbst schuld, ohne die Platte musste ich alles zusammensuchen, was ich kriegen konnte.«
Nachdem sie sich und den ganzen Krempel auf dem Beifahrersitz organisiert hatte, steckte sie mehrere Verbindungen zwischen Notebook und Platte. Ohne hochzufahren. Keine schien ihr zuzusagen. Auch, dass ich ihr dabei zwischen Hoffnung und Ernüchterung schwankend zusah, gefiel ihr gar nicht.
»Mann! Fahr los! So kann ich nicht arbeiten!«

Beinahe wäre mir wegen der renitenten Kuh der Kragen geplatzt. Doch von ihr hing alles ab. Also tat ich, was sie von mir verlangte.
Drei Straßen weiter kam endlich mal was Positives von meiner Beifahrerin: »Ich kann zugreifen!«
Meine Stimmung besserte sich merklich. Ich gab Gummi und wir cruisten über den Schnellstraßenring, der die einzelnen Wohngebiete der *grünen Zone* verband.
»Und du willst aus all den Videos raus?«
Eine unnötige Frage, warum sollten wir sonst das Theater veranstalten.
»Klar, aber so, dass keiner merkt, dass ich da war!«
»Logisch, ich lass dich spurlos verschwinden. Das wird aber teuer!«
»Ich weiß«, gab ich trocken zurück.
Wir fuhren Stunden. Eins musste man Manna lassen: Sie arbeitet wirklich wie besessen. Rief einen Streifen nach dem anderen auf und tat ihr Bestes, um mich durch Nichts zu ersetzen. Ich saß derweil am Steuer und genoss die Fahrerei übers Land. Es wurde schon dunkel, als sie mir sagte, dass sie jetzt gleich durch sei.
»Gut, dann fahr ich jetzt zum Connect.«
Manna klickte weiter auf dem Notebook herum. Schnitt mich aus Bildern heraus und ließ irgendwelche Tools mich dann durch einen nichtssagenden Hintergrund vervollständigen. Wir waren noch etwa fünf Minuten von Connect entfernt, als sie mir kommunizierte, dass sie durch sei und das Notebook zuklappte. Sofort fuhr ich rechts ran.
»Was soll das jetzt?«
Ich griff mir das Notebook, steckte meine Platte ab, klappte es auf und schaltete es ein. Das Menü fragte nach einem Passwort. Manna schaute mich fragend an.
»Dann gib ihm mal deinen Fingerabdruck.«
»Wieso denn das jetzt?«
»Damit ich checken kann, ob alles sauber ist.«
»Mann, meinst du, dein Scheiß interessiert mich?«

»Ja, das meine ich.«
Mit einem Seufzen legte Manna ihren Zeigefinger auf das Mousepad und gab mir damit Zugriff auf ihren Computer.
»Bitte sehr, der Herr!«
Wenn Manna mich wirklich hätte reinlegen wollen, dann wäre ich chancenlos gewesen. Eher unbedarft wie ich war, leerte ich den Papierkorb und ließ eine Suche nach Videodateien über alle Datenträger laufen. Zu meiner Freude lautete das Ergebnis Fehlanzeige. Ich startete die Familienkutsche und fuhr die letzten zwei Kilometer zum Connect.
»Was ist mit meinem Brosamen?«
»Du bekommst deinen Brosamen!«
Manna schaute mich zweifelnd an, raffte dann trotzdem ihren Krempel zusammen und stieg ohne Gruß aus dem Auto.

~

Die Schmerzmittel, die Otto besorgt hatte, wirkten. Ich hatte kaum mehr Schmerzen, solange ich keine falsche Bewegung machte. Gegen Mittag stellte mir Amira wortlos etwas zu essen und eine Flasche Wasser hin und rollte dann wieder aus dem Zimmer.
Außer ab und zu einen Happen zu mir zu nehmen und einen Schluck Wasser zu trinken, blieb mir nur, an die Decke zu starren und meinen Gedanken nachzuhängen.
Sicher, ich war dem Tod von der Schippe gesprungen. Was aber ganz und gar nicht hieß, dass ich in Sicherheit war. Ottos Appartement war der goldene Käfig. Mir fehlte es an nichts und doch war ich auf vierzig Quadratmetern gefangen. Ich konnte nicht den Rest meines Lebens hier im Bett verbringen. Würde ich meine Leute jemals wiedersehen? Ich hatte gehofft, sie nach einem erfolgreichen Raubzug reich beschenken zu können. Doch jetzt hielten sie mich wahrscheinlich für

tot. Ob überhaupt einer von uns die Nacht überlebt hatte und zurückgekehrt war?
Irgendwann musste ich wieder raus aus der *grünen Zone*. Dabei würde ich Gefahr laufen, dass man mich doch noch erwischte und als Organdepot missbrauchte. Der Schlüssel war Otto. Wenn er mir nicht half, dann hatte ich keine Chance. Aber warum sollte er mir helfen? Ich meine, ich war ja so was wie seine Trophäe. Oder wollte er mich als Haustier halten? Was Menschlicheres als dieser Drache von Haushaltshilfe, der alles besser wusste. Aus welchem Grund hätte er mich sonst bei sich aufnehmen sollen? Seine Rückkunft riss mich aus meinen trüben Gedanken. Er schien müde, aber doch zufrieden.
Wie es mir ginge, war seine erste Frage. Ich antwortete wahrheitsgemäß, dass die Schmerzmittel mich ordentlich betäubten und dass es mir an nichts fehle. Wo er denn die ganze Zeit gewesen sei, wollte ich dann wissen. Es war eine banale Mischung aus Small Talk und Neugier.
Otto grinste: »Nicht so schnell, junge Dame! Das erzähle ich dir alles beim Abendessen. Vorher müssen wir uns aber noch um deine Wunden kümmern.«
Otto wickelte mich vorsichtig aus den Verbänden, wusch mir das geronnene Blut ab, salbte mich mit Desinfektionsmittel und hüllte mich in frisches Verbandsmaterial. Am Ende der Prozedur schaute er mich nachdenklich an. Ich zog mir zögerlich die Bettdecke über. Endlich wandte er seinen Blick ab.
»Ich werde einen Schlafanzug für dich kaufen.«
Ich wusste, dass es so was gab. Besessen hatte ich noch nie einen.
Amira rollte mit dem Abendessen ins Zimmer, reichte dem auf der Bettkante sitzenden Otto Teller und Glas.

Mein Essen stellte sie auf dem Boden neben dem Bett ab. So, dass es mir größtmögliche Mühe bereiten würde, an Teller und Glas heranzukommen. Mit einem schnippischen »Guten Appetit« rollte sie schnurstracks aus dem Zimmer.

»Die ist ganz schön angefressen«, sagte Otto tonlos, schob sich einen Bissen Risotto hinter die Kiemen, spülte ihn mit einem Schluck kühlem Weißwein herunter. Ich robbte mich derweil zu meinem Abendessen vor.

»Waana, bleib doch liegen! Ich mach schon!«

Otto sprang schuldbewusst auf, griff sich das etwas deplatziert im Raum stehende Betttablett und richtete mir mein Abendessen. Während er mir von den Ereignissen des Tages berichtete, ließ auch ich es mir schmecken. Besonderen Gefallen fand ich an dem süßen Wein. Ein zweites und ein drittes Glas folgten.

Ich war mir sicher, dass jetzt das Unvermeidliche geschehen musste. Die Stimmung war gut, der Alkoholspiegel angemessen, der Abend fortgeschritten. Und wir lagen gemeinsam im Bett. Doch ich irrte.

»Waana, ich muss nachher nochmal raus. Wir sollten schlafen.«

Ich fragte nicht. Otto löschte das Licht und wir gaben uns dem süßen Schlummer hin. Jeder unter seiner Decke. Auch egal, ich verstand die Welt eh nicht mehr.

~

Klar, dass ich in dieser Nacht nochmal raus musste. Die manipulierten Files mussten an ihren Bestimmungsort. Da ich den inneren Alarm vermeiden wollte, hatte ich mir den Timer auf meinem Handy auf drei Stunden gestellt. Als das Teil zu tuten anfing, befand ich mich gerade im Tiefschlaf. Es dudelte eine geraume Weile, bis es mir gelang, das Gedudel abzustellen.

Waana schien noch zu schlafen. Ich raffte mich mit äußerster Mühe auf und stieg leise in meine Klamotten. Sobald ich unten angekommen war, funkte ich ein autonomes Taxi an. Ich war so müde, dass ich ziemlich neben mir stand. Natürlich hätte ich mich auf über mein Bio-Informatik-Interface hochpushen können. Das wollte ich aber nicht und griff stattdessen auf einen stinknormalen Kaffee zurück. Ich wies das Taxi an, mich durch eines der Schnellrestaurants zu fahren, wo ich mir einen ziehen konnte.
Dann zum Kommissariat. Mit dem Pappbecher in der Hand und der Festplatte in der Hose kam ich nach erfolgter Gesichtserkennung problemlos an den Computerarbeitsplatz. Ich fuhr ihn erst mal hoch und loggte mich ein.

Richtig dranmachen konnte ich mich freilich noch nicht. Musste erst mal so tun, als würde ich mich aufgrund von Schlaflosigkeit meiner Arbeit widmen. Damit wollte ich sicherstellen, dass ich niemandem in die Arme lief, der sich ebenfalls hier zu nachtschlafender Stunde aufhielt. Ich hatte Glück: Niemand litt an Schlafstörungen und es kam auch kein nächtlicher Einsatz rein. Ich blieb allein.
Als ich einigermaßen sicher war, dass ich ohne böse Überraschungen anfangen konnte, machte ich mich auf den Weg zum Serverraum. Da erlebte ich dann die Überraschung der besonderen Art. Dort, wo gestern noch das Einstiegsloch in der Wand gewesen war, ratterte jetzt eine ordnungsgemäß verbaute Klimaanlage.
Im ersten Moment konnte ich das Debakel kaum fassen. Ich stand vor dem summenden Kasten und war mir sicher, dass jetzt alles verloren war. Fühlte mich, als wäre ich mit Volldampf gegen eine Mauer geprallt. Die absolute Lähmung in Anbetracht der völligen Ausweglosigkeit.
Schließlich ließ ich mich auf eine Box fallen, in der das Teil offensichtlich angeliefert worden war. Dann schoss

mir wieder die Frage durch den Kopf, die ich mir die vergangenen Tage schon Hunderte Male gestellt hatte: Warum? Warum wirfst du alles weg? Für was? Eine Antwort konnte ich mir auch diesmal nicht geben.
Dann fiel mein Blick auf einen blauen Metallkasten. Es war einer der Werkzeugkästen, die man vor Jahrzehnten öfter benutzt hatte, bis sie durch Kästen aus Plastik ersetzt wurden. Das war es, was mir an dem Metallkasten auffiel. Mein erster Gedanke war, dass es ein solches Teil eigentlich nicht mehr geben sollte. Wer benutzte so was noch?
Die Erkenntnis, dass das Teil meine Rettung sein könnte, kam mir erschreckend langsam. Wenn ich das passende Tool darin finden würde, dann könnte ich mir den Weg in den Serverraum freischrauben.
Die Aussicht darauf, dass doch nicht alles den Bach runtergehen würde, verlieh mir neuen Schub. Ich sprang hoch, riss die beiden Deckel der Werkzeugkiste auf und klappte die oberen Sortierkästen zur Seite. Der Kasten war mit allem gut gefüllt, was der Klimatechniker im Außeneinsatz gemeinhin so braucht.
Ich packte das Teil und wuchtete es in Richtung Klimaanlage. Wieder hatte ich trotz der Misere Glück. Statt einer Kernlochbohrung, die bei den meisten Modellen das Innengerät mit dem Außengerät verbindet, war das hier verbaute Modell aus einem Guss. Genau das hatte es erfordert, ein derart großes Loch in die Wand zu schlagen. Wodurch es mir möglich gewesen war, in den Serverraum einzusteigen.
Der rechteckige Kasten war in eine Kulisse eingesetzt, die dazu diente, das Klimaanlagengehäuse in der Wand zu fixieren. Vier fette Schrauben hielten die Kulisse in der Wand. Drei bekam ich mit dem passenden Schraubenschlüssel relativ flott aus der Wand. Auf der Holzbox stehend musste ich nur brav schrauben. Dann wurde die Sache schwieriger. In dem Moment, als ich begann, die vierte Schraube zu lockern, drohte die ganze

Klimaanlage mir entgegenzufallen. Sie wäre dann nur noch von dem Stromkabel gehalten worden, das es mit Sicherheit aus der in der Wand verbauten Abzweigdose gerissen hätte.
Also musste ich das Kabel losschrauben. Den Plastikdeckel der Abzweigdose bekam ich zerstörungsfrei mittels eines Schraubenziehers abgehoben. Nun lagen die nackten Kontakte vor mir. Auf ihnen natürlich ordentlich Strom drauf. Das Abschrauben war noch ganz gut machbar, solange ich vorsichtig mit dem Schraubenzieher agierte. Sobald ich das erste Kabel abgezogen hatte, verstummte die Klimaanlage. Auch die anderen vier Kabel kriegte ich lose, ohne dass ich eine gewischt bekam.
Jetzt hing das Teil nur noch an der einen Schraube. Mit dem Schraubenschlüssel in der einen Hand und mit der anderen Klimaanlage und Kulisse in der Wand haltend, schraubte ich sie auf. Als ich sie fast draußen hatte, entglitt mir der Schraubenschlüssel und landete auf dem Boden.
Jetzt stand ich da. Wollte ich den Schraubenschlüssel aufheben, musste ich die Kulisse loslassen. Dann bestand aber die Gefahr, dass mir alles runterkrachte. Es blieb mir nichts anderes übrig, als die drei anderen Schrauben mit der Hand so hineinzudrehen, dass ich einigermaßen sicher sein konnte, dass das Gerät in der Wand gehalten wurde. Wieder vergingen wertvolle Minuten.
Nochmal ließ ich den Schlüssel nicht fallen. Endlich gelang es mir, die Klimaanlage aus der Wand zu ziehen und am Boden abzulegen. Der Vorteil der Kombibauweise war, dass ich keine Schläuche abschrauben musste. Der Nachteil, dass ich mir fast einen Bruch hob.
Endlich war der Weg frei. Schon geübter stieg ich ein und steckte die Platte an. Stieg wieder aus und hastete zum Terminal. Was ich mir hätte sparen können, denn das ganze System bootete. Als es endlich oben war, konnte ich die gefakten Videodateien dahin verschieben, wo sie hingehörten.

Dann zurück in den Serverraum. Die Platte abgezogen, die ursprüngliche wieder aufgesteckt. Das war die leichte Übung. Nachdem ich jetzt schon etwas Routine hatte, kam ich ganz gut durch den Durchbruch.
Nun hieß es aber, die Klimaanlage wieder an ihren Platz zu bekommen. Zuerst steckte ich mir Schrauben und Schlüssel griffbereit in die Taschen. Dann wuchtete ich mühsam die Kulisse samt Klimagerät wieder in die Öffnung. Schweißperlen tropften mir von der Stirn. Ein Mann in meinem Alter sollte sich so etwas nicht mehr antun.
Als besonders widerspenstig erwies sich Dichtmaterial, das ich zwischen Durchbruch und Kulisse fummeln musste.
Als das Teil saß, bekam ich die erste Schraube auch ganz gut in Loch und Dübel. Doch dann wurde es eklig. Die Kulisse hing so im Durchbruch, dass ich die anderen Schrauben nicht mit den Bohrungen zur Deckung bringen konnte. Ich ging dazu über, wie ein Bekloppter am Klimagerät zu rütteln, damit sich das Teil noch so verschob, dass ich es festschrauben konnte. Völlig schweißgebadet gelang es mir nach zahllosen Versuchen, auch die restlichen Schrauben in den Bohrungen zu versenken.
Doch ich war keineswegs durch und schon viel zu lange am Werk. Ich zwang mich zur Eile, fürchtend, dass mich doch noch jemand bei meinem nächtlichen Treiben stören könnte, wodurch ich aber auch nicht schneller voran kam.
Jetzt galt es, die Klimaanlage ans Netz zu hängen. Mit Schraubenziehern verschiedenster Größen gelang es mir, die Kabel wieder so in Position zu schieben, dass ich sie festziehen konnte. Jetzt nur keine gewischt kriegen und auch keinen Kurzschluss produzieren. Zittrig wie ich nach all den Anstrengungen war, reichlich anspruchsvoll. Doch ich schaffte es, mich nicht abzuschießen.
Alle allzu offensichtlichen Spuren meiner nächtlichen Aktivität verwischend, machte ich mich auf den Weg nach Hause.

Kapitel 5: Ende einer wilden Ehe

Ab dem 28.6.2065

Otto kümmerte sich rührend um mich. Täglich wechselte er die Verbände, obwohl die Wunden nicht mehr so nässten. Auch hatte er mir einen Schlafanzug besorgt, sodass er mich nicht immer völlig freilegen musste. Nie hatte ich ein Kleidungsstück besessen, dessen Herstellung so teuer gewesen war. Was mich aber noch mehr verzauberte, war die Geschmeidigkeit des hauchdünnen Stoffes. Der schmiegte sich so sanft an meine Haut an, dass ich mich fast nackt fühlte.

Mir ging es Tag für Tag besser. Zwar war ich immer noch in meiner Bewegung eingeschränkt, aber die Schmerzen ließen deutlich nach. Was sicherlich auch den Schmerzmitteln zu verdanken war, die ich in mich hineinschüttete.

Währenddessen hasste Amira mich weiter. Aber solange ich nicht den Fehler beging, die Wohnung zu verlassen, konnte sie nichts tun.

Otto und ich verbrachten viel Zeit miteinander. Ich erzählte von meinem Leben, meinem Vater draußen, wir schauten uns alles an, was die Videoplattform an Streams hergab, stopften uns dabei mit Leckereien voll oder daddelten irgendwelche Ego-Shooter. Eine oder zwei Flaschen Wein machten uns dabei locker. Besonders mich, denn Schmerzmittel und Alkohol sind keine gute Kombination. Nur ein Thema war absolut tabu: Was Otto beruflich machte.

Weiter teilten wir uns das Bett. Wenn die Weinflaschen sich dem Ende zuneigten, kam es schon mal zu Zärtlichkeiten. Ein Streicheln, ein Küsschen, ein Kopf auf der Schulter, ein schüchternes Erkunden des anderen auf er Matratze.

Wieder verstand ich die Welt nicht mehr. Da draußen ist Sex ein legitimes Zahlungsmittel für alles. Viele Frauen sind ohne »Wenn und Aber« darauf angewiesen, Männer zu Diensten zu sein. Die Gegenleistung ist Schutz und Nahrung. Liebe gibt es da so nicht, alles wird vom Sachzwang diktiert. Sicherlich, jeder ist Meister darin, Gefühle zu heucheln, wohl wissend, dass die Bedingungen sie einem verbieten.
Ich wunderte mich schon, warum Otto noch keinen Versuch unternommen hatte, mich zu beschlafen. Aber das war nur ein Teil des völligen Unverständnisses, das ich seit unserer ersten Begegnung im Keller verspürte. Für mich stand mein Überleben im Vordergrund.
Dass es dann doch passierte, ergab sich eben so. Ich bin immer noch der Meinung, dass Otto es nicht darauf anlegte. Vielleicht lag es auch an dem Film, den wir uns gerade reinzogen. Der zeigte reichlich unverhohlen, zu welchen Turn- und Partnerübungen Mann und Frau fähig sind. Doch Otto griff nur zur Flasche auf dem Nachttisch. Und kam mir dabei so nahe, dass ich nicht anders konnte, als seine Erregung zu spüren. Auch mich hatte der Film nicht kalt gelassen. Der Wunsch, mich einfach fallen zu lassen, nicht mehr darüber nachzudenken, was morgen sein würde, einfach zu vergessen, ergriff von mir Besitz. Ich dürstete danach, einfach nur für den Moment zu leben.
Die Weinflasche wurde zur Nebensache. Stattdessen drang er in mich ein. Keiner von uns beiden verschwendete auch nur einen Gedanken daran, was wir da taten.
Danach versuchten wir, es zu begreifen. Lagen da nebeneinander. Natürlich war es grenzwertig, aber ich war ja sowieso im falschen Film. Der beschäftigte mich so, dass ich gar nicht darüber nachdachte, ob ich das

jetzt wollte oder nicht. Weh hatte mir Otto nicht getan, das würde er nie tun.

»Du brauchst nicht mit mir zu schlafen, wenn du es nicht möchtest«, sagte er schließlich in die ratlose Stille.

Ich verstand ihn erst nicht. Schaute ihn blöde an.

»Wie soll das nur weitergehen?«, antwortete ich mit einer Gegenfrage.

Wir schwiegen uns wieder an. Dann:

»Ich weiß es nicht!«

»Ich weiß nur, so können wir nicht weitermachen!«

Ich lachte.

»Warum nicht? So gut ist es mir noch nie gegangen. Jeder Tag ein Sonntag im Bett.«

Jetzt musste auch Otto lachen. Doch das verging ihm recht schnell.

»Irgendwann erwischen sie uns. Und dann ist es mit uns beiden vorbei.«

»Was dann?«

»Ich werde dich nach draußen bringen. Ich kenne genug Wege raus. Wenn du wieder voll fit bist, dann packen wir einen Rucksack für dich und du machst dich auf den Weg.«

»Und das war es dann?«

»Ja, das muss es dann gewesen sein!«

Wie eine schwarze Gewitterwolke sich vor die Sonne schiebt, verdunkelte jetzt eine unendliche Traurigkeit Ottos Züge. Ich versuchte, sie ihm mit zarten Liebkosungen aus dem Gesicht zu wischen. Er ließ es geschehen, doch ich fühlte seinen Schmerz.

Der ergriff mich jetzt auch, ich wollte ihn nicht so sehen. Also schob ich meine Hand in seine Lenden. Die sprachen an und ich kam auf ihm zu sitzen. Der Schmerz wich der Erregung zumindest in seinen Zügen.

Ich ging auf und nieder. Was mich am ehesten in Bedrängnis brachte, war die Tatsache, dass ich es selbst nicht wusste, ob ich es wollte oder nicht. Wie falsch war dieser Film?

~

Waana ging es immer besser. Unser Sex wurde Tag für Tag ideenreicher, gymnastischer, süchtiger. Je näher der Moment rückte, in dem ich sie aus der Zone bringen musste, desto abhängiger wurde ich von den Stunden, die mir diese Frau, die meine Urenkelin hätte sein können, schenkte. Ich alter Sack war verliebt.
Der virtuelle Sex, den einem das Bio-Informatik-Interface schenkt, ist wirklich nicht schlecht. Es ist das Danach, das einen so allein lässt. Denn irgendwann kommt immer der Punkt, an dem man aus dem süßen Traum aussteigen muss. Und dann ist man so unendlich allein.
Ich wäre nicht Otto, wenn ich komplett den Verstand verloren hätte. Trotzdem zermarterte ich mir, verzweifelt einen Weg suchend, das Hirn, wie ich Waana behalten konnte. Ohne sie bei mir daheim wie ein Haustier zu halten.
Doch selbst wenn ich alle Hebel in Bewegung gesetzt hätte, nie wäre es mir gelungen, Waana hier in der *grünen Zone* legal zu machen.
Ich tat, was ich tun musste. Kaufte und stahl alles zusammen, was ich meiner großen Liebe mit auf den Weg geben würde, wenn ich sie aus der Zone herausbrachte. Zwei Rucksäcke hatte ich zu packen. Den großen, den ich bis zu unserer Trennung schleppen würde, und den kleinen, den sie dann noch mittragen konnte, wenn sie allein weiter musste. Jedes Teil, das ich einpackte, brach mir das Herz.
Den Tag, an dessen Abend wir aufbrechen würden, hatte ich mir freigehalten. Wir verbrachten ihn mit Fernsehen,

Videospielen, kulinarischen Genüssen, ein paar Gläsern Wein und natürlich viel, viel Sex.
Gegen achtzehn Uhr war es dann so weit. Waana badete sich nochmal ausgiebig, ich besorgte derweil das Auto. Diesmal war es ein 1970er Dodge Challenger. Eine Riesenschüssel mit über sieben Litern Hubraum verteilt auf acht Zylinder. Ein geiles Auto, aber es war mir heute sowas von egal. Es sollte nur dazu dienen, Waana dort an den Stadtrand zu bringen, wo wir unauffällig in die Unterwelt hinabsteigen konnten.
Vor Jahren war eine Gruppe von draußen über einen stillgelegten Eisenbahntunnel in die Zone eingedrungen. Dazu hatten sie eine Wand aus Ziegelsteinen durchschlagen und mehrere Eisengitter durchsägt. Doch am Ende des Tunnels war kein Licht gewesen, sondern meine Einheit und ich. Wir hatten kurzen Prozess gemacht und die Kadaver der Körperverwertungsstelle überlassen.
Nach verrichteter Arbeit plagte mich meine Verdauung. Ich ging etwa hundertfünfzig Meter in den Tunnel zurück, um mich zu entleeren. Gerade, als ich dort ohne Hosen hockte, sah ich im schummrigen Licht diese Gestalt in einiger Entfernung, wie sie in einer Öffnung im Boden verschwand.
Der Typ musst unter dem Radar durchgetaucht sein. Sein Glück, dass ich mich wegen der heruntergelassenen Hose nicht schnell genug in Schussposition bringen konnte.
Nachdem ich mein Geschäft beendet hatte, konnte ich es mir nicht verkneifen, einen Blick auf das unscheinbare Loch im Boden zu werfen. Ein rechteckiger Schacht, den man auch von unten gut mit ein paar Brettern kaschieren konnte. Ich beschloss, dass mir der Weg nach draußen nochmal wichtig sein könnte und dass ich ihn für mich behalten würde. Ich sollte recht haben.
Logischerweise hatte die *Instanz* veranlasst, dass alle Zugangsmöglichkeiten zum Tunnel im Nachgang der

Aktion dichtgemacht wurden. Nur eben das unscheinbare Loch war ihr entgangen.
Ein paar Tage später war ich zurückgekommen und hatte den Einstieg mit mehreren U-Profilen so verrammelt, dass man von draußen nicht mehr durchkam. Von innen käme ich aber noch durch, wenn ich denn müsste oder wollte.
Zurück in meiner Bude wartete Waana auf mich. Alles stand bereit. Die Rucksäcke, zwei Nachtsichtgeräte aus der Asservatenkammer, meine Knarre, Werkzeug und eine fette Brechstange. Und natürlich Amira.
Sobald ich die Wohnung betreten hatte, fing sie an, auf mich einzureden. Ob ich mich komplett ruinieren wolle? Ob mir klar sei, was passiere, wenn sie mich mit der Schlampe erwischten? Dass ich das Leben da draußen keine zwei Wochen überstehen würde! Ob ich mein jetziges Leben einfach so wegwerfen wolle?
Als es mir zu viel wurde, sperrte ich sie im Schlafzimmer ein. Zuerst brachte ich alles, was wir mitnehmen wollten, in den Dodge. Dann verstaute sich Waana wieder in der Aluminiumbox. Diesmal war es nicht ganz so schmerzhaft, denn ihr ging es viel besser. Mit Mühe wuchtete ich die Kiste in den Kofferraum des Boliden. Dort konnte ich die Verschlüsse öffnen, sodass Waana es sich ein bisschen gemütlicher machen konnte. Doch damit wir unentdeckt blieben, musste sie mit dem Kofferraum vorliebnehmen.
Der Dodge sprang nach wenigen Umdrehungen des Anlassers an und der Motor begann zu wummern. Ausnahmsweise gab ich mal vorsichtig Gas. Ich wollte ja keinesfalls auffallen.
Eine gute halbe Stunde später kamen wir am Tunnel an. Ich parkte den Dodge unter Bäumen, damit eventuelle Drohnen kein allzu leichtes Spiel hatten.
Die Sonne war untergegangen, hier am Rand der *grünen Zone* war es ziemlich finster. Gut für uns. Grillen zirpten, ansonsten herrschte Stille. Ich stülpte mir ein Nachtsichtgerät über und öffnete den Kofferraum. Waana

kletterte heraus. Wir bepackten uns und stapften los. Auch Waana trug ein Nachtsichtgerät.

Der ehemalige Eisenbahntunnel wurde jetzt durch eine Ziegelwand versperrt. Um gewisse Kontrollfunktionen noch ausüben zu können, hatte man eine Tür mit verbaut. Die Überwachungskamera darüber setzte ich mit einem gezielten Schuss außer Gefecht. Der Brechstange gab die Tür fast widerstandslos nach. Nachdem wir sie hinter uns zugezogen hatten, umgab uns totale Dunkelheit.

Zweifellos würde die »Instanz« den Ausfall der Kamera registrieren. Aber gerade derart exponierte Geräte versagten allzu oft. Sofern nicht weitere Sensoren anschlugen, würde man zu gegebener Zeit einfach einen Reparaturtrupp vorbeischicken. Das war das Zeitfenster, dass mir blieb, um wieder in die Zone zurückzukehren.

Da die Nachtsichtgeräte mit Infrarotstrahlern arbeiteten, konnten wir die Umrisse aller möglichen Hindernisse erkennen, die sich uns im Tunnel in den Weg stellen würden.

Taschenlampen zu verwenden, wagte ich nicht. Zu groß das Risiko, dass auch noch im Tunnel Kameras verbaut waren.

Wir wanderten in Richtung des Einstiegslochs. Das war noch die leichte Übung, denn bis dorthin kannte ich den Weg.

Mittels Ratsche, Verlängerung und siebzehner Nuss drehte ich die Schrauben auf, welche die U-Profile über dem Einstiegsloch fixierten. Der Geruch, der uns aus dem Loch entgegenkam, war ekelerregend. Ein eindeutiges Indiz dafür, dass in dem Schacht, der uns erwartete, organisches Material vor sich hinfaulte.

An Nasenklemmen hatte ich nicht gedacht. Folglich mussten wir uns in den Gestank hinablassen. Der Schacht hatte sicherlich irgendwann der Belüftung oder Entwässerung gedient. Da er kaum mehr als eineinhalb Meter hoch war, mussten wir uns ordentlich bücken, um

uns nicht den Schädel einzurennen. Immer wieder blieb ich mit dem Rucksack irgendwo hängen.
Auch stolperte ich dauernd über Müll, der auf dem Boden lag. Je nach Material hatte die Wärmebildkamera Schwierigkeiten, die Umrisse deutlich abzubilden. Irgendwann wurde es mir zu dumm und ich zog die Taschenlampe aus meinem Gürtel.
In ihrem Licht erkannte man den Müll und die anderen Verunreinigungen im Tunnel in einer Qualität, die man in der Form gar nicht gewollt hätte. Zumindest wurde die Frage, warum es hier so stank, damit hinreichend geklärt. Auch gelang es einem, seine Schritte besser zu setzen.
Noch immer wussten wir nicht, ob wir auf diesem Weg wirklich nach draußen kommen würden. Alles war möglich. Insgeheim hoffte ich, dass wir irgendwann auf ein unüberwindliches Hindernis stoßen würden. Doch dem war nicht so. Nach gefühlten Stunden sah ich Licht am Ende des Tunnels. Nicht, dass die Sonne schon aufgegangen wäre, aber man konnte deutlich einen Lichtschein ausmachen.
Dann war es so weit, wir traten ins Freie. Der Mond erleuchtete die sternenklare Nacht, wodurch wir ganz gut ausmachen konnten, wo wir uns befanden. Der Ort glich einer Müllhalde. In früheren Zeiten musste der Abwasserkanal eine Unmenge Unrat mit sich geführt haben. Durch die Müllschicht spross spärlicher Bewuchs. So was gab es nicht in der Zone, wir mussten draußen sein. Alles in mir sträubte sich gegen das, was jetzt kam. Ich stand regungslos da und glotzte in das Halbdunkel.
»Otto, du weißt, ich werde dich nie vergessen«, flüsterte Waana. »Du hast mich dem Totenreich entrissen. Du bist ein guter Kerl!«
Ich drückte sie ganz fest an mich. Saugte alles von dem Wesen ein, das ich so verzweifelt liebgewonnen hatte. Wollte sie nicht mehr loslassen. Ich hätte es wahrscheinlich auch nicht gemacht, wenn nicht plötzlich Bewegung in die laue Mondnacht gekommen wäre. Zuerst

hatte es nur geraschelt, dann aber konnte man die Hundemeute, die auf uns zustürmte, unmissverständlich ausmachen. Endlich gab ich Waana frei.
So spät, dass ich den ersten Köter mit dem Kolben meines Gewehrs ausknocken musste. Glücklicherweise traf ich ins Schwarze, sodass man das Knacken seines Kiefers deutlich vernahm und er winselnd den Rückzug antrat. Was mir Zeit gab, das Gewehr an meine Schulter hochzureißen und meinen Finger am Abzug zu platzieren.
Den zweiten Köter tötete ich im Sprung, sein Maul war keine Armlänge von mir entfernt, als ich abdrückte. Im Moment des Todes schlug er vor mir auf dem Boden auf.
Doch die Meute stürmte weiter auf uns zu. Jetzt rächte sich, dass ich Waana nicht ihre Pistole ausgehändigt hatte. Saudumm, denn sie stand nahezu wehrlos hinter mir. Konnte den ein oder anderen Stein aufheben und ihn der Meute entgegen werfen. Mehr nicht.
In enger Kadenz musste ich eine Töle nach der anderen ausschalten. Obwohl schon einige Kadaver blutend vor uns lagen, ließ die Meute nicht von uns ab. Ich schoss ohne Pause weiter. Mein Magazin fasste achtzehn Schuss. Elf davon hatte ich schon abgefeuert. Was tun, wenn mir die Munition ausging? An einen Magazinwechsel war nicht zu denken.
Waana war es gelungen, ein rostiges Metallrohr abzugreifen. Mit dem sicherte sie jetzt meine linke Flanke. So mancher Köter verlor durch das flink geführte Rohr einen oder mehrere Zähne. Und trollte sich jaulend.
Sieben, sechs, fünf. Gleich würde mein Magazin leer sein. Die Meute stürmte jetzt zwar nicht mehr so massiert auf uns ein, doch ich wagte es nicht, sie nur einen Augenblick aus den Augen zu lassen.
»Waana, schnapp dir die Pistole. Rechte Außentasche am Rucksack!«
Vier, drei! Jetzt hatte ich noch zwei Kugeln im Magazin. Vor mir weiter ein Rudel kläffender, die Zähne fletschender Köter. Ich spürte, wie sich Waana am

Rucksack zu schaffen machte, während ich meine letzten zwei Kugeln versenkte. Nun hieß es umgreifen und das Gewehr zum Schlagstock zu degradieren. Doch ich kam nicht mehr zum ersten Hieb.

Eins, zwei, drei, vier, fünf, sechs. Waana feuerte ohne Unterlass. Mähte den Rest des Rudels mit gezielten Schüssen nieder. Der letzte Köter, eben noch die Zähne fletschend, sank verendend in sich zusammen.

Wir standen da, ich meinen Schießprügel als Keule haltend, Waana die rauchende Pistole mit beiden Händen führend. Die Schlacht war gewonnen. Und doch würde ich jetzt gleich alles verlieren.

Es dauerte eine geraume Weile, bis wir wieder zum Leben erwachten. Ich verstehe immer noch nicht, wie ich in dem Moment weiter funktionieren konnte. Wahrscheinlich lag es nur daran, dass ich mein Handeln für alternativlos erachtete.

Ich setzte den Rucksack ab, zog die Reservemagazine aus den Außentaschen und lud mein Gewehr und die Pistole. Dann half ich Waana den großen Rucksack zu schultern und drückte sie ein letztes Mal.

»Adieu, Waana.«

»Adieu, Otto.«

Meine Seele schrie, und doch gelang es mir, mich wieder in den Tunnel zu fädeln. Immer einen Schritt vor den anderen.

Kapitel 6: Mitarbeitergespräch

01.09.2065

Ich sehnte mich nach etwas, das ich vorher nie auch nur eine Millisekunde angedacht hatte: Sterben. Warum auch? Wenn man im Paradies lebt und alles hat, warum sollte einer da auf den Gedanken kommen, nicht ewig weiter machen zu wollen? Das ist es vielleicht, was das Paradies ausmacht. Ohne jeden Zweifel am Morgen das Heute in vollen Zügen mitnehmen. Was will man mehr als einen gefüllten Kühlschrank, ein warmes Bett, ein dickes Auto und Sex, wann immer einem der Heini danach steht. Was will man mehr als einen Job, der einen ausfüllt? Ein Job, der aufregender ist als jedes Videospiel? Kein Ego-Shooter kann mit der Hatz auf die Untermenschen mithalten. Und wenn es dich doch mal erwischt, dann flicken sie dich eben wieder zusammen. Für deinen Heldenmut bekommst du eine Medaille und einen Bonus. Mitleid? Wozu Mitleid spüren, wenn man genau das Richtige macht? Die Kreaturen da draußen waren es einfach nicht wert. Und außerdem: Sie hätten ja bloß draußen bleiben müssen.

So wie der Gamer keine Gewissensbisse hat, wenn er die Untoten oder Feinde reihenweise mit den Waffen seiner Wahl eliminiert, hatte ich kaum Zweifel an meinem Tun gehegt. Und jeder in meiner Umgebung hatte mich in meinem Jagdtrieb bestärkt. Ganz besonders die *Instanz*. Doch jetzt konnte ich den Job nicht mehr machen.

Deswegen setzte die *Instanz* ein Mitarbeitergespräch an. Ganz so, wie das schon seit Jahrzehnten ablief. Sie klinkte sich nicht direkt bei mir ein, sondern schickte mir altmodisch eine E-Mail.

Mitarbeitergespräch 3.9.2065

Sehr geehrter Herr Doble,

wir möchten mit Ihnen Ihre berufliche Situation besprechen, um festzustellen, welche Anpassungen wir gegebenenfalls vornehmen sollten. Bitte halten Sie sich am 3.9.2065 gegen 14 Uhr in Ihrer gewohnten Umgebung bereit, unseren Anruf entgegenzunehmen. Wir werden uns, wie üblich, über das Bio-Informatik-Interface auf Sie aufschalten.

Mit freundlichen Grüßen

Ihre *Instanz*

Ich las die Mail auf dem Kommissariat. Ganz oldschool vor dem Rechner mit Bildschirm, Tastatur und Maus. Obwohl der Text neutral gehalten war, zweifelte ich keine Sekunde daran, worum es ging. Ich hatte in den letzten Monaten meine Aufgaben sträflich vernachlässigt. Sicher war ich brav dabei, wenn Einsätze reinkamen. Aber meine Abschussquote fiel dramatisch ab, ging unverkennbar in die Knie. Mehr als einen Abschuss pro Einsatz kriegte ich nicht mehr auf die Reihe. Viele Ziele entkamen mir, obwohl ich sie direkt vor der Flinte hatte. Mir war klar, dass mein fehlender Arbeitseifer unweigerlich auffallen würde, doch ich konnte die Verzweifelten nicht mehr einfach so abknallen. Was früher für mich untermenschlicher Ausschuss zum Abschuss gewesen war, waren jetzt eben Verzweifelte, die sich ihre elende Existenz durch ein paar Gadgets aus dem Paradies versüßen wollten.
Wie immer hatte ich sie als grüne Silhouette im Visier oder sah den roten Punkt meines Ziellasers auf ihrer Stirn. Doch dann übermannte mich die Tötungshemmung. Ich brachte es nicht mehr über mich, den Abzug

durchzudrücken. Musste am ganzen Körper zitternd zusehen, wie mein Abschuss das Weite suchte. Aus einem Elitesoldaten war eine Memme geworden.
Es war ein Montag, der 3.9.2065. Punkt vierzehn Uhr klingelte die *Instanz* bei mir an. Das Bio-Informatik-Interface meldete mir die Gesprächsanfrage. In Erwartung derer hatte ich mich an meinen Küchentisch gesetzt. Ich nahm die Anfrage an. Damals waren wir noch per du.
»Hallo Otto, schön, dass du dir Zeit für uns genommen hast.«
»Immer gerne!«, log ich, wie man das halt so macht. Plötzlich saß ich nicht mehr in meiner Küche, sondern wie bei einem ordentlichen Mitarbeitergespräch an einem Mahagonitisch, einem virtuellen Vorgesetzten gegenüber. Der sah mir ziemlich ähnlich. Ein schlauer Schachzug der Instanz mit dem Ziel mir zu vermitteln, dass wir auf Augenhöhe agierten. Das Büro überaus funktionell, keinesfalls beengend, an den Wänden Bilder. Da die *Instanz* meine Vorlieben kannte, zeigten alle die Autos, die ich so gerne fuhr, auch den roten Mustang von 1964, meinen absoluten Favoriten.
»Wie geht es dir?«
Ich hatte mir eine Strategie zurechtlegen wollen, wie ich reagieren würde. Doch, und das hatte mich wirklich belastet, ich fand keine, die ich für erfolgversprechend hielt. Es bestand kein Zweifel daran, dass ich den Job nicht mehr machen konnte. Doch den Grund dafür musste ich der *Instanz* um jeden Preis vorenthalten. Ansonsten, da hatte die nervige Amira verdammt recht gehabt, wären die Konsequenzen absehbar gravierend. Mit der Frage ohne Ausweichmöglichkeit konfrontiert, beschloss ich auf Burn-out zu machen. Doch nur nicht zu schnell die Karten auf den Tisch legen.
»Eigentlich geht es mir gut. Ich fühle mich körperlich fit, treibe gelegentlich Sport, habe einiges um die Ohren, versuche aber es nicht überhandnehmen zu lassen.«
»Was treibt dich denn so um?«

Jetzt würde ich mit Gemeinplätzen nicht mehr ohne weiteres durchkommen. Und was mich umtrieb, musste ich unbedingt für mich behalten.
»Eigentlich läuft alles gut, ich bin viel draußen unterwegs. Wie gesagt, mache auch reichlich Sport. Aber manchmal fühle ich mich verdammt müde. Liege im Bett, schaue todmüde in die Glotze rein, will schlafen, aber schlafe nicht ein.«
»Warum gehst du nicht auf Sleep-Modus?«
Ich mimte eine Gedankenpause.
»Im Prinzip könnte ich das machen. Aber mehr als acht Stunden Schlaf sind ja nicht gut. Den halben Tag im Bett zu liegen, das ist nicht so mein Ding. Außerdem, wie schon gesagt, es widerspricht den Gesundheitsvorschriften.«
Womit ich völlig recht hatte, was die *Instanz* nur zu gut wusste.
»Das ist richtig. Hast du irgendeine Idee, was die Ursache dafür sein könnte?«
»Ich habe schon darüber nachgedacht.«
Was ja auch wirklich stimmte, doch eine ehrliche Antwort musste ich mir auf jeden Fall verkneifen.
»Das viele Fernsehen ist sicherlich nicht der Weisheit letzter Schluss. Vielleicht sollte ich mehr Kontakte pflegen?«
»Sicherlich ein guter Punkt. Hast du versucht, in dieser Richtung etwas zu unternehmen?«
»Ich habe daran gedacht. Aber du weißt, wir Leute vom Sonderkommando, wir sind schon ein besonderes Völkchen. Sie würden es zwar nie zugeben, aber viele wollen mit uns nicht unbedingt etwas zu tun haben.«
Die allwissende *Instanz* wusste nur zu gut, dass dem so war. So direkt zugeben konnte sie das aber nicht.
»Aber das hat dich doch noch nie gestört. Woher jetzt der Sinneswandel?«

Ich führte meine katastrophale Abschussquote an, die mir die Weiterarbeit erschwerte. Mein Kollegen würde schon unangenehme Fragen stellen.
»Ja, das sehe ich auch so. Deswegen sprechen wir jetzt miteinander. Was könnte man da machen?«
Ich gab vor zu zögern.
»Vielleicht sollte ich mal was anderes machen?«
»Du meinst einen neuen Job?«
»Ja, sicher!«
»In welche Richtung könnte das denn gehen?«
Wieder mimte ich Zögern, um dann meine nächste Lüge aufzutischen.
»Vielleicht so was in Richtung Handwerk? Was mit den Händen, was Haptisches?«
»Im Prinzip eine gute Idee, aber kaum umsetzbar. Du weißt, wie dünn die Jobs in dem Bereich gesät sind, aus ökonomischen Gründen. Wir produzieren nichts mehr einzeln, alles kommt nur noch in Serie.«
Ich setzte noch einen drauf.
»Vielleicht etwas Künstlerisches?«
»Da schaut es ja noch schlimmer aus. Sicher, viele Bürger der *grünen Zone* gehen ihren Hobbys nach, aber wahre Künstler sind nur wenige darunter. Wenn du töpfern möchtest, töpfere. Wenn du malen willst, dann male. Aber als Job haben wir so was nicht im Angebot.«
Was ich natürlich wusste.
»Hast du denn überhaupt keine Alternative für mich?«
»Einen Moment bitte, ich suche noch.«
Wir schwiegen uns an.
»Na ja, im Bereich Kanalwartung und Instandhaltung. Da hätten wir noch eine Stelle zu besetzen.«
»Das hätte doch was Haptisches.«
»Sicher, da kannst du anpacken, wie du möchtest. Aber willst du das wirklich? Du weißt, was das heißt. Die, die durch die Scheiße gehen.«
Die Versuchung anzudeuten, dass mein jetziger Job genauso beschissen war, drohte mich zu übermannen.

Doch ich behielt mich im Griff. Denn das war genau, wo ich hinwollte. Gleichzeitig fragte ich mich, ob die *Instanz* nicht mehr wusste, als sie zugab. Auch die Tatsache, dass sie mir ihre Zweifel schilderte, dämpfte meine Befürchtungen nur mäßig.
»Es wundert mich, dass du so unbedingt in Richtung Handwerk möchtest, dass du bereit bist, in den Untergrund zu gehen. Ich sah dich eher im Kampf Mann gegen Mann, eben bei den Ordnungshütern.«
»Da hast du sicher recht. Aber ich mache das schon seit Jahrzehnten. Mir ist klar, wenn ich was Neues anfangen will, dann muss ich dafür eben auch ein bisschen Gestank in Kauf nehmen.«
»Gut, wenn du es möchtest, dann werden wir dich ab nächster Woche in der Unterwelt einsetzen.«
»Ok. Was muss ich tun?«
»Ich werde dir alles texten, was du wissen musst.«
Wir verabschiedeten uns brav und ich war Kanalratte. Damit hatte ich erreicht, was ich wollte. Warum? Wie die *Instanz* schon bemerkt hatte, war der Job reichlich unattraktiv. Trotzdem war es einer der Bereiche, in denen Menschen noch einigermaßen mit Androiden mithalten konnten. Immer wieder gab es rostige Schrauben, verstopfte Gullys, sperriges Schwemmgut, mit dem sich die Androiden schwertaten. Meine neue Berufung in die Unterwelt würde mir ungekannte Pespektiven eröffnen.
Die Woche drauf fing ich an. Wie versprochen, hatte mich die *Instanz* mit allen Infos versorgt, die ich brauchen würde. Mit dem Bus fuhr ich zur Kläranlage. Nach dem Irisscan am Empfang meldete ich mich in der Werkshalle. Schon hier war der Geruch gewöhnungsbedürftig.
Eine Gruppe von Kanalratten stand in einer zur Küche umfunktionierten Ecke und trank Kaffee. Ich steuerte auf sie zu. Die Gruppe musterte mich abschätzend.
»Hallo!«
»Hallo, bist du der Neue?«
»Ja, ich bin der Otto.«

Eine Frau ganz in Grau streckte mir ihre behandschuhte Hand entgegen. Sie war fast einen Kopf kleiner als ich, brachte einige überflüssige Kilo auf die Waage, hatte sicher auch schon ihren hundertsten Geburtstag hinter sich. Ihre Haare ein kurzer Igel, blond gefärbt. Trotz ihrer Körperfülle machte sie einen recht agilen Eindruck.
»Willste auch 'nen Kaffee, Otto?«
Ich nickte. Sie fragte nicht, wie ich ihn trinke, sondern kippte ordentlich Milch in den Plastikbecher und warf drei Stück Zucker dazu.
»Umrühren musst du selbst. Ganz nebenbei: Ich bin die Lotti. Wir sind ein Team.«
Ich nahm den Kaffee und grinste doof.
»Freut mich, Lotti. Auf gute Zusammenarbeit!«
Ihr theatralisch zuprostend führte ich den Becher an die Lippen.
Lotti war schon eine Nummer. So sicherlich in Ordnung, doch stur bis zum geht nicht mehr. Klar, wir Methusalems werden alle nicht geschmeidiger. Wie sollten wir auch, nach so vielen Jahren. Schwierig, denn eigentlich erforderte die Welt um uns herum, dass wir uns immer neu anpassten. Doch mit über hundert permanent alles über Bord werfen, wer kann das schon? In dieser Hinsicht leistete die *Instanz* hervorragende Arbeit. Sie tat alles, um die Lebenswirklichkeit für uns so abzupuffern, dass wir noch mit ihr zurechtkamen.
Während wir durch den stinkenden Untergrund der *grünen Zone* streiften, textete Lotti mich ohne Unterlass zu. Zu allem hatte sie eine Meinung, jede Belanglosigkeit konnte ihre Empörung entzünden, alles regte sie auf. Und sie genoss es unendlich, all die Belanglosigkeiten von immenser Wichtigkeit mit mir zu teilen. Ich hörte zu. Nicht ganz einfach, meine Gedanken waren immer woanders. Aber sie erwartete nicht wirklich, dass ich ihren Redefluss unterbrach. Ab und zu ein Einwurf von meiner Seite schien ihr als Stimulanz vollends zu genügen.

Der Job war das, was er versprach: Scheiße. Wir wateten durch die Kloake auf der Suche nach Verstopfungen, klemmten uns Geruchsschutz in und auf die Nase, schwitzten in unseren wasserdichten Arbeitsanzügen. Mit Pumpen, Haken, Rechen und sonstigen Gerätschaften legten wir Fanggitter, Abflüsse und verstopfte Biegungen frei. Konfrontiert mit den Kadavern und dem Müll, der in der Unterwelt herumtrieb.

Aber es war genau das, was ich gesucht hatte. Wegen der herausfordernden Arbeitsbedingungen mussten wir nur ein-, zweimal die Woche raus. Dadurch hatte ich extrem viel Freizeit. Folglich ging ich mit Lotti auch mal auf ein alkoholfreies Bier mit programmiertem Stimulanzpegel und verabredete mich mit Ali auf eine Spritztour mit einem Spritschlucker.

Schön für mich, aber mein eigentlicher Plan war ein anderer. Ich musste aber verdammt vorsichtig sein, damit mir die *Instanz* nicht auf die Schliche kam.

Ich wollte unbemerkt nach draußen und Waana finden. Dafür brauchte ich ein Zeitfenster von mindestens vier Tagen. Mein Dienstplan würde es mir in zwei Wochen ermöglichen.

Diese Zeit musste ich nutzen. Ein weiterer Ausflug nach draußen war riskant und musste gut geplant werden. Wieder bestellte ich mir einen Rucksack. Natürlich eine Auffälligkeit, wozu bestellt man zweimal den gleichen innerhalb kürzester Zeit? Ich würde behaupten, ich habe den anderen im Kofferraum eines Boliden vergessen. Wenn ich danach gefragt würde.

Ich musste mich für meine Exkursion nach draußen rüsten. Was konnte ich Waana mitbringen, was würde sie am meisten brauchen? Eigentlich alles. Den Trick mit der Asservatenkammer konnte ich nicht mehr bringen. Ich hatte schon genug Glück gehabt, dass ich bei der ersten Runde nicht aufgeflogen war. Sicher, viele Dinge des alltäglichen Bedarfs konnte ich mir einfach nach Hause liefern lassen, so wie Messer und Konserven. Klamotten in

ihrer Größe, Waffen und Medikamente dagegen nicht. Diesmal musste ich mich auf dem Schwarzmarkt bedienen.
Für mich ein Wunder, dass der noch existierte. Der *Instanz* entging, so wie die Überwachung funktionierte, nichts. Aber trotzdem existierte er, in Maßen eben. Wer es übertrieb, war meistens recht schnell dran. Also musste ich mich auf den Ameisenhandel konzentrieren. Aus meiner Zeit bei den Ordnungskräften wusste ich, wo die Special Places waren.
Erfreut waren die Schieber und Dealer nicht, wenn sie mich sahen. Auch der Hinweis, dass ich jetzt nicht mehr für die Ordnungskräfte arbeitete, stimmte sie kaum kooperativer. Ich musste einiges an Wertsachen abdrücken, um an die Geschenke für Waana zu kommen, die ich legal nicht auftreiben konnte. Trotzdem gelang es mir, Medikamente, besonders Schmerzmittel, und Munition aufzutreiben.
Amira war nicht besonders erfreut darüber, die legalen Bestellungen für meine Exkursion nach draußen entgegennehmen zu müssen.
»Was willst du mit dem ganzen Krempel? Das ist sicher wieder für die Schlampe da draußen. Wie willst du ihr das Zeug zukommen lassen? Per Kurier?«
Ich machte ihr echt deutlich, dass sie mich nicht weiter mit ihrem Gemecker nerven solle.

Kapitel 7: Der Weg nach draußen

24.09.2065

Endlich war es so weit. Vier freie Tage lagen vor mir. Mit einem autonomen Taxi ließ ich mich an den Rand der *grünen Zone* bringen. Das Ganze sollte wie ein Jagdausflug aussehen. Was erklärte, warum ich mein Gewehr dabei hatte. Und auf den ersten Blick die Ausstattung, die man für ein paar Tage draußen auf der Pirsch braucht.

Obwohl die *grüne Zone* im Wesentlichen aus Wohnvierteln besteht, gibt es einen Gürtel aus waldähnlicher Vegetation, der sie umgibt. Dieser soll den biologischen Menschen ermöglichen, auch mal in so etwas wie unberührte Natur einzutauchen. Umgeben wird der Grünstreifen von dem Grenzstreifen mit dem Grenzzaun, der die *grüne Zone* gegen das Draußen abschotten soll.

Das Taxi setzte mich in einem Waldgebiet in einigen Kilometern Entfernung vom Tunnel ab. So, dass ein mehrtägiges Durchstreifen des Waldes auf der Pirsch mir ein einigermaßen wasserdichtes Alibi geben würde. Sobald das Taxi mich abgesetzt hatte, orientierte ich mich Richtung Tunnel.

Dumm nur, dass ich so wie beim letzten Mal nicht mehr hineinkam. Als ich mich vorsichtig dem Tunneleingang näherte, sah ich schon den Wartungstrupp. Er bestand aus einer Vorarbeiterin aus Fleisch und Blut und zwei Androiden. Sie waren dabei, die zerschossene Überwachungskamera zu ersetzten und die aufgebrochene Tür zu reparieren. Hier ging es also nicht weiter. Ich fluchte derb, wenn auch nur innerlich.

Es blieb mir keine andere Wahl, als einen neuen Zugang zu suchen. Nervig, dass mein kühner Ausflug schon so vielversprechend anfing. Den Reparaturtrupp weitläufig umgehend, begann ich nach Lüftungsschächten oder sonstigen Einstiegsmöglichkeiten Ausschau zu halten. Im Zickzack wanderte ich den vermutlichen Verlauf des Tunnels ab. Den Blick immer auf den Boden gerichtet,

suchte ich nach allem, was mir einen Einstieg erlauben könnte.
Stunden vergingen, die Sonne stieg am Himmel und ich latschte durch die Pampa. Ab und zu nahm ich einen Schluck Wasser zu mir. Mit jedem Schritt verdüsterte sich meine Stimmung. Sollte ich hier schon scheitern? Na super!
Am frühen Nachmittag war ich so weit, dass ich ernsthaft ans Aufgeben dachte. Wenn ich meine Richtung beibehielt, würde ich bald an die Grenze der *grünen Zone* stoßen. Der meterhohe Drahtzaun, den eine Rolle Z-Draht krönte, wurde von zwei mindestens zehn Meter breiten Schotterpisten gesäumt, auf denen regelmäßig jeglicher Bewuchs entfernt wurde. Alle paar Meter war eine Weitwinkelkamera auf den Zaun gepflanzt. Ginge ich hier näher ran, hätte man mich sofort auf dem Schirm.
Also drehte ich um und suchte ich mir einen Weg, den ich meinte, noch nicht abgegangen zu sein. Klappte so einigermaßen. Immer wieder stieß ich auf markante Punkte, an denen ich definitiv schon gewesen war.
Bald würde es dunkel werden. Dann wäre für heute Schicht im Schacht. In der Dunkelheit war die Chance, einen Einstieg zu finden gleich null. Ich entschied, die Mission abzubrechen. Direkt zu dem Punkt zurückzukehren, an dem mich das Taxi abgesetzt hatte. Von dort würde ich mich wieder nach Hause bringen lassen.
Ein paar Minuten später landete ich auf einer asphaltierten Fläche. Zehn Meter davor hatte ich noch nichts davon geahnt, denn dichtes Gestrüpp aus Stechpalme und Kirschlorbeer versperrten mir die Sicht. Da ich aber meinte, wenn ich mich da durchkämpfen würde, käme ich direkt zum Aufnahmepunkt, bahnte ich mir den Weg.
Nach den ersten paar Metern bereute ich die Entscheidung. Das Gestrüpp erschwerte mir das Fortkommen beträchtlich. Ich erwog bereits wieder umzukehren, schob aber trotzdem noch einiges

Buschwerk vor mir zur Seite. Vor mir tat sich die Lücke im Gebüsch auf.
An sich nicht unbedingt spektakulär. Doch in der Mitte des asphaltierten Bereiches erkannte ein Gittermatte. Könnte sich dahinter ein Zugang zum Tunnel verbergen? Ich schob mich durch den Bewuchs, der mich noch von der Freifläche trennte, brach gnadenlos alles an Zweigen ab, was mich zurückzuhalten trachtete.
Das Gitter konnte für mich den Einstieg bedeuten. Die Öffnung etwa zwei Meter auf einen halben. Dumm nur, dass es sich nicht aus seinem Rahmen heben ließ. An mehreren Stellen war es sauber verschweißt.
Mit den Sachen, die ich dabei hatte, würde ich da keinesfalls durchkommen. Ohne die Schweißnähte aufzuflexen, hätte ich keine Chance.
Hier kam ich so nicht weiter. Ich musste zurück und eine Flex besorgen. Zeit, um mir eine liefern zu lassen, hatte ich keine. Ich brauchte eine schnelle Lösung. Was hieß, dass ich zu meiner Arbeitsstelle musste. Da würde ich wahrscheinlich eine für ein paar Stunden abzweigen können. Aber eben nur für ein paar Stunden. Ergo musste ich hin, zurück, flexen, wieder hin und wieder zurück. Man hat ja sonst nichts zu tun!
Ich schlug mich zum Aufnahmepunkt durch und forderte über das Bio-Informatik-Interface ein Taxi an. Das kam, ich stieg ein und ließ mich zur Kläranlage fahren. Irisscan und ich war drin. Gut so, aber selbstverständlich alles wieder dokumentiert.
Drinnen musste ich suchen. Lotti und ich hatten nur in Ausnahmefällen eine Flex dabei. Ich versuchte es an diversen Werkzeugkästen, die waren aber alle abgesperrt. So wie die Werkzeugausgabe. Wo zum Teufel konnte noch eine Flex rumliegen? Reichlich genervt rannte ich durch die gesamte Anlage.
In der Dreherei wurde ich fündig. Jemand hatte sie nach Arbeitsschluss neben der Drehbank liegen lassen. Gut für mich: Sie oder er hatte nicht vergessen, den Akku ins

Ladegerät zu stecken. Ich griff zu. Sogar eine Packung mit Trennscheiben lag noch herum.
Vor der Kläranlage ließ ich mich wieder aufgabeln. Es war schon nach Mitternacht, als mich das Taxi am Aufnahmepunkt absetzte.
Im Dunklen hatte ich reichlich Mühe, die Stelle mit der Gittermatte wiederzufinden. Die Taschenlampe im Mund begann ich, die Schweißnähte aufzuflexen. Ich kam gut voran, doch dann war die Trennscheibe endgültig hinüber. Den Schlüssel, um die Scheibenmutter aufzuschrauben, hatte ich nicht abgreifen können. Dazu musste die Wasserpumpenzange ran.
Mit der konnte ich die Scheibenmutter nur bedingt fassen. Immer wieder rutschte ich ab. Speichel lief über die Taschenlampe. Ich presste die Schenkel der Zange wie ein Besessener zusammen. Endlich ließ sich die Mutter aufdrehen. Noch zwei Nähte aufgeflext und dann endlich konnte ich die Gittermatte anheben.
Was war jetzt Prio eins? Schwierig! Alles in mir schrie danach, einzusteigen und meinen Weg nach draußen fortzusetzen. Die Flex hätte mir dabei sicher gute Dienste leisten können, auch wenn ihr Akku schon größtenteils entladen war. Doch ich musste sie unbedingt zurückbringen. Ihr Verschwinden hätte unweigerlich dazu geführt, dass die Überwachungsvideos der letzten Tage durchgecheckt würden. Und auf denen hatte ich unübersehbare Spuren hinterlassen.
Folglich musste sie wieder zurück in die Kläranlage. Und ich zum Aufnahmepunkt. Das autonome Taxi wartete schon, als ich dort eintraf. Es gelang mir, die Flex wieder so zurückzulegen, dass niemand mitkriegen würde, dass ich sie benutzt hatte. Wenn er sich nicht die Überwachungsvideos anschaute. Aber wer sollte das schon tun?
Jetzt hätte ich wieder zurückgemusst. Aber ich war einfach zu fertig. Ein weiteres Taxi brachte mich nach Hause. Dort gönnte ich mir drei Stunden Schlaf.

Meinen inneren Wecker hatte ich auf neun Uhr gestellt. Ich schob mir ein Frühstück hinter die Kiemen, trank einen Kaffee und machte mich wieder auf den Weg.
Bepackt mit den Sachen für Waana und meiner zerlegten Knarre, ließ ich mich wieder an den Aufnahmepunkt fahren. Am Schacht angekommen, schraubte ich sie zusammen, entfernte das Gitter und fädelte mich ein. Diesmal hatte ich sogar eine Strickleiter, unabdingbarer Ausrüstungsgegenstand einer professionellen Kanalratte, dabei und kam den Schacht ohne Blessuren herunter.
Unten angekommen, befand ich mich in einem rechteckigen Nebengang, der mir das Vorankommen leidlich erlaubte. Jetzt kam wieder das Nachtsichtgerät zum Einsatz. Über Müll und Biomasse stolpernd arbeitete ich mich vorwärts.
Ich hatte Glück. Ich musste zwar ordentlich turnen, aber nach einiger Zeit war ich im Haupttunnel. Jetzt hieß es nur, den Schacht zu finden, der mir den Weg nach draußen eröffnen würde.
Auch ihn fand ich ohne langes Suchen. Mein Nachtsichtgerät zeigte mir zwei Gestalten an, die ihm entstiegen, als ich mich näherte.
Jetzt hieß es wieder töten. Die beiden bemerkten mich im Dunkel des Tunnels und dem schwachen Schein ihrer Kerze nicht. Ich ließ sie auf etwa zehn Meter herankommen. Vier Schüsse, je zwei in Kopf und Brust. Ich war immer noch gut in Übung.
Eigentlich hatte ich mir geschworen, mit dem Töten ein für alle Mal aufzuhören. Und doch warf ich meine Vorsätze von einem Moment auf den anderen über den Haufen. Warum? Ganz einfach: Weil ich das Risiko nicht eingehen durfte.
Liegen lassen konnte ich sie so nicht. Jede Form von Intelligenz, die den Schacht betrat, würde sich fragen, wie die beiden da hin kamen und wer sie erlegt hatte. Mir blieb nichts anderes übrig, als sie zum Schacht zu schleifen und

dort hineinzuwerfen. Ich stieg nach und fädelte mich in die Öffnung nach draußen ein.
Auch den Kriechgang durch den Kanal absolvierte ich ohne weitere Kratzer. Nach etwa einer halben Stunde stand ich draußen im Freien. Die Morgensonne blendete mich. Jetzt hieß es nur noch Waana finden.

~

»Da ist jemand aus der Zone für dich!«
Ich traute meinen Ohren nicht, aber mein Vater war im Allgemeinen nicht zum Scherzen aufgelegt. Wer sollte mich aus der Zone hier draußen aufsuchen? Außer Otto? Ich quälte mich von meinem Lager hoch und kroch aus unserem Verschlag.
Meine Intuition trog mich nicht. Es war Otto. Er sah fürchterlich aus. Zwar hielt er sein Gewehr richtig in der Hand, doch ansonsten wirkte nichts an ihm überlegen. Die Erschöpfung stand ihm ins Gesicht geschrieben. Seine Kleidung und der riesige Rucksack waren völlig verdreckt. Er schien am Ende seiner Kräfte. Absolut ausgelaugt.
Einen Moment lang starrten wir uns ungläubig an. Dann stolperte er auf mich zu. Er wäre fast gestürzt, fing sich aber gerade noch, nur das Gewehr entglitt ihm. Ich musste einige Kraft aufbringen, ihn zu halten, als er sich in meine Arme fallen ließ.
»Otto!«, sagte ich völlig baff.
»Waana!«, kam es von ihm zurück.
»Papa, wir brauchen was zum Sitzen!«
Mein Vater war auf denselben Gedanken gekommen und zog eine der Holzkisten, in denen wir unsere wenigen Habseligkeiten verstauten, aus unserem Verschlag. Otto sank kraftlos auf den Holzkasten nieder. Doch es gelang ihm, sich ein Lächeln abzuringen.

»Jetzt hab ich dich doch noch gefunden!«
»Wie lange bist du schon unterwegs?«
»Fast zwei Tage.«
Ich musste ihn einfach in die Arme nehmen. So absurd und wenig erfolgversprechend die Aktion war. Aber er hatte mich gefunden. Er, mein Henker, der mir das Leben geschenkt hatte.
Zeit blieb ihm keine. Er musste wieder zurück. Ansonsten würde die *Instanz* seine Abwesenheit bemerken und dann gäbe es kein Zurück mehr.
»Ich habe dir ein paar Sachen mitgebracht.«
Endlich schaffte es Otto, sich den Rucksack abzustreifen. Er fiel neben der Holzkiste zu Boden.
»Hast du Hunger?«
»Ja, aber wir müssen schnell machen. Ich muss gleich wieder los! Kann ich irgendwo duschen?«
»Wir haben keine Dusche. Ich werde dich waschen! Aber drinnen.«
Mühsam zog sich Otto an mir hoch. Ich stütze ihn auf dem Weg in unseren Verschlag und er ließ ich auf meinem Lager nieder. Vater sicherte Gewehr und Rucksack.
Jetzt waren die Rollen vertauscht. Ich fütterte Otto mit den Bohnen, die noch von gestern auf dem Herd standen. Gab ihm zu trinken. Er dagegen lag nur da, völlig kraftlos.
»Ich schlafe jetzt zwei Stunden. Dann muss ich wieder los. Du musst mich unbedingt aufwecken. Zwei Stunden, mehr nicht!«
Ich versicherte ihm, dass ich ihn wecken würde. Da war er schon eingeschlafen. Ich zog ihm seine Klamotten aus. Wie gesagt, duschen ist hier draußen nicht. Das wenige einigermaßen genießbare Wasser aus der Quelle, setzen wir nur in homöopathischen Dosen zur

Körperpflege ein. Ich füllte eine Waschschüssel aus unserem Trog auf und begann Otto zu säubern. Er kriegte es nicht mit, schlief wie ein Toter. Vater packte den Rucksack mit den Gaben aus. Über die erste Tafel Schokolade machten wir uns sofort her.
Otto hätte noch Stunden geschlafen. Ich musste ihn ordentlich durchschütteln, bis er wieder wach wurde. Sich aufsetzen konnte er allein nicht. Ich musste ihn vom Lager hochziehen. Sein Blick sagte alles.
Im Sitzen zog ich ihn wieder an. Schweigend tranken wir jeder eine Tasse des mitgebrachten Nescafés und teilten uns eine weitere Tafel Schokolade. Dann schob ich mir die Pistole unter die Jacke und machte ich mich bereit, ihn zum Schacht zurückzubringen.
»Wir müssen«, sagte Otto, ohne auch nur die geringsten Anstalten zu machen, aufzustehen.
Ich half ihm hoch.
Natürlich hatte ich Vater nach meiner Rückkunft alles erzählt, was ich in der *grünen Zone* erlebt hatte. Er war überglücklich gewesen, als ich völlig überraschend und schwer bepackt vor unserem Verschlag aufgetaucht war. Jetzt wusste er so gar nicht, was er Otto zum Abschied mitgeben sollte. Schweigend drückte er ihn an sich. Otto fremdelte etwas. Dann fand Vater doch noch seine Sprache wieder.
»Danke, dass du mir Waana zurückgegeben hast. Und die tollen Geschenke.«
Otto lächelte. Der Dank des Vaters schmeichelte ihm. Trotzdem sah ich, dass es ihm schwerfiel, ihn in Anbetracht der Situation anzunehmen.
Wenig später brachen wir auf. Ich konnte es mir nicht verkneifen, mir noch eine Tafel Schokolade als Wegzehrung einzustecken. Auch nahm ich zwei Reservemagazine für mein Schießeisen mit.

Otto war fertig. Er hatte zwar jetzt den Vorteil, dass er nicht mehr wahllos Leute mit Handyfoto und vorgehaltener Waffe zwingen musste, ihm Auskünfte darüber zu erteilen, wo er mich suchen könnte, aber die zwei Tage mit kaum Schlaf hatten ihn geschwächt. Immer wieder mussten wir Pausen einlegen, damit er sich ein paar Minuten ausruhen und ein bisschen dösen konnte.

Für den Weg, den ich unter normalen Umständen in maximal drei Stunden zurücklegte, brauchten wir die doppelte Zeit.

Am frühen Nachmittag erreichten wir endlich die Müllhalde am Anfang des Tunnels. Was aber noch lange nicht hieß, dass wir es geschafft hatten. Denn am Eingang des Tunnels machte sich eine Gruppe von etwa zwanzig Verzweifelten bereit, den Versuch zu unternehmen, in die *grüne Zone* einzudringen. Mit Stöcken gegen die Hundemeute bewaffnet, waren sie gerade dabei, sich Fackeln zu basteln, um sich im Tunnel zurechtzufinden. Noch hatte sie uns nicht entdeckt. Otto fluchte leise: »So eine Scheiße. Was machen wir jetzt?«

»Wir können nur warten.«

Das taten wir dann auch. Doch die Gruppe kam nicht in die Puschen. Statt endlich aufzubrechen, bastelten sie unentwegt an Fackeln, die nicht brennen wollten. Irgendwann wurde es Otto zu dumm.

»Ich kann nicht länger warten.«

»Was willst du machen?«

»Ich gebe dir zehn Minuten Vorsprung. Dann schlage ich los. Ich muss einfach da rein.«

Ich war schockiert. War das die andere Seite meines Gönners? Die rücksichtslose Durchsetzung seiner Interessen, wenn es die Situation verlangte?

»Wie soll das denn gehen? Willst du die alle abknallen?«

Otto zögerte, bevor er es aussprach.
»Ich muss jetzt da rein. Mir läuft die Zeit davon.«
»Du wolltest doch nicht mehr töten ...«
»Natürlich nicht. Ich kann nicht warten, bis die sich da zusammengerauft haben. Ich werde sie mit ein paar Warnschüssen verjagen. Geh jetzt, ich gebe dir zehn Minuten. Ich komm' bald wieder. Ich liebe dich. Mehr als alles andere!«
Otto zog mich an sich heran, küsste mich inbrünstig. Dann schaltete er auf Vernunft, stieß mich brüsk von sich weg.
»Du musst jetzt gehen, Waana! Du hast zehn Minuten, um so weit wie möglich wegzukommen!«
Ich tat, wie mir befohlen, rannte los. Was war das nur für ein Scheißfilm!

~

Waana war jetzt seit zehn Minuten weg. Ich saß im Busch, musste los und war fix und fertig. Unendlich langsam stemmte ich mich hoch, legte die Waffe an die Schulter und trat aus meinem Versteck. Mit dem ersten Warnschuss hatte ich die ungeteilte Aufmerksamkeit. Jeder aus der Gruppe starrte mich ungläubig und voller Angst an.
»Leute vergesst es! Da gibt es kein Durchkommen mehr. Der Weg ist dicht. Geht da weg, oder ich mache von der Schusswaffe Gebrauch!«
Noch rührte sich keiner. Weiterhin starrten alle wie gebannt auf mich und die Waffe. Dass sie schon hier auf Widerstand stoßen würden, damit hatten sie nicht gerechnet.
Dann flog der erste Stein. Und verfehlte mich. Ein zweiter folgte, schlug aber direkt neben mir ein. Einige der Verzweifelten machten Anstalten, in den Tunnel einzudringen.

Ich drückte ab. Jetzt schoss ich nicht mehr auf Hunde, sondern auf Menschen. Sicher, Menschen von draußen, aber doch irgendwie Menschen. Ich kam einfach nicht davon los. Irgendwie scheine ich dazu verdammt.
Das schlagkräftigere Argument setzte sich durch. Keiner versuchte mehr, in den Tunnel zu kommen. Alle suchten panisch das Weite und rannten nur noch um ihr Leben. Bevor ich den Tunnel betreten konnte, musste ich über drei Leichen steigen.
Etwa eine Stunde später sammelte ein autonomes Taxi mich oder das, was noch von meinem Ich vorhanden war, am Aufnahmepunkt auf. Zuhause fiel ich ungeduscht ins Bett. Drei Stunden Schlaf, dann würde ich wieder zur Arbeit müssen. Wenigstens hielt Amira die Klappe.

~

Als mich der innere Alarm wecken wollte, gelang es ihm fast nicht. Sicher, ich hatte meine Waana gefunden, doch die letzten vier Tage hatten mich gewaltig gestresst. Ich kam erst mal nicht hoch. Lag da eine halbe Stunde und starrte kraftlos an die Decke. Bis Amira mich aus dem Bett schmiss.
»Otto, aufstehen! Du musst in die Arbeit!«, nervte sie mich lautstark direkt neben dem Bett stehend. Leider hatte sie verdammt recht. Wenn ich mich krank meldete, würde das Aufsehen erregen. Der *Instanz* würde mein Fehlen nicht entgehen, sie würde Nachforschungen anstellen.
Ich rollte mich aus dem Bett. Wies Amira unwirsch an, mir eine Kanne starken Kaffees zu machen. Kroch auf allen vieren unter die Dusche.
Lotti Prolifke erwartete mich schon ungeduldig im Klärwerk: »Du bist zu spät und schaust scheiße aus! Was ist mit dir?«
Ich begann etwas von einem Jagdausflug zu fabulieren, bei dem ich es wohl etwas übertrieben hätte. Lotti nahm mir das nur sehr bedingt ab. Zum Glück rief die Arbeit.

Lotti erklärte mir das Leben, die Welt und das Universum. Meist stimmte ich ihr zu und watete hinter ihr her durch die stinkende Unterwelt.
Ich weiß nicht, wie ich den Tag überstanden habe. Nach Dienstschluss fiel ich nur noch ins Taxi, kroch in meine Bude und ins Bett. Ich schlief mindestens zwölf Stunden.
Als ich wieder aufwachte, fühlte ich mich besser. Mir tat zwar noch einiges weh, aber die bleierne Müdigkeit zog mich nicht mehr so maßlos herunter.
Wie sollte es jetzt weitergehen? Ich wusste, ich würde der Versuchung nicht widerstehen können, mich erneut nach draußen aufzumachen. Wieder und wieder. Und irgendwann würde die *Instanz* mir auf die Schliche kommen. Was hieß, dass ich mit an Sicherheit grenzender Wahrscheinlichkeit aus der *grünen Zone* ausgewiesen würde. Worauf es schlagartig vorbei wäre mit dem schier endlosen Dasein. Ein paar Jahre ohne Organspenden, Medikamente und den ganzen Schnickschnack, dann würde man mich in einem staubigen Erdloch verscharren. Nach einem qualvollen Sterben. Keinen Rat konnt' ich mir geben.

Kapitel 8: Er kann es nicht lassen

Ab 22.10.2065

Ich blieb ratlos. Was mich nicht davon abhielt, den Weg nach draußen einzuschlagen, wann immer mir mein Job als Kanalratte es ermöglichte. Der *Instanz* spielte ich vor, dass ich plötzlich passionierter Jäger wäre. Was ja auch hätte sein können, da ich jetzt nicht mehr auf Menschenjagd ging. Einer genaueren Überprüfung hätte meine Legende natürlich nicht standgehalten.

Der Wechsel zwischen der *grünen Zone* und draußen und wieder zurück klappte immer reibungsloser. Immer hatte ich einen prall gefüllten Rucksack auf dem Rücken. Hin enthielt er all die Dinge, an die Waana und ihr Vater draußen nicht drankamen, zurück schmuggelte ich Hasch.

Sicher, das Bio-Informatik-Interface kann einem nicht nur einen ordentlichen Alkoholrausch suggerieren, sondern auch die handfeste Dröhnung eines fetten Joints. Aber so mancher Wohlstandsbürger in der Zone will es nicht missen, sich mit einer haptisch erfassbaren Tüte ordentlich zuzudröhnen.

Hier tat sich ein durchaus attraktives Geschäftsfeld auf. Im Tausch gegen Dinge des alltäglichen Gebrauchs, mit denen ich Waana erfreuen konnte, belieferte ich Klienten in der ganzen Zone mit Stoff von draußen.

Die Tage mit Waana waren ein Geschenk für mich. Ich fühlte mich immer als willkommener Gast. Die Stunden, die ich mit ihr und dem Vater verbringen konnte, waren erfüllt von heiteren Gesprächen, vom Genuss mitgebrachter Leckereien. Trotz der Einraumhütte durfte ich auch Momente der innigen Zweisamkeit mit Waana genießen.

Die Frage, ob das alles so in Ordnung war, stellte ich mir nicht. Selbst wenn ich gewollt hätte, ich hätte es tunlichst gelassen. Zu groß der Kontrast zur sterilen Wunderwelt der Zone. Und trotzdem ging es mir gut.

Vor mir lagen wieder drei arbeitsfreie Tage. Samt gut geschnürten Gepäck ließ ich mich von einem Taxi zum Aufnahmepunkt bringen. Ausgeruht und guten Mutes setzte ich mich in Richtung Tunnelschacht in Bewegung. Ich war mir ziemlich sicher, dass sich nichts und niemand dafür interessierte, wie ich meine freien Tage hier in Wald und Wiesen verbrachte.
Trotzdem kam ich an diesem Tag nicht weit. Ich war schon verdammt nah am Einstieg, als ich Geräusche hörte, die da nicht hätten sein sollen. Sofort blieb ich stehen und lauschte.
Irgendwas war da am Einstieg. Ich hörte Klappern und Hämmern, was auf eifrige Tätigkeiten am Schacht hindeutete. Stimmen hörte ich keine.
Vorsichtig schob ich mich näher an die Lichtung mit dem Schacht heran. Immer darauf achtend, meine Anwesenheit nicht preiszugeben, ließ ich mich auf Alle Viere herab. Robbend bekam ich endlich einigermaßen freie Sicht.
Auf der Lichtung arbeiteten drei Baustellenroboter. In meiner Lage waren die Schrittmotoren ihrer Gelenke deutlich zu hören. Neben ihnen ein Stapel Terrassenplatten und ein Betonmischer. Einer der Roboter war dabei, den Einstiegsschacht mit Schotter und sonstigem Füllmaterial voll zu schütten.
Das war es dann wohl, durch den Schacht würde niemand mehr durchkommen. Mit den Terrassenplatten und einer Schicht Beton würden die drei Androiden den Weg aus der Zone ein für alle Mal versiegeln. So würde ich meine Waana nicht mehr wiedersehen. Ich fluchte. Lautlos und doch reichlich derb. Dann begab ich mich wieder nach Hause.
Die folgenden drei Tage zermarterte ich mir das Gehirn, wie es mir gelingen könnte, aus der Zone herauszukommen. Ich spielte mit dem Gedanken, mit Ali ein Bierchen zu zwitschern und zu versuchen, ihm zu entlocken, wo es noch Lücken in der Mauer um die Insel

der Seligen gab. Ich verwarf den Plan aber, denn er hätte sicher Lunte gerochen.

Stattdessen wandte ich mich wieder an Manna Sarin. Dazu musste ich ins Connect, hoffend, sie dort anzutreffen. Erst beim vierten Mal hatte ich Glück. Was ein Euphemismus ist, denn der Umgang mit der Frau ist wahrlich nicht beglückend.

Sie saß mit einem Typen am Tisch. Der war ähnlich gestylt wie sie und es sah ganz danach aus, als würden die beiden es darauf anlegen, den Abend gemeinsam ausklingen zu lassen. Schon als sie mich bemerkte, ließ sie keine Zweifel daran, dass sie nicht das geringste Interesse hatte, sich mit mir auseinanderzusetzen.

»Was willst du schon wieder?«

»Ich brauche deine Hilfe.«

»Was? Schon wieder?«

»Ja, ich hab dich auch ganz lieb!«

»Um was geht's?«

»Können wir das unter vier Augen besprechen?«

»Ungern!«

»Doch, wir können!«

Ich wandte mich an ihren Begleiter.

»Kannst du uns ein paar Minuten geben?«

Der Typ war nicht so zickig wie Manna.

»Ich hol mir 'n Bier an der Bar. Das geht aber auf dich.«

Ich stimmte zu und er erhob sich. Manna machte weiterhin keinen Hehl daraus, dass sie mein Erscheinen reichlich nervte.

»Also, was willst du?«

»Kennst du einen Weg nach draußen?«

Manna schenkte mir ein spöttisches Lächeln.

»Bist du von allen guten Geistern verlassen? Was willst du draußen?«

Ich setzte dazu an, eine einigermaßen plausible Erklärung abzugeben. Verwarf die Idee aber dann. Ich würde mir nur noch mehr Spott einfangen.

»Das willst du nicht wirklich wissen. Wozu auch?«

Ausnahmsweise bekam ich keine patzige Antwort.
»Nehmen wir mal an, ich könnte dich rausbringen. Du willst dann auch sicher wieder rein?«
»Klar!«
»Wie lange willst du draußen bleiben?«
»Zwei, drei Tage.«
»Und was kriege ich dafür?«
»Was willst du?«
»Elektronik.«
»Was genau?«
»Ich mache dir eine Liste.«
»OK! Wie kriege ich die?«
»Überlasse das mal mir.«
Manna kam immer noch nicht auf den Punkt.
»Kennst du nun einen Weg? Ja oder nein?«, hakte ich nach.
»Klar, Mann!«
»Und?«
Manna antwortete nicht sofort. Wir saßen da und schauten uns schweigend an. Ich fürchtete schon, dass der Typ sein Bier geleert haben könnte und wieder zurückkäme.
»Nicht hier. Viel zu gefährlich. Nächsten Mittwoch geht es los. Punkt sechshundert! Hier, vor dem Connect. Ich betone: davor! Drei Tage. Hin und zurück. Nimm alles mit, was du brauchst. Es muss in einen Rucksack passen. Nicht zu groß.«
Ich zögerte einen Moment, wollte noch ein paar Details mehr haben. Einen Moment zu viel.
»Und jetzt verschwinde!«
Die Frau war mein einziger Link nach draußen. Ich gehorchte.

~

Der Mittwoch passte so gar nicht in meinen Schichtplan. Ich musste zwei Tage Urlaub nehmen. Die Liste der zu besorgenden Gegenstände fand ich eines Abends an

meiner Tür. Auch Manna wusste über mich Bescheid. Trotz des unguten Gefühls bestellte ich sofort. Zusammen mit den Sachen, die ich Waana mitbringen wollte.
Am besagten Mittwoch ließ ich mich um vier Uhr wecken. Frühstückte ausgiebigst, duschte heiß und checkte nochmal meinen Rucksack. Die Sachen für Manna hatte ich in einem separaten Beutel verstaut.
Kurz nach fünf ging ich los. Zum Connect würde ich etwa eine Stunde brauchen. Mir ein Taxi zu nehmen, wagte ich nicht.
Das Connect war wie immer offen. Ich aber wartete in gebührendem Abstand. Manna kam Punkt sechs Uhr aus der Pinte heraus. Auch sie trug einen Rucksack und Kleidung, die auf einen größeren Ausflug schließen ließen. Plante die, mit nach draußen zu kommen? Für mich keine besonders erhebende Aussicht.
Ich drückte ihr den Beutel mit der Bezahlung in die Hand. Das schien ihr nicht zu passen.
»Was soll ich mit dem Krempel?«
»Du wolltest das Zeug!«
Sie überlegte kurz. Dann streifte sie ihren Rucksack ab und verschwand mit dem Beutel Elektronik im Connect. Als sie herauskam, war der Beutel fort. Sie schulterte sie ihren Rucksack und ließ mich wortlos stehen. Ich folgte ihr.
Auch sie hielt es offensichtlich für zu gefährlich, ein Transportmittel zu nehmen. So lief ich ihr einfach hinterher. Wir steuerten ein Ziel an, das sie mir nicht zu nennen bereit war.
Nach etwa einer halben Stunde erreichten wir die südliche Ausfallstraße. Hier blieb Manna abrupt stehen, entledigte sich ihres Rucksacks und zog ihr Handy heraus. Anscheinend wollte sie vermeiden, auf das Bio-Informatik-Interface zurückzugreifen.
Mit atemberaubender Schnelligkeit tippte sie auf dem Teil herum. Trotzdem war sie gut damit beschäftigt. Ich war dazu verdammt, ihr dabei zuzusehen. Reden taten wir

nicht, der Straßenlärm lud auch nicht dazu ein. Dann bekam ich doch einige Infos.
»Es wird jetzt gleich ein Konvoi vorbeikommen, der in die *Subzone* südlich von hier fährt. Eines der Fahrzeuge wird uns mitnehmen. Wir haben nur ein paar Sekunden, um aufzuspringen. Halte dich bereit.«
Das tat ich. Manna starrte weiterhin wie gebannt auf das Display. Dann machte ich den Konvoi aus. Er bestand aus vier gepanzerten Fahrzeugen, jedes davon ein Zwanzigtonner mit Allradantrieb. Natürlich autonom fahrend. Um vor Angriffen der Verzweifelten draußen geschützt zu sein, verfügten alle Fahrzeuge über eine verstärkte Schürze an der Vorderseite, die es ermöglichte, eventuelle Hindernisse beiseite zu räumen. Fenster benötigten die Fahrzeuge nicht, sie scannten die Umgebung mittels Kameras. Auf dem Dach war ein schwenkbares Maschinengewehr montiert, das zum Einsatz käme, wenn der Konvoi angegriffen würde.
Die *Subzonen* außerhalb der *grünen Zone* sind viel kleiner als diese. Hier leben nur in den seltensten Fällen biologische Menschen, die *Subzonen* werden hauptsächlich von Robotern betrieben. In den *Subzonen* befinden sich wichtige Rohstoff- und Energiequellen, welche die *grüne Zone* mit den Ressourcen versorgen, die sie benötigt. Man könnte die *grüne Zone* auch als die Hauptstadt aller Zonen bezeichnen, insbesondere da die *Instanz* hier ihren alleinigen Sitz hat.
Manna brachte den Zwanzigtonner neben uns zum Stehen. Im zweiten Fahrzeug öffnete sich eine Ladeluke.
»Los! Rein da!«, zischte mir meine Begleiterin zu. Wieder gehorchte ich brav. Auch sie sprang hinein. Die Luke schloss sich wie von Geisterhand. Der Konvoi setzte sich in Bewegung.
Im Schein von Mannas Handy konnte ich drinnen kaum etwas erkennen. Samt Rucksack hockte ich mich neben Manna zwischen penibel gestapelten Transportkisten.

»In etwa einer Viertelstunde setzen die uns draußen ab. Merk dir die Stelle genau. Am Freitag um achtzehnhundert wird uns der Konvoi wieder aufnehmen. Wenn du nicht da bist, dann musst du leider draußen bleiben!«
Ich verfluchte mich innerlich ein weiteres Mal, dass ich das Risiko einging. Wenn die Sarin mich hängen ließ, würde ich unweigerlich auffliegen. Dann konnte ich schauen, wie ich wieder in die *grüne Zone* zurückkäme. Und wie ich der *Instanz* mein Verschwinden erklärte. Nämlich gar nicht!
Manna tippte auf ihrem Handy herum. Wir stoppten, die Luke klappte auf.
»Raus jetzt!«
Ich sprang. Der Konvoi setzte sich wieder in Bewegung.
»Freitag, achtzehnhundert. Verstanden?«, raunzte mich Manna ein weiteres Mal an. Und verschwand. Mein Nicken nahm sie nicht zur Kenntnis.
Ich sah mich um. In der Ferne konnte ich den Grenzzaun ausmachen, um mich herum war Ödnis. Einzelne Bäume standen in der Landschaft, dort, wo sie Wasser fanden. Ansonsten Sand, Steine, Buschwerk. Sonst nichts.
Ich wusste zwar ungefähr, wo ich war, hatte aber nur eine vage Vorstellung davon, wie ich Waanas Hütte finden würde. Ich musste wieder durch unbekanntes Terrain. Das schmeckte mir gar nicht.
Folglich schlüpfte ich aus meinem Rucksack und packte die Einzelteile meines Gewehrs aus. Behutsam setzte ich es zusammen, so wie ich es gelernt und x-mal gemacht hatte. Als letztes schob ich das Magazin ein. Nicht ohne es vorher kontrolliert zu haben. Jetzt war ich in der Lage, achtzehn Kugeln abzufeuern. Wenn sich mir jemand oder etwas in den Weg stellte.
Wie jetzt Waana finden? Vor Urzeiten hatte ich eine militärische Ausbildung erhalten. Viel war nicht hängen geblieben. Doch anhand von Kompass und Sonnenstand konnte ich zumindest die grobe Richtung bestimmen, in der sich der Ausgang des Schachtes und damit der Weg zu

Waana befand. Ich marschierte los, den Kompass immer im Auge.
Ich schätzte, dass es etwa zwanzig Kilometer waren. Mit ordentlich verlaufen, würden es wahrscheinlich nochmal zehn mehr werden. Ich musste alles daran setzen, bis zum Eintritt der Dunkelheit mein Ziel zu erreichen. Sonst würde ich eine unangenehme Nacht im Freien verbringen. Auf jeden Fall sollte ich mir genau einprägen, wie ich zum Aufnahmepunkt zurückkäme.
Dazu hatte ich einen Fotoapparat mitgenommen und machte alle Nasen lang Fotos von markanten Punkten in der Landschaft, die mich zurückgeleiten sollten. Mein Handy hatte ich wohlweislich daheim gelassen.
Bei der Orientierung half mir der Grenzzaun. Ihn durfte ich keinesfalls aus den Augen verlieren. Er und der Kompass bestärkten mich in meiner Zuversicht, dass ich nicht völlig abdriften würde.
Ich versuchte, mich so unauffällig wie möglich durch das Draußen zu bewegen. Was ich als menschliche Ansiedlungen ausmachte, umging ich weiträumig. Ab und an begegnete ich einzelnen oder Gruppen von Menschen. In unserem Sprech eigentlich Untermenschen, aber die Unterscheidung traf ich seit Waana nicht mehr. All die Verzweifelten, die ich in der Zone eliminiert hatte, gelang es mir zu verdrängen. Zumindest so lang, bis ich wieder töten müsste.
Nach etwa drei Stunden das Erfolgserlebnis. Den Grenzzaun immer im Auge behaltend, landete ich auf der Müllhalde, auf die auch der Ausstieg aus dem Kanal führte. Bingo! Ab hier war es für mich ein Leichtes, meinen Weg zu Waanas Hütte zu finden.
Frohen Mutes, mich nicht allzu sehr verzettelt zu haben, beschleunigte ich meinen Schritt. Nach etwas mehr als einer halben Stunde wähnte ich mich nahe. Wiegte mich in trügerischer Sicherheit, dass ich bald mein Ziel erreicht haben würde. Freute mich schon auf das gemeinsame Abendessen mit Waana und ihrem Vater.

Ich sah die beiden Bärenjungen zuerst. Sie tollten am Rand eines Baches, den ich auf dem Weg zur Hütte zu überqueren hatte. Das hatte oft nasse Füße bedeutet. So manches Mal war ich auch ordentlich im Schlamm stecken geblieben.
Der Reflex ließ mich sofort stoppen. Menschen fallen normalerweise nicht in das Beuteschema von Bären, sodass die scheuen Tiere den Kontakt mit ihnen meiden. Doch sehen Bärenmütter das ganz anders, wenn sie Gefahr für ihre Jungen fürchten. Mein erster Gedanke lautete folglich, nichts wie weg.
Ich wandte mich um, das Weite suchend. Bloß, ich fand es nicht. Ich war nur wenige Schritte vorangekommen, als ich schon das Muttertier mit Gebrüll auf mich zustürmen sah.
Der Abstand betrug keine zehn Meter mehr. Ich riss das Gewehr hoch und drückte ab. Der erste Schuss traf sie an der Schulter, der zweite am rechten Ohr. Dann rannte mich die wütende Bärenmutter mit der Gewalt einer Dampframme um. Ich fand mich zwei, drei Meter weiter im Gebüsch liegend wieder. Das Gewehr hatte mir das Tier aus den Händen gerissen.
Sich zwischen ihre Jungen und mich postierend, richtete sich die Bärenmutter zur vollen Größe auf. Ihr Fehler, denn Respekt hatte ich schon genug. Doch es gab mir die nötigen Sekunden, um mich panisch aus dem Gebüsch zu kämpfen, und meines Gewehrs wieder habhaft zu werden.
Diesmal zielte ich richtig. Wie immer die Körper-Kopf-Kombination. Einen Augenblick verharrte die Bestie regungslos. Mein erster Schuss musste die Lunge getroffen haben. Aus der Einschussöffnung quoll jetzt Blut in Strömen. Der Kopfschuss hatte einen Teil der Schädeldecke weggerissen. Das Tier sank in sich zusammen.
Jetzt konnte ich das Weite suchen. Von dem Wurf ins Gebüsch hatte ich nur leichte Blessuren davongetragen. Also nichts wie weg. Nicht, dass der Fußmarsch und das Aufeinandertreffen mit der jungen Mutter nicht an meine

Kräften gezehrt hätte. Aber ich wollte jetzt nur noch ankommen. Die letzten zwei Kilometer zu Waanas Hütte absolvierte ich im Laufschritt. Ich musste einfach ankommen.

~

Otto war wieder mal völlig fertig, als er bei uns an der Hütte ankam. Vater und ich waren dabei, einen Baum zu zerlegen, den wir am Morgen geschlagen hatten. Als er uns erblickte, blieb er wie angewurzelt stehen. Ich ließ alles liegen und warf mich ihm um den Hals. Er blieb wie zur Salzsäule erstarrt. Irgendetwas musste passiert sein.
»Otto, Schatz! Alles klar? Was ist los?«
Er reagierte kaum. Stöhnte nur leise. Ich nahm ihm seinen Rucksack ab, sein Gewehr wollte er mir nicht geben. Er umklammerte es wie den letzten Halt, der ihm noch blieb. Ich führte ihn zu einem Baumstumpf, wo er sich erst mal absetzen konnte.
»Hast du Alk dabei?«
Otto nickte. Ich fing damit an, den Rucksack auszupacken. Wie immer war es für uns wie Weihnachten. Vater ging mir zur Hand, wobei die Neugier die Hilfsbereitschaft überwog.
Endlich hatte ich mich zur Wodkaflasche durchgekämpft und auch eine Tafel Schokolade entdeckt. Otto griff sich die Flasche, setzte sie an die Lippen und nahm einen ordentlichen Schluck. Er verzog aber keine Miene, ließ sich widerstandslos eine Rippe Schokolade in den Mund schieben, kaute kaum und spülte sie mit einem weiteren Schluck Wodka herunter. Dann endlich hielt er uns die Flasche hin.
Wir saßen eine geraume Weile da und starrten uns an. Otto brauchte noch einige Schlucke, bis er uns die

Ereignisse auf seinem Weg zu uns berichten konnte. Doch lange lauschten wir seinem Bericht nicht.
»Wo liegt der Bär jetzt?«, fragte mein Vater ohne Umschweife.
Otto beschrieb es ihm.
»Wir müssen ihn sofort herbringen. Wir können das Fleisch da nicht liegen lassen.«
Otto nickte, aber jeder Muskel seines Gesichts sprach Bände. Ich schob ihm noch weitere Rippen der süßen Kraftnahrung in den Mund. Strich ihm liebkosend durch das Haar. Zog ihm die Flasche vorsichtig von den Lippen.
»Es muss reichen, Liebling. Wir müssen los!«
Ich gönnte mir noch einen ordentlichen Schluck.
Vater hatte inzwischen die mitgebrachten Schätze in der Hütte verwahrt, sie nach allen Regeln der Kunst verrammelt und Traggerät, Gurte, verblichene Plastikplanen und zwei verrostete Macheten bereitgelegt. Otto scheiterte beim ersten Versuch aufzustehen. Ich musste ihm aufhelfen. Er warf dem Vater einen gequälten Blick zu. Der nickte. Wir brachen auf. Otto schleppte sich vorn voran.

~

Die Bärenjungen saßen verloren neben dem Kadaver ihrer Mutter, als wir die Stelle erreichten, an der Otto in die Bärenfamilie hineingelaufen war.
»Kannst du sie erledigen?«, fragte ich ihn.
Er hatte sein Gewehr wieder aufgenommen und den ganzen Weg zurück vor sich hergetragen.
»Ja«, antwortete er tonlos.
Er nahm sich Zeit, visierte die Jungtiere sorgsam an und verpasste ihnen den Todesschuss. Ohne Umschweife machten wir uns an die Bergung der Beute. Vater

begann, Mutter Bär in transportable Stücke zu zerlegen. Otto und ich würden jeweils eines der Jungtiere hinter uns herschleifen. Zusätzlich luden wir uns noch Teile der Mutter auf unser Traggerät am Rücken. So legten wir den Weg zu unserer Hütte zurück. Reichlich beschwerlich, denn die Bärenbabykadaver blieben dauernd irgendwo hängen. Davon abgesehen, dass sie sich kaum ziehen ließen.
Vater blieb zurück, um unsere Beute zu bewachen und weiter für den Transport kleinzumachen. Um sich im Fall der Fälle durchsetzen zu können, hatte er sich meine Pistole in den Hosenbund gesteckt.
Otto und ich waren etwa eine Stunde damit beschäftigt, uns zur Hütte zurückzukämpfen, die Kadaver und die Bärenteile dort abzulegen und sie zu verrammeln. Dann machten wir uns auf den Weg zurück.
Wir waren noch nicht weit gekommen, als wir zwei Schüsse hörten. Das konnte nur eines heißen: Vater war in Bedrängnis. Ohne auch nur einen Moment zu zögern, rannten wir los.
Trotzdem brauchten wir etwa zehn Minuten, um ihn zu erreichen. Und wir hatten uns nicht geirrt.
Er war von etwa zehn Personen umzingelt, manche mit Knüppeln bewaffnet. Zusätzlich zur Bärenmutter lagen zwei menschliche Kadaver im Gras. Vater hatte die Pistole im Anschlag und drohte, jeden gnadenlos zu erschießen, der auch nur einen Schritt näherkam. Schwierig, wenn einen zehn Leute bedrohen. So war er gezwungen, mit der Waffe wie besessen herumzufuchteln.
Unsere Ankunft verteilte die Karten neu. Das Gewehr im Anschlag gingen Otto und ich auf die Gruppe zu. Die Angreifer wichen respektvoll zurück. Aber nur ein paar Schritte. Zu groß die Hoffnung, sich an dem

Bärenkadaver mal richtig satt essen zu können. Wir starrten uns eine geraume Weile an.
Zu allem Überfluss traf erste Verstärkung der Verzweifelten ein. Aus dem umliegenden Wald strömte weiteres Volk, angelockt von der Nachricht, dass es hier was zu essen abzugreifen gäbe. Bald würden wir die Menge nicht mehr in Schach halten können. Jeder der Verzweifelten hatte sich einen Stein gegriffen. Nur zu werfen traute sich noch keiner.
»Lass uns noch eine ordentliche Portion abschneiden und verschwinden!«, schlug Otto vor.
Ich warf ihm einen Blick zu, der jede weitere Erklärung überflüssig machte, riss Vater die Pistole aus den Händen, zielte und drückte ab. Zwei der Hungerleider sackten in sich zusammen. Die restlichen ergriffen die Flucht. Bis auf eine Frau, welche die Schüsse mit einem Steinwurf zu beantworteten wagte. Der Stein verfehlte Otto nur knapp. Auch sie bezahlte den Wurf mit ihrem Leben. Die Kugel von mir ließ auch sie von uns ablassen.
Wir hatten zwar die akute Bedrohung abgewendet, mussten aber schauen, dass wir schnellstmöglich von hier wegkamen. Ich zögerte keine Sekunde.
»Du hältst uns das Pack vom Leib!«, befahl ich Otto. »Vater, wir hacken das Viech in Stücke!«
Sobald der Kadaver in tragbare Teile zerlegt war, ging es an den Abtransport. Es oblag Otto, unseren Rückzug zu decken. Vater und ich schleppten die verwertbaren Überreste der Bärin in Etappen von zwanzig bis dreißig Meter weiter, um sie in Sichtweite wieder abzulegen. Vor, zurück, vor, zurück.
Von den Verzweifelten war jetzt kaum mehr jemand zu sehen. Doch uns war klar, dass sie uns immer noch genau beobachteten. Aus sicherer Entfernung.

Wir schufteten ohne Unterlass. Nach etwa zwei Stunden hatten wir nahezu die ganze Bärin zu unserer Hütte gebracht.
Otto hielt sich nur noch mühsam auf den Beinen. Wortlos drückte er mir das Gewehr in die Hand und legte sich in der Hütte ab. Schlief schon ein, bevor sein Kopf das Lager berührte. Vater und ich hängten das Fleisch zum Trocknen auf. In den nächsten Tagen würden wir es räuchern.
Während Otto schlief, briet ich drei dicke Steaks an. Vater und ich verzehrten sie sofort. Otto würde seines kalt essen müssen.
Otto schlief fast zwölf Stunden. Auch danch war er noch geschwächt und machte keine Anstalten, sich vom harten Lager zu erheben. Ich brühte ihm einen Instantkaffee. Diesen nippend saß er im Bett. Ich ließ mich neben ihm nieder und fütterte ihn mit kaltem Bärenbraten.
Ich hatte erwartet, dass Otto mich nach dem kräftigenden Mahl beschlafen würde. Vater hatte sich schon vorsorglich aus der Hütte entfernt. Doch Ottos Gedanken kreisten in anderen Sphären.
»Wie soll das nur weitergehen?«
Ich tat verwundert: »So wie immer halt, Liebling. Wenn du Zeit hast, kommst zu uns raus.«
»Es wird jedes Mal schwieriger. Irgendwann werden sie mich kriegen. Und dann ist es vorbei. Ein für alle Mal!«
Ich wusste, dass er recht hatte. So schwieg ich. Holte stattdessen die Flasche Wodka. Wir bedienten uns und leerten die Flasche endgültig.

~

Waana weckte mich.
»Otto, aufstehen!«
Mir war sofort klar, was das hieß. Ich musste los. Ich checkte meine Uhr: 13:00. Mir blieben noch fünf Stunden. Waana hatte mir einen Instantkaffee angerührt, ich trank ihn hastig. Eine rußende Kerze tauchte die Hütte in schummriges Licht. Der Vater saß am klapprigen Plastiktisch, an dem meine Knarre lehnte. Mein Liebste hatte meinen Rucksack mit Hasch gefüllt, das ich für sie in der *grünen Zone* gegen wertvolle Konsumgüter eintauschen würde.
Der Abschied fiel mir wahnsinnig schwer. Diesmal konnte es wie immer das letzte Mal sein. Waana und auch ihr Vater Bart umarmten mich. Schweren Herzens riss ich mich los und trat aus der Hütte. Die Sonne blendete mich. Ich war keine zwanzig Meter gegangen, als Waana hinter mir her gestürzt kam.
»Ich habe da eine Idee.«
Ich sah sie fragend an.
»Beim nächsten Mal!« sagte sie schelmisch.
Ein Kuss und sie verschwand wieder in der Hütte.

~

Das Gewehr allzeit bereit und darum bemüht, mich ja nicht zu verlaufen, marschierte ich zurück zu dem Punkt, an dem ich mich von Manna getrennt hatte. Alle Nase lang checkte ich die Fotos, die ich zur Orientierung gemacht hatte, und erreichte den Treffpunkt ohne große Umwege. Meine Uhr zeigte 17:25. Von Manna keine Spur. Vom Konvoi auch nicht, was aber ohne sie sowieso belanglos war.
Das sollte sich auch nicht ändern. Ich hockte mich auf einem Findling neben der Straße und wartete. Ab und zu fuhren einzelne Fahrzeuge oder Konvois vorbei, aber alle mit voller Geschwindigkeit.

Jetzt war es achtzehn Uhr und ich saß da. Pünktlichst! Sonst tat sich nichts. Von Minute zu Minute wurde meine Laune schlechter. Was tun, wenn Manna nicht auftauchte? Warum hatte ich keinen Plan B? Zu was hatte ich mich da überhaupt hinreißen lassen?
Ich malte mir schon in düstersten Farben aus, wie ich meinen Weg in die *grüne Zone* zurückfinden könnte. Dachte darüber nach, wie ich mich einem Trupp von Verzweifelten von draußen anschließen würde, um wieder hineinzugelangen. Was aber auch illusorisch war, denn ich würde vermutlich Wochen brauchen, um das hinzukriegen. Wie würde ich der *Instanz* mein wochenlanges Verschwinden erklären können? Gar nicht.
Exakt um 20:34 Uhr machte ich einen Punkt am Horizont aus, der sich in meine Richtung bewegte. Ich schaffte es nicht, meine Augen loszureißen, bis ich ihn als Manna identifizieren konnte.
Ich ließ sie herankommen. Nicht, dass sie mich eines Blickes gewürdigt hätte.
»Ich hocke hier schon seit fast drei Stunden rum! Was soll das? Achtzehnhundert war ausgemacht.«
»Mach dich mal locker, Alter! Kannst froh sein, dass ich dich überhaupt aufsammle!«
Mehr redeten wir nicht. Manna stoppte mit ihrem Handy einen Konvoi, wir sprangen hinein. Etwa eine halbe Stunde später klappte die Luke in der *grünen Zone* wieder auf. Wir gingen wortlos auseinander.

Kapitel 9: Wie soll das verdammt nochmal gehen?

23.11.2065

Die Sehnsucht verzehrte mich täglich, stündlich, minütlich. Lotti hatte mich schon mehrere Male gefragt, was denn mit mir los sei. Wenig überzeugend antwortete ich ihr, dass bei mir alles bestens sei. Wenn schon sie checkte, was mit mir los war, würde die *Instanz* nicht lange brauchen, um ebenfalls zu realisieren, dass irgendwas mit mir nicht stimmte.

Aber wie sollte ich nochmal nach draußen kommen? Tausende von wirren Plänen schossen mir wieder und wieder durch den Kopf, aber keinen vernünftigen Rat konnte ich mir geben. Ich zog in Erwägung, Manna ein weiteres Mal anzuhauen. Die würde mich über kurz oder lang draußen versauern lassen. Da war ich mir sicher.

Doch ich irrte mich. Zu meiner völligen Überraschung hielt ein Chevrolet Chevelle neben mir, als ich nach sechs Stunden Kriechen durch die Unterwelt nach einer warmen Dusche gierend in mein Appartement wollte. Das Fenster der Beifahrertür senkte sich langsam. Am Steuer saß der Typ, dem ich im Connect ein Bierchen spendiert hatte, um mit Manna meinen Ausflug nach draußen vorzubereiten.

»Hallo Otto, hast du Lust auf eine Runde?«

Keine Ahnung, wieso der Typ mich auf eine Spritztour einlud. Was war das wieder für eine linke Masche?

»Lust schon. Aber ich muss erst mal duschen. Ich bin den ganzen Tag in der Scheiße gestanden.«

Ein Rohrbruch hatte die Heißwasserversorgung in der Kläranlage lahmgelegt, womit wir alle daheim duschen mussten. Wenn wir nicht kalt duschen wollten.

»Komm steig ein, nur einmal um den Block!«

»Was soll das bringen?«

»Siehst du dann schon!«

So sehr ich auf Benziner mit großem Hubraum stehe, so wenig Bock hatte ich darauf mit Klamotten, die mir am

ganzen Körper festklebten, durch die Stadt zu jockeln. Der Typ am Steuer kapierte das wohl.
»Bitte, nur ganz kurz. Es ist wichtig!«
Ich stieg ein. Der Typ gab mir die Hand und sagte, er heiße Granit. Ich stellte mich brav als Otto vor. Granit ließ den Motor aufheulen und der Wagen schoss los. Einige autonom fahrende Elektrofahrzeuge hinter uns mussten scharf bremsen.
»Es geht um Waana.«
Im ersten Moment dachte ich, dass ich ihn falsch verstanden hatte.
»Was?«
»Es geht um Waana.«
Ich hatte richtig gehört. Woher wusste der Typ das mit Waana? Mir sank der Mut. Irgendetwas musste total schiefgelaufen sein. Ich machte auf unwissend.
»Um wen?«
»Du weißt genau, wen ich meine.«
Ich schwieg. Granit tuckerte sich jetzt sklavisch an die Verkehrsregeln haltend weiter geradeaus. Nichts mit nur mal um den Block. Das alles stank gewaltig zum Himmel. So wie ich.
»Was willst du?«, fragte ich barsch.
»Keine Panik! Alles gut!«, kam es von ihm. »Gib mir noch ein paar Minuten, dann wird dir alles klar.«
Jetzt bog er rechts ab und ich kapierte, wo es hinging. Er fuhr zum Connect. Er suchte aber keinen Parkplatz, sondern hielt in zweiter Reihe. Ich wollte gerade fragen, was das jetzt solle, da sah ich sie: Manna Sarin. Sie sah uns auch. Winkte Granit zu und stürzte auf uns los.
»Lässt du sie nach hinten?«
Ich stieg aus. Während ich den Sitz umklappte, hörte ich ein »Hallo Otto!«. Ich warf Manna einen ungläubigen Blick zu, sie lächelte mich an und schlängelte sich auf den Rücksitz. Ich war so baff, dass ich fast vergaß, mich wieder ins Auto zu setzen. Granit gab Gas. Ich atmete tief durch, noch überraschter als vorher.

»Könnte mir vielleicht jetzt jemand verraten, was hier abgeht?«
»Gedulde dich noch einen Moment, wir sind gleich da!«, antwortete Granit trocken.
Ich geduldete mich. Wir erreichten den Seenpark, dort wo alles begonnen hatte. Granit parkte den Straßenkreuzer.
»Wir gehen eine Runde spazieren.«
Mir war so gar nicht danach, spazieren zu gehen. Wie erwähnt, ich wollte nur duschen. Nur die Neugier und die Befürchtung, dass da etwas gewaltig schieflief, ließ mich einwilligen.
Im Seenpark nahmen wir an einem der Picknick-Tische Platz. Zu meiner Verwunderung hatte Granit sogar was zum Futtern dabei.
»Es muss so aussehen, als wären wir zum Vergnügen hier.«
»Ach ja?«, fragte ich mit genervtem Unterton.
Manna schob sich einige Bissen in den Mund und begann auf mich einzureden.
Sie bedaure es, dass es zwischen uns so suboptimal angefangen habe. Sie bitte es zu entschuldigen, aber man könne sich ja in Menschen irren.
Mir fielen fast die Ohren ab. Was wollten die nur von mir?
»Ich habe mit Waana gesprochen. Sie hat mir alles erzählt.«
Jetzt blieb mir die Spucke weg.
»Du hast was?«
»Ich habe mir ihr gesprochen. Sie meint, dass wir dir vertrauen können.«
»Wieso vertrauen?«
»Granit wird es dir erklären.«
Es gebe eine Gruppe von Menschen in der *grünen Zone*, die nicht mehr bereit seien, das allgegenwärtige Unrecht zu akzeptieren. Dieses Gefasel von wertem Leben und Untermenschen sei doch alles nur billige Propaganda. Alle Menschen seien von Natur aus gleich. Ziel der Gruppe sei es, die *Instanz* auszuschalten und eine Gesellschaft zu begründen, die nicht von künstlicher Intelligenz dominiert

werde, sondern in der alle Menschen mit gleichen Rechten zusammenlebten. Ob ich bereit sei, dieses Vorhaben zu unterstützen?
Ich zuckte mit den Schultern. Das war die ehrlichste Reaktion, zu der ich fähig war, denn ich hatte wahrlich keinen blassen Schimmer, wie das gehen sollte. Und ob ich es wirklich wollte. Die beiden waren über meine Antwort nicht besonders glücklich.
»Mensch, Otto! Sicher, du warst Jahre lang ein Teil des Systems. Aber du hast doch auch erkannt, dass es so, wie es läuft, scheiße ist.«
»Habe ich das?«, fragte ich spöttisch.
»Na klar!«, sagte Manna. »Sonst hättest du Waana nicht am Leben gelassen. Im Grunde deines Herzens bist du ein guter Kerl.«
Wieder fielen mir fast die Ohren ab. Ich gaffte die beiden blöd an, während ich auf einem Schinkenbrot rumkaute.
»Und was genau wollt ihr da machen?«
Aber die beiden wollten mit ihren Plänen noch nicht rausrücken.
»Können wir auf dich zählen?«
»Nicht, bevor ihr mir sagt, was ihr vorhabt.«
Wir aßen eine Weile schweigend. Keiner wollte die Karten auf den Tisch legen. Schließlich rückte Granit doch noch mit ein bisschen mehr raus.
»Wir haben einen ausgereiften, detaillierten Plan, wie wir vorgehen. Du wärest ein Teil des Plans. Aber ohne dein OK werden wir dir nichts weiter eröffnen.«
»Und du wirst Waana nie wieder sehen!«, legte Manna nach.
Ein überzeugendes Argument. Aber es machte mich reichlich wütend. Was dachten die von mir? Dass ich für einen wirren Plan einfach so alles über Bord schmeißen würde?
Wieder schwiegen wir uns an. Der Appetit war mir vergangen. Doch Manna kannte meinen wunden Punkt.
»Du willst doch wieder raus zu Waana, oder?«

»Klar will ich das!«
»Gut! Wir bringen dich raus.«
Mir fiel fast die Kinnlade runter.
»Warum? Ihr verarscht mich doch?«, fragte ich.
Sie hielten mich einer Antwort nicht für würdig.
»Wann hast du wieder Zeit?«
»Nächsten Donnerstag und Freitag habe ich frei. Danach ist bekanntlich Wochenende.«
Manna warf Granit einen fragenden Blick zu.
»Donnerstag gegen elf Uhr vor dem Connect. Mit allem, was du für draußen brauchst.«
Ich hatte noch Fragen. Antworten bekam ich nicht, aber wenigstens fuhren sie mich nach Hause.

~

Vater und ich waren die letzten Wochen müßig gewesen. Das Fleisch des Bären nährte uns gut. Logischerweise mussten wir permanent auf der Hut sein, dass uns niemand die fette Beute streitig machte. Aber die Pistole war ein gutes Argument.
Wir saßen mit etwas Bärenbraten vor der Hütte, als das Teil am Himmel auftauchte. Das Ding sah wie ein Hubschrauber aus, der seinen Hauptrotor durch einen Dreamcatcher ersetzt hatte. Wenn man genauer hinschaute, dann erkannte man, dass die Fangfläche des Dreamcatchers mit einer Vielzahl von Rotoren besetzt war. Das Teil steuerte direkt auf unsere Hütte zu. Was nichts Gutes bedeuten konnte.
Vater und ich flüchteten sofort ins Innere unserer Bude. Unter unserem Bett hatten wir einen Fluchttunnel gegraben, der uns bei unabwendbarer Bedrohung die Flucht ermöglichte. So, dass die Angreifer nicht ausmachen konnten, wohin wir uns absetzten.

Ich warf mich hinter Vater auf den Boden und kroch in die beklemmende Röhre hinein. Hinter seinen Füßen robbte ich durch den etwa dreißig Meter langen Tunnel. Wir hatten ewig diskutiert, ob wir uns wirklich die Mühe machen sollten, einen Graben für ein Fluchttunnel auszuheben. Doch nachdem in der Umgebung die Anarchie immer mehr um sich griff, hatten wir uns schweren Herzens dazu entschlossen. Allein die Beschaffung des Holzes, das die Konstruktion abstützte, hatte Wochen in Anspruch genommen. Das Ausheben des Grabens hatte sich gezogen. Erst nach mehr als einem halben Jahr war der Fluchttunnel dann fertig. Die Diskussionen zwischen Vater und mir, ob wir uns die Plackerei nicht hätten sparen können, dauerten noch länger an.
Dreißig Meter zu robben ist brutal anstrengend. Wir mussten mehrere Male pausieren, um wieder zu Kräften zu kommen. Als wir das Ende erreicht hatten, war ich gezwungen, mich über Vater hinwegzuquetschen, da er es nicht schaffte, die Abdeckung in dem Gebüsch anzuheben, wo der Gang endete. Dichtes Wurzelwerk hatte sich über der Abdeckung, die irgendwann einmal zu einer Waschmaschine gehört hatte, gebildet. Viele Stränge musste ich einzeln durchreißen, bis ich die Platte endlich hochdrücken konnte.
Dem Tunnel entstiegen, spähten wir durch das Buschwerk in Richtung unserer Behausung. Das Flugtaxi war verschwunden. Nichts regte sich, niemand war zu sehen. Wir blieben im Gebüsch hocken und versuchten auszumachen, ob wir wieder in unser Heim zurückkonnten.
Wir staunten nicht schlecht, als nach mehreren Minuten Otto hinter der Hütte auftauchte. Seine Knarre in den

Händen hielt er nach uns Ausschau, konnte uns aber nicht im dichten Buschwerk ausmachen.
Ich kämpfte mich durch das Gestrüpp und rannte ihm entgegen. Sobald er mich sah, zögerte er keinen Augenblick und setze sich in meine Richtung in Bewegung. Wir fielen wir uns in die Arme, dürstend danach, den anderen so intensiv zu fühlen, wie es nur ging.
»Ach Otto, ich hab dich so vermisst!«
»Die haben den Weg nach draußen dichtgemacht. Ich wusste nicht mehr, was ich tun sollte. Bis Manna und Granit mir aus der Patsche geholfen haben.«
»Ihr habt uns einen ganz schönen Schrecken eingejagt!«
»Das haben wir befürchtet. Aber Manna hat einen Bug in der Steuerungssoftware der Lufttaxis aufgetan. Der macht alles so viel einfacher.«
Wir hätten noch Stunden auf dem Acker stehen und Körperlichkeiten austauschen können. Wahrscheinlich wären wir irgendwann in der Horizontale gelandet. Aber die Zeit drängte und die anderen hätten dafür mit Sicherheit kein Verständnis gehabt.
Folglich saßen wir einige Minuten später alle zusammen. Vater hatte den Plastiktisch und die zwei wackligen Hocker aus der Hütte geholt. Otto und Granit teilten sich die beiden einigermaßen besitzbaren Sitzgelegenheiten. Manna und Vater mussten sich mit zwei Baumstümpfen zufriedengeben. Ich war damit beschäftigt, Ottos Rucksack zu plündern. Für mich war wieder mal wie Weihnachten. Doch die Menschen aus der Zone hatten ernsthafte Themen zu besprechen.

~

»Ok, Otto, wir haben dir gezeigt, was wir können. Und wir haben dich zu Waana gebracht. Vertraust du uns? Haben

wir einen Deal? Bist du dabei?«, fragte mich Manna rundheraus.
»Ich muss euch sicher nicht sagen, wie dankbar ich euch bin. Aber es wäre extrem hilfreich, wenn ihr mir eine Vorstellung davon vermitteln würdet, was ihr genau von mir wollt.«
»Das ist genau das Problem. So wie Henne und Ei. Ich denke, du verstehst, dass wir was Großes vorhaben. Bloß wenn wir dir die Details geben, dann gibt es kein Zurück mehr.«
»Toll! Und ich soll jetzt einfach sagen, dass ich dabei bin! Obwohl ich keine Ahnung habe, bei was.«
Mein eher uninspiriertes Zucken mit den Schultern brachte uns auch nicht weiter, dafür aber Waana. So kannte ich sie nicht, plötzlich war sie wie verwandelt. Ihr Blick wurde starr, ihr Engelsgesicht eine Fratze. Sie wurde laut:
»Du weißt von uns allen am besten, was notwendig ist, was wir machen müssen. Und wie es laufen muss. Du hast die militärische Ausbildung und Erfahrung einen Aufstand erfolgreich anzuzetteln. Und natürlich auch zum Sieg zu führen. Du sagst du liebst mich. Doch welche Zukunft hat unsere Liebe? Keine! Nur wenn sich grundlegend etwas ändert, dann können wir ein Leben zusammen aufbauen. Was bleibt von unserer Liebe sonst? Nichts, außer dass du alle paar Wochen mal auf mich draufspringst. Wenn du mich wirklich liebst, dann bist du dabei!«
Ihr Blick durchbohrte mich, ihre Augen leuchteten, als wären sie Wunderkerzen. So aufgeregt, so zornig hatte ich sie noch nie gesehen. Nicht, dass ich von dem Plan überzeugt war. Aber ich hatte mich ja eh schon so weit aus dem Fenster gelehnt, dass ich kaum mehr zurückkonnte. Außerdem hatte ich immer noch meine Knarre vor mir zwischen den Beinen. Im Zweifelsfall würde ich meinem Anliegen schon den nötigen Nachdruck verschaffen. Und vor allem wollte ich Waana nicht verlieren.
»Also gut, ich bin dabei.«

So wie ich es sagte, kam es wenig überzeugend, eher nachdenklich. Aber das interessierte niemanden in der Runde. Um mich herum brach Jubel aus. Waana drückte mir einen Schmatz nach dem anderen auf die Wange. Ich rang mir ein Lächeln ab. Und Granit legte los.

»In etwa zwei Monaten wird ein Meteoritenschauer die Erde treffen. Objekte mit etwa zwanzig bis dreißig Metern Durchmesser. Natürlich wird viel ihrer Masse in der Atmosphäre verglühen. Doch eben nicht ganz. Wegen ihrer Geschwindigkeit von mehreren Kilometern pro Sekunde wird die Wucht, mit der sie einschlagen, immens sein. Und damit auch die Schäden, die sie anrichten werden. Die *grüne Zone* liege genau im Zentrum des Schauers, soweit man das vorausberechnen kann. Die zu erwartenden Schäden können bedeutsam sein, da sie das Potential haben, einen Großteil der Infrastruktur lahmzulegen. Das ist der Moment, um zuzuschlagen.«

Für mich war es der Moment, Granits Ausführungen zu unterbrechen.

»Das ist ja alles schön und gut. Aber die *Instanz* wird alles daran setzen, dass das nicht passiert.«

Granit grinste bereit: »Die *Instanz* wird erst kurze Zeit vor dem Einschlag mitkriegen, dass der Schauer auf die Erde zufliegt. Dann wird es zu spät sein, um zu reagieren.«

Ich glaubte ihm kein Wort.

»Du willst mir erzählen, dass die *Instanz* nichts von einem bevorstehenden Meteoritenschauer mitbekommt? Auch wenn sie genau checkt, wenn ich einen Schnupfen habe und mir dann Gesundheitstipps anbietet?«

Granit atmete tief durch.

»Die *Instanz* weiß vieles, erschreckend vieles. Aber eben doch nicht alles. Sicher, sie überwacht auch den erdnahen Weltraum, um sicherzustellen, dass Einschläge im Vorfeld abgewendet werden können. Das Schöne ist, dass ich genau in diesem Bereich arbeite. Ich bin Astronom. Ich habe den Schauer entdeckt. Manna und ich werden verhindern, dass die *Instanz* Wind davon bekommt, dass er immer noch direkt auf die *grüne Zone* zusteuert. Zumindest so lange, bis es zu spät ist.«

Ich war keineswegs überzeugt, schaute ihn zweifelnd an. Manna wurde es wieder zu viel, obwohl sie in Gegenwart der anderen einen moderateren Ton anschlug.

»Otto, bitte, der Plan ist wasserdicht. Auch die totale Überwachung hat Schwachstellen. Es gibt zwar einige Teleskope, die den erdnahen Orbit überwachen, aber die Auswertung der Daten hat niedrigste Priorität. Die Überlegung ist, dass sie früh genug entdeckt werden und man deswegen genug Zeit hat, um entsprechend zu reagieren.«

»Und warum wurde der Schauer nicht rechtzeitig entdeckt?«

Granit grinste wieder sein siegessicheres Grinsen. Ich spürte Wut in mir aufsteigen. Hielt der mich für einen kompletten Idioten?

»Ich habe den Schauer schon vor Jahren entdeckt. Damals war es ein Zufall, ein Datenübertragungsfehler, der dazu führte, dass die *Instanz* nicht informiert wurde. Ich beließ es dabei, denn schon damals hatte ich meine Zweifel.«

Ich setzte alles daran, geschmeidig zu reagieren.

»Wie soll das gehen? Der Schauer kommt näher und die Teleskope sehen ihn nicht?«

»Das verdanken wir Manna. Sie hat die Aufnahmen aller Teleskope permanent so manipuliert, dass der Meteoritenschauer nicht auftaucht.«

»Seid ihr euch da sicher?«, fragte ich zweifelnd. Wobei ich jetzt hauptsächlich an mir zu zweifeln begann.

»Hat Manna nicht die Videos von deiner Aktion mit Waana so bearbeitet, dass nichts mehr drauf war?«, erklärte mir Granit überzeugend. »Was sollte dann das Problem sein, ein paar Schnappschüsse ins All so zu stylen, dass man ein paar unauffällige Punkte nicht mehr sieht?«

Wo er recht hatte, hatte er recht. Also wechselte ich das Thema.

»Und was soll ich jetzt bei der ganzen Aktion?«
»Der Plan ist einfach. Wir gehen davon aus, dass die Schäden in der *grünen Zone* immens sein werden. Das entstehende Chaos können wir nutzen, um die *grüne Zone* zu besetzen und die *Instanz* auszuschalten. Im Vorfeld brauchen wir dich als Organisator. Du musst einen detaillierten Plan entwickeln, wie wir nach den Einschlägen vorgehen.«
Ich nickte.
»Kann ich machen.«
»Aber fast noch wichtiger ist: Du sollst den Sturm auf die Zone befehligen. Wir werden dich eine Woche davor nach draußen bringen. Du wirst alle verfügbaren Kräfte inspizieren und alle notwendigen Vorkehrungen treffen, damit wir exakt dann, wenn der Zeitpunkt gekommen ist, zuschlagen können.«
»Eine Woche ist verdammt wenig Zeit, um so eine Aktion vorzubereiten.«
Granit grinste diesmal Waana an.
»Schon vorher wirst du genug Motivation haben, ab und zu mal nach draußen abzuhauen. Waana wird in den nächsten zwei Monaten hier alles vorbereiten. Und wenn du da bist, wird sie dir zeigen, was hier abgeht.«
Granit versuchte es jetzt mit Schmeichelei.
»Waana und du, ihr seid doch eh das Dream-Team.«
Alle am Tisch lachten: pflichtbewusst, denn man brauchte mich. Auch ich, denn ich wollte ohne Waana nicht leben.
»Und ihr könnt mich mit den Lufttaxis jederzeit unbemerkt rausbringen? Warum können wir die Dinger einfach so mieten?«
»Ganz einfach: Die Dinger sollten wirklich als Taxis genutzt werden. Die blasen aber alles weg, wenn sie starten und landen. In dicht besiedelten Gebieten sind sie völlig unbrauchbar. Deswegen beschloss die *Instanz*, sie den Bewohnern der Zone zur Verfügung zu stellen, um das Draußen erkunden zu können. Als abschreckendes Beispiel sozusagen. Dass wir damit draußen landen, war

natürlich nicht vorgesehen. Das hat allein Manna hingekriegt.«

Die fühlte sich ordentlich geschmeichelt. Ich nahm den Faden wieder auf.

»Gut, besprechen wir den Tag X. Ihr habt vor, die *grüne Zone* zu stürmen?«

Granit schaute hilfesuchend in die Runde. Er wollte sich der Zustimmung seiner Mitkämpfer versichern. Doch dann zuckte er hilflos mit den Schultern.

»Jetzt ist es eh schon egal, du weißt eh schon alles. Der Tag X ist der fünfte Februar. An dem Tag werden die Meteoriten einschlagen. Manna und ich werden aus der Zone agieren. Manna wird die *Instanz* pausenlos überwachen. Vor, beim und wahrscheinlich auch noch einige Zeit nach dem Einschlag werden wir genau wissen, was die *Instanz* denkt. Mit diesen Infos können wir den Sturm planen. Wir werden genau wissen, welche Systeme funktionieren, welche nicht. Meine Aufgabe wird es sein, die Flugbahnen der Meteoriten zu überwachen, ihre Existenz so lange wie möglich geheim zu halten und möglichst genau vorherzusagen, wo die Bruchstücke mit welcher Sprengkraft einschlagen.«

Ich war nicht im Geringsten überzeugt. Aber es war die einzige Möglichkeit, den Kontakt zu draußen und damit zu Waana nicht zu verlieren.

»Was ihr da plant, ist der komplette Umsturz. Ich sehe vor allem eins: Fragezeichen. Wie soll ich hier draußen eine schlagkräftige Truppe aufbauen? Hier, wo jeder nur um sein Überleben kämpft. Was ist, wenn die Meteoriten nicht so einschlagen, wie wir uns das vorstellen? Wie viele Unbeteiligte werden durch sie ums Leben kommen? Wie werden wir zwischen drinnen und draußen kommunizieren?«

Manna schnaufte. Auch Granit war in der Defensive.

»Otto, versteh doch, es ist unsere einzige Chance. Und es wird mit größter Wahrscheinlichkeit unsere einzige bleiben. Du siehst doch, wie die Leute hier leben. Und

vergiss eines nicht: Nur so werden Waana und du eine Zukunft haben. Mir ist klar, dass wir einige Hürden zu nehmen haben, aber es ist kein Ding der Unmöglichkeit.«
Der Vater blickte mich flehend an. Ich verstand, konnte nicht anders als nicken.
»Ihr könnt auf mich zählen.«
Am Himmel tauchte eines der Flugtaxis auf. Granit wurde hektisch.
»Leute, wir müssen zurück. Im Copter bitte absolute Funkstille. Wir können nicht ausschließen, dass drinnen mithört. Bart, Waana, wir kommen wieder! Wir lassen euch nicht hängen!«
Ich hatte nicht mal mehr Zeit, Waana in den Arm zu nehmen. Hastig stiegen wir in das Flugtaxi. Manna war intensiv mit ihrem Handy beschäftigt. Ich war froh, einfach nur schweigend dasitzen zu dürfen und die Landschaft unter mir vorbeiziehen zu lassen. Je mehr ich darüber nachdachte, desto wahnwitziger erschien mir das ganze Unternehmen. Noch konnte ich aussteigen, doch die Konsequenzen wären unabsehbar. In der *grünen Zone* setzte uns das Flugtaxi an einem Heliport ab.
»Du hörst von uns!«, sagte Granit, als wir uns trennten.
Manna warf mir einen seltsamen Blick zu. Freunde würden wir wohl nie werden. Wozu auch?

Kapitel 10: Countdown zum Tag X

Ab dem 25.11.2065

Es war merklich kälter geworden. Vor Jahren hatte es noch geschneit, aber das gab das Klima nicht mehr her. Schön für uns, denn es so wurde es nachts in unserer Bude nicht so kalt, wir konnten sie mit ein bisschen Holz ganz gut warmhalten. Doch das wuchs nicht mehr so, wie noch vor ein paar Jahrzehnten. In manchen Sommern regnete es gar nicht mehr, Trockenheit wurde zum Normalfall. Wo früher noch dichte Wälder gestanden hatten, wechselte sich schütterer Baumbewuchs mit erdigen Brachflächen ab. Ich befürchtete, dass das Draußen in ein paar Jahren komplett veröden würde.

Otto kam wieder mit dem seltsamen Flugtaxi eingeflogen. Manna schien die Dinger echt gut im Griff zu haben. Wieder hatte er einen prall gefüllten Rucksack bei sich. Nur leider nicht so viele Leckereien, wie ich mir gewünscht hatte. Stattdessen brachte er zwei automatische Langwaffen mit.

Er war jetzt voll in seine neue Rolle eingetaucht. Es stimmte mich ein weiteres Mal nachdenklich, wie schnell er die Seiten zu wechseln bereit war. Doch er schien damit überhaupt kein Problem zu haben. Früher hatte er gern bei Kerzenlicht bei uns in der Hütte gesessen, den mitgebrachten Schnaps getrunken und sich an mich geschmiegt. Er hatte meinem Vater zugehört, was der so aus seinem Leben erzählte, hatte sich für jedes Detail interessiert, wie man hier draußen über die Runden kam. Manchmal hatte er uns auch einen Joint gedreht und wir hatten schweigend dagesessen, hatten uns angegrinst und die Minuten genossen, in denen der Überlebenskampf nicht das

einzige war, mit dem wir uns befassen mussten. Damit war es nun vorbei.
Kaum hatten Vater und ich den Rucksack geleert, begann Otto uns die Funktionsweise und den Zusammenbau der Gewehre zu erklären. Die schummrige Beleuchtung sei eher von Vorteil, denn man müsse die Knarre im Schlaf zusammensetzen können, um sie jederzeit einsatzbereit zu halten. Immer wieder baute er den Schießprügel auseinander, ließ sich die Einzelteile wie Magazin, Kolben, Mündungsbremse, Gaskolben, Schlagbolzen und ihre Funktion genau von uns erklären. Wenn dann alles ausgebreitet auf dem Tisch lag, mussten wir das Gewehr erneut zusammensetzen. Alk gab es keinen. Während Vater und ich die Teile zusammensetzten, trieb er uns zur Eile an, kannte bei Verwechslungen oder Unsicherheiten kein Pardon.
Irgendwann reichte es mir: »Otto, bitte, wir haben das jetzt schon hundertmal durchexerziert. Es reicht für heute!«
»Meine liebe Waana, ist dir klar, was wir da im Februar vor haben? Was da abgehen wird? Du machst dir ja keine Vorstellung, was da alles schief gehen kann. Wir haben noch knapp zwei Monate und müssen noch so viel auf die Beine stellen. Ich bin die meiste Zeit nicht da. Ihr seid meine wichtigsten Leute vor Ort. Wenn euch das nicht in Fleisch und Blut übergegangen ist, werden es die anderen nie kapieren.«
»Otto, wir können einfach nicht mehr. Es geht einfach nichts mehr rein!«
Er hatte dann doch ein Einsehen. Endlich durften wir die Wodkaflasche aufmachen. Leeren durften wir sie nicht. Nachdem wir uns auf dem harten Lager abgelegt hatten, erwartete er nichts mehr von mir.

~

In der Früh musste ich Waana und Bart mit aller Gewalt aus den Federn werfen. Ich schälte mich aus Waanas Umarmung und begann den Ofen anzuschüren. Als endlich ein Feuerchen, das auch den Namen verdiente, im Ofen prasselte, setzte ich Wasser auf, um einen anregenden Kaffee aufzubrühen. Was die beiden aber reichlich wenig motivierte. Die schlummerten immer noch in völliger Arglosigkeit vor sich hin. Mir blieb nichts anderes übrig, als Hand anzulegen. Die Blechtassen mit Heißgetränk musste ich ihnen mit aller Gewalt anreichen. Freudenstürme erzeugte ich damit nicht.
»Mensch Otto, bitte! Das bringt doch alles nichts!«
Eineinhalb Stunden später hatte ich endlich Marschbereitschaft hergestellt. Wir verrammelten die Hütte so gut es ging, schulterten die Gewehre und marschierten los.
Ziel war eine dorfähnliche Siedlung in etwa drei Kilometern Entfernung. Waana kannte dort einige Einwohner und hatte meinen Besuch angekündigt. In das ungefähre Ausmaß der geplanten Aktion war nur der Dorfälteste eingeweiht, den anderen hatte Waana verklickert, dass es sich um einen der üblichen Raubzüge handele. Lediglich diesmal mit Unterstützung von drinnen.
Ein Ring aus Palisaden schütze die Anhöhe, auf der die Siedlung lag. Am Durchlass begrüßten uns zwei Wachen, die uns schon erwarteten, freundlich. Um eventuelle ungebetene Gäste abwehren zu können, waren sie mit zwei grob gehauenen Knüppeln bewaffnet. Viel hätten sie einer entschlossenen Gruppe von Eindringlingen nicht entgegensetzen können. Einem bewaffneten Kommando gar nichts.
Noch vor einiger Zeit hatte ich Leute wie diese mehrmals im Monat völlig mitleidlos erschossen. Jetzt trainierte ich sie mit dem Ziel, die Ordnung zu zerstören, die mir ewiges

Leben im Paradies garantierte. Weder sie noch ich schienen ein Problem damit zu haben. Der Mensch ist und bleibt ein prinzipienloser Opportunist. So wie ich.
Die Siedlung hätte, bis auf wenige Relikte aus der Jetzt-Zeit, der Steinzeit entsprungen sein könne. Die Langhäuser, in denen die Menschen mit ihren Tieren zusammenlebten, waren aus groben Pfählen gezimmert und die mit Rasenziegeln gedeckt. Zwischen ihnen erstreckten sich Wege aus festgetretenem Lehm, der sich beim ersten Regen in tiefen Matsch verwandeln würde. Über der ganzen Siedlung lag ein säuerlicher Geruch.
Ich wurde dem Dorfältesten vorgestellt. Der verdiente den Titel allemal, denn der Mann erweckte den Eindruck, mindestens hundert Jahre auf dem Buckel zu haben. Wahrscheinlich war ich viele Jahrzehnte älter als er, aber im Vergleich zu dem in die Jahre gekommen Mann wirkte ich wie ein Jüngling. Sein Händedruck verdiente den Namen nicht. Seine Stimme war schwach, sein Blick starr.
»Das Dorf heißt dich willkommen. Wir sind überglücklich, dass du uns auf den Sturm auf die Zone vorbereiten wirst. Dank dir werden wir siegen!«
Ich war mir da nicht so sicher.
Schlurfenden Schrittes führte er Waana und mich zu einer zusammengewürfelten Gruppe von Männern und Frauen auf dem Dorfplatz. Ich versuchte, mir nicht anmerken zu lassen, dass ich mir nicht die geringste Hoffnung machte, diesen Haufen elender Kreaturen in einen schlagkräftigen Stoßtrupp verwandeln zu können.
Das Gewehr, seine Einzelteile und deren Montage war wieder die erste Lektion. Eine Idee, woher die Schießprügel zum Sturm auf die *grüne Zone* kommen sollten, hatte ich nicht. Setzte aber alles dran, meinen fehlenden Enthusiasmus zu kaschieren.
Nachdem ich die Waffe zerlegt, erklärt und wieder zusammengesetzt hatte, teilten wir uns in drei Gruppen auf. Tische gab es hier nicht. Die Dorfbewohner

schleppten Baumstümpfe und Bretter an, auf denen sie die Gewehre zu zerlegen planten.
Zu meiner Gruppe gehörten etwa zehn Leute.
»Wer möchte anfangen?«, fragte ich in die Runde.
Nahezu alle meldeten sich. Ich sah die Motivation natürlich als positives Zeichen, doch das brachte mich auch nicht weiter. Wer würde wohl am besten mit dem Handling der Waffe zurechtkommen? Schließlich delegierte ich die Aufgabe an eine Frau, die einen einigermaßen dynamischen Eindruck machte.
Das Zerlegen fiel ihr nicht weiter schwer. Logischerweise musste als erstes die Abdeckung herunter. Die Frau hatte sich gemerkt, welchen Knopf man dazu drücken musste. Aber beging dabei schon den ersten Fehler. Zuerst musste man das Magazin abziehen und überprüfen, ob sich eine Kugel in der Kammer befand. Also wieder zurück auf null. Die Munitionskontrolle führte sie nun ohne Fehler aus und zog auch die Abdeckung wie vorgesehen ab. Doch schon die Führungsstange mit der Rückholfeder kriegte sie nur nach minutenlangem Gefummel abgezogen. Die Teile richtig benennen konnte sie auch nicht. Also wieder zurück auf Los.
Aber diesmal jemand anderes. Kaum hatte ich das Gewehr wieder zusammengesetzt und dem nächsten Kandidaten übergeben, ging es in der Gruppe neben uns los.
Von einem Moment auf den anderen brach Chaos aus. Eben hatte ich noch so nebenbei was von »was er da für einen Mist fabriziere gehört«, da flogen auch schon die Fäuste. Zwei der Dorfbewohner setzten alles daran einem dritten das teildemontierte Gewehr zu entwinden. Der zeigte sich aber nicht im geringsten kooperativ, klammerte sich an der Waffe fest.
Die beiden Angreifer fackelten nicht lange und begannen, ihn mit Schlägen und Tritten zu traktieren. Doch er hatte Unterstützer, die versuchten, die beiden Schläger davon abzubringen, ihrem Kumpel eine Abreibung zu verpassen. Wodurch sie sich aber den ungebremsten Zorn der

Schläger zuzogen. Die prügelten jetzt begleitet von wildem Kampfgebrüll auf alles ein, was sich ihnen in den Weg zu stellen wagte.
Ich machte einen hilfesuchenden Blick von Waana aus, die einem der beiden Raufbolde schon ordentlich eine verpasst hatte, sich aber nicht im Stande sah, die sich anbahnende Massenschlägerei abzuwenden. Schon flogen wertvolle Einzelteile des Gewehrs durch die Luft.
Ich ließ alles stehen und liegen und rannte zu der Gruppe.
Mein erster Gedanke war, die Aufmerksamkeit durch einen oder mehrere Warnschüsse auf mich zu lenken. Doch meine Knarre lag in Einzelteile zerlegt da und war zu nichts zu gebrauchen. So blieb mir nur, mich dem Kampf Mann gegen Mann zu stellen. Ich sprang einen der Schläger gezielt an, hoffend, ihn mit einem Tritt kampfunfähig zu machen.
Mir gelang es zwar, ihn dadurch von der Gruppe zu isolieren, doch er war weitaus zäher, als ich gedacht hatte. Den Tritt völlig unbeeindruckt wegsteckend stellte er sich mir entgegen. Woher er den Prügel hatte, den er jetzt bedrohlich durch die Luft wirbeln ließ, konnte ich nicht ausmachen. Dem hatte ich nur mein Kampfmesser entgegenzusetzen. Immer wieder einen Schlag oder Stoß ins Leere führend, tanzten wir um einander herum.
Bis ihn wie aus dem Nichts ein saftiger Stockhieb traf. Ich war komplett baff. Hinter dem Typen war überraschend agil der tattrige Dorfälteste aufgetaucht und trommelte auf ihn ein. Was ich als Fistelstimme unterschätzt hatte, war jetzt ein Befehlston, den ich dem Männchen nie zugetraut hätte.
Mit einem Mal fror die Szene ein. Und ich stand mit meinem Dolch in der Hand deplatziert auf dem Dorfplatz.
Die überraschende Aktion hatte den Dorfältesten trotz ihrer Wirksamkeit ordentlich Kraft gekostet. Trotzdem forderte er jetzt mit lauter Stimme die Dorfbewohner dazu auf, voneinander abzulassen.

Der Mann verfügte über Autorität. Weit mehr, als ich ihm zugetraut hätte. Sofort hörten jegliche Feindseligkeiten auf und er sank ermattet auf einem Baumstumpf nieder.
Mich überkam das Bedürfnis, dem Haufen ins Gewissen zu reden: »Leute, das wichtigste ist Zusammenhalt und Disziplin. Wir haben ein schweres Stück Arbeit vor uns. Wir werden nur Erfolg haben, wenn wir uns alle, ich betone alle, gewaltig am Riemen reißen!«
Ein paar Dorfbewohner nickten zustimmend. Aber eben nur ein paar. Die meisten träumten wahrscheinlich davon, irgendwie in den Besitz eines Gewehres zu kommen und sich damit im Alltag besser durchsetzen zu können. Dass das Teil wertlos war, wenn man es nicht ordnungsgemäß zu benutzen wusste, kam ihnen nicht in den Sinn. Sie machten sich auch keine Vorstellung davon, gegen welche Überlegenheit sie anzutreten planten. Egal, ich ließ weiter das Handling des Gewehrs üben. Egal, weil was hätte ich sonst machen sollen?
Große Zuversicht gewann ich aus der Aktion nicht. Manche stellten sich zwar nicht ungeschickt an, aber eine schlagkräftige Truppe würde in der kurzen Zeit aus dem Haufen nicht werden.
Nach dem Umgang mit dem Gewehr versuchte ich, der Dorfgemeinschaft noch eine Vorstellung davon zu vermitteln, wie man körperliche Fitness durch das Abarbeiten von Hindernisparcours und Teamübungen stärken kann. Als besonders fit erwies sich keiner. Wenigstens wurde ein gewisser Teamgeist gefördert, der die Truppe dazu befähigen sollte, gemeinsam etwas auf die Reihe zu kriegen.
Ergreifend gestaltete sich dagegen unsere Verabschiedung. Hinter einer der Hütten hatten die Bewohner ein Festmahl aufgetischt. Alles, was sie an Leckereien zusammenkratzen konnten, wurde auf einem reichlich mitgenommen Plastiktisch angerichtet. Dafür hatten sie extra ein Tier geschlachtet. Was für eines das war, konnte ich nicht in Erfahrung bringen.

Das Fleisch war zäh, trotzdem langte ich tapfer zu. Leichter zu genießen waren Innereien wie Leber und Herz. Als Beilage wurden gebratene Kartoffeln gereicht, die anscheinend die primäre Nahrungsquelle des Dorfes darstellten. Milchprodukte waren offensichtlich nicht verfügbar, aber nach dem Hauptgang tischten die Leute noch verschiedenste Beeren auf. Farblich sprachen sie mich durchaus an, manche von ihnen waren jedoch reichlich sauer.
Vor Einbruch der Dunkelheit verabschiedeten wir uns und kehrten zur Hütte von Waana und ihrem Vater zurück. Der Dorfälteste begleitete uns noch zu den Palisaden und danke uns überschwänglich. Dann kehrten wir zu Waanas und Barts Hütte zurück.

~

Wir mussten uns beeilen. Bald würde die Sonne hinter dem Horizont verschwinden. Trotz unserer Gewehre war es nicht ratsam, sich nachts hier draußen herumzutreiben. Allein schon die Gefahren, denen man in freier Natur nachts ausgesetzt ist, erhöhten das Risiko beträchtlich. Dazu kamen außerdem die Wegelagerer, die im Schutze der Dunkelheit versuchten, einem auch noch das letzte Hemd zu rauben. Sofern es das Gelände erlaubte, verfielen wir in kräftesparendes Traben.
Etwa einen Kilometer vor unserer Hütte mussten wir die Geschwindigkeit drosseln. Vater und ich hatten es darauf angelegt, uns in einem möglichst unzugänglichen Teil des Waldes niederzulassen. Dort, wo sich keine Menschenseele hin verirrte. Die dichte Vegetation ließ einen schnellen Schritt jetzt nicht mehr zu. Vater keuchte zwar, ihn hatte der Rückweg am meisten Kraft gekostet, aber er konnte seine Neugier nicht im Zaum halten.
»Otto, was denkst du? Wie stehen unsere Chancen?«

Otto hatte die Führung übernommen. Die Frage meines Vaters riss ihn aus seinen Gedanken. Er hielt kurz inne, drehte sich zu uns um und setze dazu an, zu antworten. Dann besann er sich eines Besseren. Drehte sich wieder weg und setzte seinen Weg fort. Doch der kurze Blick, den er uns zugeworfen hatte, sagte alles. Um uns aber nicht völlig zu demoralisieren, versuchte er, die Lage einigermaßen realistisch zu umreißen.
»Eigentlich braucht ihr meine Antwort nicht. Ihr habt die Lage vor Ort ungeschminkt mitbekommen. Die Motivation ist hoch. Sonst nichts. Es fehlt an körperlicher Fitness, Disziplin und militärischen Grundkenntnissen. Was soll ich da machen? Es liegt im Wesentlichen an euch, das zu ändern. Ihr müsst den Haufen formen! Das Wichtigste ist, dass die lernen, als Team zu arbeiten. Nur als Team haben sie eine Chance.«
»Haben wir überhaupt eine?«, wollte Vater wissen.
Otto ließ sich Zeit mit der Antwort.
»Sicher haben wir eine. Trotz ihrer Überlegenheit ist die *Instanz* angreifbar. Auch die perfekte Überwachung hat Schwachstellen. Im Prinzip dürfte sie das Draußen nicht zulassen. Viel wird davon abhängen, wie stark die Einschläge die Infrastruktur in der Zone schädigen. Oder ob sie nur hier draußen alles in Brand stecken.«
Vater stöhnte hörbar.
Wir hatten unseren Unterschlupf erreicht. Drinnen spendierte uns Otto noch einen Becher Wodka. Dazu knabberten wir an einer Salami. Hunger hatten wir keinen mehr. Hier draußen wahrlich eine Seltenheit. Dann verzog sich Vater diskret aus der Hütte.
Otto war fertig. Auf dem harten Lager unternahm er keine Anstalten, mich zu beschlafen. Diesmal wollte ich es. Mir war so danach, die Ereignisse des Tages durch schöne Gefühle zu verdrängen, dass ich die Gelegenheit

ohne zu zögern ergriff. Kam auf ihm zu sitzen, hob und senkte mich auf ihm. Danach dürstend, in eine andere Realität einzutauchen als die, die mich hier tagein tagaus umgab. Diesmal gelang es uns beiden nahezu synchron.
Am nächsten Morgen holte das gekaperte Flugtaxi Otto wieder ab.

~

Tags drauf stand ich wieder knietief in der Scheiße. Gut so, denn es war ja mein Job. Ab und zu trieb eine tote Ratte an mir vorbei. Weder auf die noch auf meine Arbeit konnte ich mich so richtig konzentrieren.
»Mann Otto! Du schaust absolut fertig aus! Was haste die Tage nur gemacht?«, löcherte mich Lotti.
Warum soll man nicht scheiße ausschauen, wenn man schon knietief in der Scheiße steht? Trotzdem musste ich mir was einfallen lassen. Meine Legende war wie immer das Jagen. Aber dass ich so fix und fertig war, konnte ich mit einem einfachen Jagdausflug nicht erklären. Ich musste mir was einfallen lassen.
Ich tat mein Bestes, nur leider war das nicht gut genug. Ich tischte ihr die Geschichte von einer illegalen Pokerrunde auf, bei der auch echter Alkohol getrunken worden sei. Ich hätte ordentlich was verloren. Da ich die Spielschulden nicht mit Geld begleichen könne, würde ich in nächster Zeit einiges an Sachleistungen abdrücken müssen. Der größte Fehler sei aber gewesen, dass ich echten Alkohol getrunken hatte. Davon hätte ich jetzt einen ordentlichen Brummschädel. Auch mehrere Tabletten hätten nichts genutzt.
Dummerweise hatte ich Lotti damit eine Steilvorlage gegeben. Sie textete mich ohne Unterlass zu, wie gefährlich solche Extratouren seien. Was dabei alles passieren könne. Wie unverantwortlich das doch sei, wo die *Instanz* uns doch alles besorgen würde. Dass ich damit meine Gesundheit unnötig schädigen würde.

Ich ließ die Maßregelung über mich ergehen und mimte Reue. Hatte aber sichtlich Schwierigkeiten, meine Arbeit wenigstens die Minimalstandards erfüllend zu verrichten. Lotti redete weiter wie ein Wasserfall auf mich ein.
»Lotti, bitte! Ich habe es verstanden. Es wird nicht wieder vorkommen.«
Doch Lotti konnte sich nicht vom Thema lösen. Immer wieder fing sie damit an. Mir blieb nichts anderes übrig, als es über mich ergehen zu lassen. Es kostete mich wahnsinnig Kraft.
Nachdem wir der Kanalisation entstiegen waren, schaffte ich es kaum, mich aus den Arbeitsklamotten zu schälen. Stand zehn Minuten unter der dampfenden Dusche, ohne mich auch nur einen Millimeter zu rühren.
Das autonome Taxi setzte mich vor meiner Wohnung ab. Die Stimme aus dem Lautsprecher hatte mich mehrere Male darauf hinweisen müssen, dass wir jetzt da seien, bevor ich endlich ausgestiegen war. Ich schleppte mich ich die Wohnung und fiel ins Bett.
Am Tag darauf hatte ich frei. Dachte ich eigentlich. Doch kaum war ich aufgestanden, stand Manna vor der Tür. Ich war ziemlich genervt und auch Amira fand es überhaupt nicht toll.
»Otto, noch so eine Frau! Was will die denn von dir?«
Nachdem ich sie in die Küche verbannt hatte, konnte Manna und ich uns im Schlafzimmer ungestört austauschen. Ihr Anliegen war einfach. Wir würden jetzt zusammen Hasch von draußen verticken, um damit dann Waffen einzukaufen.
Besonders begeistert war ich nicht. Warum auch? Das ganze Unternehmen ließ mir eh keine Ruhe. Schon das mit Waana der reine Wahnsinn, aber jetzt auch noch der Versuch, den totalen Umsturz anzuzetteln. Das konnte einfach nicht gut gehen!
Aber ich war dabei. Wenigstens erlaubte mir Manna noch den Konsum eines anregenden Heißgetränks. Dann zogen

wir los. Erst mit dem Taxi zum Connect, von da ging es zu Fuß weiter.
Ich trug den Rucksack mit dem Gras. Manna wusste, wohin wir mussten. Im öffentlichen Raum gab es keine Möglichkeit, irgendwelche Deals klarzumachen. Also waren wir gezwungen, die Leute heimzusuchen. Manna verfügte augenscheinlich über ein beachtliches Netzwerk. Weiter erschwert wurde das Verticken durch die Tatsache, dass wir die Ware nicht einfach gegen Geld tauschen konnten. Die Bezahlung lief in Naturalien, sprich wir tauschten gegen alles, was irgendwie Wert hatte. Dazu mussten wir endlose Wege zurücklegen. Unser Hasch ging gegen Unterhaltungselektronik, Küchengeräte und Schmuck an die Kunden. Manche mussten wir zweimal aufsuchen.
Wie wir mit dem Krempel an Waffen kommen wollten, war mir schleierhaft. Doch Manna trieb mich immer wieder an. Mir sickerte so langsam ins Bewusstsein, dass ich bis zum Tag X keine ruhige Minute mehr haben würde.
Ich hatte etwa noch ein Kilo Droge im Rucksack, als Manna mich in einen Hauseingang zog. Das Gebäude wirkte auf mich abbruchreif, ich erwartete nicht, dass sich hier noch jemand aufhielt. Es hatte mindestens dreißig Jahre auf dem Buckel. Auf manche der Fensteröffnungen waren Holzplatten aus Pressspan genagelt. An den meisten Klingeln gab es keine Namensschilder mehr. Die Videokamera im Eingangsbereich hatte ihren Dienst ohne jeden Zweifel schon vor geraumer Zeit aufgegeben.
In der *grünen Zone* steht keine Haustür offen. In ein Gebäude kommst du nur, wenn dir drinnen jemand aufmacht. Die Tür hier ließ sich einfach aufdrücken.
»Bist du dir sicher, dass wir hier richtig sind?«
»Ja, hundert Pro!«, zischte Manna keinen Widerspruch duldend.
Wir stiegen die Kellertreppe hinunter. Ich begann zu bereuen, dass ich keine Schusswaffe mitgebracht hatte.

Zumindest hatte ich mein Kampfmesser dabei, das ich, zwar noch unter meiner Jacke verborgen, fest umklammert hielt. Manna gab sich immer noch völlig unbeeindruckt.
Dann standen wir unvermittelt vor einer mächtigen Stahltür, die jeglichem Vorankommen unsererseits jäh Einhalt gebot. Auch hier die Klingel ohne Namen. Doch die Videokamera funktionierte. Sie fokussierte sich sofort, nachdem Manna geklingelt hatte. Ihr Gesicht war unsere Eintrittskarte.
Ein Türsteher von furchteinflößender Körpergröße öffnete. An dem Typen käme keiner so leicht vorbei. Ich umfasste den Griff meines Messers noch fester, bereit, es ihm ohne jeglichen Zeitverzug reinzurammen.
»Hallo Manna!«
»Hi!«
»Wer ist er?«
»Er gehört zu mir.«
»Wieso?«
»Wir haben Ware.«
»Und er hält dicht?«
»Ja, weil er muss.«
So ganz überzeugt schien der massige Grüßaugust nicht. Doch er ließ mich passieren.
Drinnen empfing uns eine andere Welt. Man hatte an nichts gespart, um die klassische Casinoatmosphäre zu erzeugen.
Der Boden war mit dicken Teppichen ausgelegt, der die Schritte der Spieler angenehm dämpfte. Die Tapeten an Wänden und Decken waren in den gleichen Mustern gehalten. Überall verschiedenste Spielautomaten, die man mit Chips fütterte. Selbige erwarb man im Tausch gegen werthaltige Güter an einem vergitterten Tresen.
Ähnliche Etablissements hatte ich in meiner Zeit bei den Ordnungskräften ausgehoben. Doch das hier war eine Klasse für sich.
Manna aber zog mich weiter. Über die Vorhalle erreichten wir den eigentlichen Spielsaal. Der war noch protziger

ausgekleidet, ihn schmückten vergoldete Säulen und reiche Ornamente an allen Wänden. An mehreren Tischen wurden all die Glücksspiele angeboten, die sich ein versierter Zocker vorstellen konnte. Zu meiner Überraschung waren sie nur mäßig besetzt.
Manna rannte vor mir her, sodass ich Mühe hatte, mit ihr Schritt zu halten. Vor einer eher unscheinbaren Holztür neben den Toiletten kamen wir zum Stehen. Wieder zoomte eine Kamera auf uns. Das Surren eines elektrischen Türöffners begleitete das Aufspringen der Tür.
Manna schob sie ungeduldig auf und wir betraten das Büro der Geschäftsführung. Auch das betont protzig. Hinter einem massiven Schreibtisch saß eine Blondine, die das Klischee noch weiter abrundete. Die Schminke dick aufgetragen, der Schmuck üppig und wuchtig golden. Die Frau war sicher in meinem Alter. Doch sie hatte alles getan, um ihr Äußeres perfekt in Schuss zu halten. Die Operationen mussten ein Vermögen gekostet haben. Sie versprühte die Aura blühender Jugend. Ein Lächeln hätte ihr gut gestanden, doch das schenkte sie uns nicht.
Auf einem Sessel fläzte ein weiterer Gorilla. Er hätte der Klon des Typen an der Tür sein können. Sein Blick wirkte gelangweilt, doch ich wusste, dass er uns nur zu genau musterte.
»Gib ihr den Stoff!«, wies mich Manna an.
Ich gehorchte. Die Frau nahm das Kilo Hasch ohne jede Regung entgegen, wickelte es aus der Alufolie und schnitt sich eine Probe ab. Dazu musste ein goldener Brieföffner herhalten. Zuerst prüfte sie die Konsistenz der goldbraunen Paste. Dann unterzog sie diese einem intensiven Geruchstest.
»Der Stoff ist gut«, konstatierte sie ohne jegliche Gefühlsregung.
»Ich weiß, ich habe dir nicht zu viel versprochen!«, sagte Manna, wobei sie ihren Stolz nicht verbergen konnte.
»Hol die Knarren!«, befahl die Blondine dem Gorilla.

Der musste sich dafür nicht besonders anstrengen. Er griff hinter den Sessel, in dem er fläzte, und zog eine Sporttasche hervor. Aufstehen musste er dann doch. Mit großer Geste landete die Tasche auf dem Schreibtisch. Nur mit dem Reißverschluss lief es nicht so, wie es sich der Gorilla vorgestellt hatte. Der verhakte sich mehrmals beim Aufziehen.
»Bedient euch!«, raunzte die Blondine.
Manna nickte mir zu. Ich trat vor und langte in die Tasche. In ihr zwei Gewehre, zwei Pistolen und mehrere Magazine. Ich ließ mir Zeit.
Das Material war nicht schlecht. Ich überprüfte bei jeder Waffe Magazin und Kammer. Alle waren leer, so wie es den Sicherheitsvorschriften entsprach. Ein gutes Zeichen, dass die auch hier beachtet wurden. Ich zog die Schlitten der Pistolen ab. Die flutschten gut geölt.
Manna wurde im Gegensatz zu mir unruhig: »Ist das alles?«
»Mehr konnte ich nicht auftreiben.«
»Das ist zu wenig für ein Kilo reinen Stoff!«
»Die Knarren sind erste Sahne.«
Manna schaute mich an.
»Ich muss sie durchladen. Sonst kann ich das nicht checken«, sagte ich.
»Bitte!«, kam es von der Blondine.
Im Augenwinkel sah ich, wie der Gorilla einen schweren Revolver aus seinem Schulterholster zog. Ich presste eine Kugel aus dem Magazin eines Gewehres und lud eine der Knarren durch. Außerdem schob ich das Magazin in seinen Schacht und legte den Hebel für Dauerfeuer um. Der Gorilla schnaufte vernehmbar.
»Scheint zu funktionieren. Schussprüfung geht logischerweise nicht«, raunte ich Manna zu.
»Die anderen auch!«
Ich gehorchte. Manna wandte sich an die Blondine: »Wir lassen dir dreihundert Gramm da.«
»Das kannst du vergessen!«

Die beiden Frauen begannen sich eifrig zu behacken, was denn nun der angemessene Preis für die Waffen wäre. Der Gorilla stand doof da, jederzeit bereit, mich abzuknallen, sollte ich auf dumme Gedanken kommen. Trotzdem setze ich meine Prüfung fort. Am Material gab es nichts auszusetzen.
Manna und die Frau hinter dem Schreibtisch feindeten sich weiter an. Es sah nicht danach aus, dass die beiden zu einer Einigung kommen würden. Statt sich anzunähern, wurde der Ton immer schärfer. Aus dem Augenwinkel sah ich, dass der Gorilla jetzt die Knarre direkt auf uns gerichtet hatte. Ich atmete tief durch, was aber niemanden interessierte. Die Zickereien nahmen weiter an Schärfe zu.
»Wenn du meinst, dass wir auf deine lausigen Schießprügel angewiesen sind, dann irrst du dich gewaltig!«, fauchte Manna.
Ich versuchte, sie etwas einzubremsen, indem ich meine Hand auf ihren Arm legte: »Manna, bitte ...«
Ein Fehler.
»Lang mich nicht an!«
Ihre Faust verfehlte mich nur um Millimeter. Und nur, weil ich geistesgegenwärtig zurückgewichen war. Langsam hatte ich die Schnauze voll von dem Theater.
»Verdammt nochmal, so kommen wir nicht weiter. Den ganzen Tag sind wir jetzt schon unterwegs. Wir haben zwar eine Menge werthaltigen Krempel einsammeln können, aber nicht das, was wir brauchen: Knarren! Wenn wir die hier nicht nehmen, dann haben wir gar nichts.«
Mannas vernichtender Blick traf mich. Ein weiterer Versuch, mir die Fresse zu polieren, blieb aber aus. Obwohl ich fest damit rechnete.
Ich versuchte es bei der Blondine mir gegenüber: »Das Material ist nicht schlecht. Aber hier liegt ein Kilo reinster Stoff auf dem Tisch. Den kriegt ihr nicht für null. Könnt ihr nicht noch ne Schippe drauflegen?«
Die Blondine schaute mich an, als hätte ich sie aufgefordert, hier und jetzt auf dem Tisch zu strippen.

Aber so unrecht war mir das gar nicht. Von einer Sekunde auf die andere keimte in mir die Hoffnung, ganz aus dem Wahnsinn herauszukommen. Keine Schießprügel, kein Aufstand. Ich drückte mich aus dem Stuhl.
»Den Versuch war's wert, aber die wollen nicht wirklich mit uns reden«, sagte ich an Manna gewandt. Die schaute mich an, als wäre ich ein Geist, erhob sich aber dann ebenfalls.
Stehend blickten wir in die Mündung von Gorillas Pistole. Sein Grinsen verhieß nichts Gutes.
»Nicht so eilig, Freunde!«
Ich schätzte unsere Chancen ab. Unter meiner Jacke hielt ich den Schaft meines Messers fest umklammert. Ohne Blessuren würden wir hier nicht rauskommen, wahrscheinlich aber ohne Stoff. Die logische Konsequenz für mich war, den Lauf der Dinge nicht zu stören und den Deal platzen zu lassen. Sollten die uns doch den Stoff abnehmen. Ich würde keinen Stress machen. Für mich die beste Lösung. Ich gab mein Messer frei.
»Was könntet ihr denn noch so brauchen?«, fragte die Blondine in unserem Rücken.
Manna reagierte sofort und mir wurde klar, dass die Chancen rauszukommen, dramatisch sanken.
»Was hast du anzubieten?«
»Semtex«, zischte die Blondine mit eisiger Miene.
Wir schwiegen uns eine Weile an. Manna wog anscheinend ab, was wir damit anfangen könnten.
»Habt ihr auch Zünder?«, fragte ich in das Schweigen.
»Klar haben wir die!«
»Wie viel ist es?«, fragte Manna jetzt, ihr Interesse schien geweckt.
»Fünf Kilo, ein Dutzend Zünder.«
»Will ich sehen!«
Zum ersten Mal war die Blondine in der Defensive. Sie zögerte einen Augenblick.
»Die Ware haben wir nicht da. Zu gefährlich. Wenn die dich mit dem Zeug erwischen, bist du definitiv dran.«

Manna entleerte ihre Lungen hörbar.
»Ja, und? Wie kommen wir dann an das Zeug?«
Wieder keimte die Hoffnung in mir auf, dass die beiden Frauen zu keiner Einigung kämen und damit dieser ganze Plan zur Einnahme der *grünen* Zone im Sand verlaufen würde. Doch die Hoffnung wurde enttäuscht.
»Die Hälfte der Lieferung ist für die Knarren. Den Deal können wir sofort klar machen. Die andere Hälfte ist für den Sprengstoff. Wir melden uns!«
Manna nickte, zückte ein Messer und teilte die goldbraune Masse in zwei Hälften. Der Gorilla wurde unruhig.
Die beiden Frauen, die sich eben noch fast an die Kehle gegangen waren, verfielen jetzt wieder in völlig geschäftsmäßigen Habitus. Manna wies mich an, die Wertgegenstände, die wir vor unserem Besuch in der Höhle des Löwen eingesammelt hatten, aus dem Rucksack zu kramen.
»Könnt ihr damit was anfangen?«
Die Blondine sah sich die Klunker und den restlichen Krempel an. War interessiert, setzte aber alles daran so zu tun, als ginge sie das alles nichts an. Manna wurde ungeduldig.
»Was kriegen wir dafür?«
»Momentan gar nichts.«
Schlagartig war die Stimmung wieder eisig.
»Wieso?«
»Ganz einfach: Die Knarren da, sind alles, was ich euch heute verticken kann!«
Manna fluchte vernehmbar, beleidigend. Ich stellte mir die Frage, ob der Deal jetzt doch platzen würde. Was sicher nicht zu meinem Nachteil wäre. Falls, ja falls, wir hier noch lebend aus der Nummer rauskämen. Die Blonde warf uns einen weiteren vernichtenden Blick zu. Ich war der Einzige hier, der zumindest das Heucheln von Empathie nicht für absoluten Luxus hielt. Und fühlte mich dabei so gar nicht wohl in meiner Haut.

»Wann könnt ihr liefern?« fragte ich in die unheilschwangere Stille.
»Ihr hört von uns!«
Ich packte die Hälfte des Stoffes und die Knarren in meinen Rucksack. Der Gorilla beobachtete jede meiner Bewegungen. Kaum hatte ich den Reißverschluss zugezogen, schob er uns aus dem Raum.
Draußen ließ die Anspannung nach. Ich taperte hinter Manna her, ohne Fragen zu stellen. Obwohl ich mich schon fragte, wie das alles weitergehen sollte. Wohin jetzt mit dem ganzen Krempel? Gegen was würden wir unsere Preziosen eintauschen?
Manna rannte weiter vor mir her, aus dem Casino und auf die Straße hinaus. Aus ihr würde ich jetzt auch nichts mehr herausbekommen. Wut stieg in mir auf. Mit was für abgefahrenen Gestalten hatte ich es hier zu tun?
Meine Grübeleien wurden jäh unterbrochen. Auf der gegenüberliegenden Straßenseite tauchte eine Streife der biologischen Ordnungskräfte auf. Der Wagen schaltete das Blaulicht exakt in dem Moment ein, als er mich gespottet hatte. Ich fühlte mich noch beschissener.
Gut genervt war ich ein paar Schritte hinter Manna zurückgeblieben. Der Streifenwagen hielt schnurstracks auf mich zu und stoppte, nachdem er ohne jede Rücksicht auf Verkehrsregeln auf unsere Straßenseite gewechselt war. Direkt vor mir. Er spuckte zwei Polizisten aus Fleisch und Blut aus, die sich vor mir aufbauten. Manna trabte weiter, als wäre nichts gewesen.
»Guten Tag, Bürger Doble, einen Moment bitte!«
Ich machte auf kooperativ.
»Hallo Jungs, wie kann ich euch helfen?«
»Wir gehen dem Hinweis einer besorgten Bürgerin nach. Haben Sie in letzter Zeit Alkohol konsumiert?«
Ich schaute die beiden ungläubig an.
»Hochprozentiges aus der Flasche? Rum, Schnaps, Wodka?«

Jetzt war mir klar, worauf die hinauswollten. Lotti hatte mich verpfiffen.
»Nein, natürlich nicht. Ich bin ein gesetzestreuer Bürger.«
»Wir haben da andere Informationen. Sie kommen bitte zur Klärung des Sachverhaltes mit aufs Revier.«
Wenn die mich einkassierten, wäre ich dran und alles verloren. Der Körperscanner am Eingang des Reviers würde all die verbotenen Gegenstände, die ich bei mir trug, ohne weiteres detektieren. Ich musst mich aus den Fängen der Ordnungsmacht befreien. Doch nicht hier. Folglich gab ich mich weiter kooperativ.
»Ich bin jetzt schon irgendwie überrascht. Wer setzt denn solche haltlosen Anschuldigungen in die Welt?«
»Na ja, dann werden wir den Sachverhalt sicher problemlos auflösen können«, sagte der eine Beamte zuversichtlich lächelnd. »Bitte steigen Sie ein.«
Was ein in Freundlichkeit gekleideter Befehl war. Ich tat, wie mir befohlen. Manna war verschwunden. Der Streifenwagen zog auf die rechte Seite der Straße und nahm Fahrt auf.
Meinen Rucksack legte ich neben mir auf der Rückbank ab, denn ich war ja ein unbescholtener Bürger. Um an eine der Knarren heranzukommen, positionierte ich mich in der Mitte der Rückbank, beugte mich nach vorne und gab vor, noch weitere Informationen von den beiden den »Sachverhalt« betreffend bekommen zu wollen. Stellte die blödesten Fragen, nur um die beiden von meinem Vorhaben abzulenken. Zu meinem Glück ließen sie sich auf das Spielchen ein. Fabulierten etwas von illegalen Drogen, verbotenem Glücksspiel und Volksgesundheit. Ich ließ sie mir den rechten Weg aufzeigen. Keiner der beiden machte sich die Mühe, sich beim Fabulieren nach mir umzudrehen. Ich war nun mal ein ehrbarer Bürger und Widerstand gab es in der *grünen Zone* eh kaum. Wozu im Paradies Widerstand leisten?
Währenddessen wühlte ich möglichst unauffällig im Rucksack. Bekam alles von dem zu greifen, was Manna

und ich den Tag über erbeutet hatten. Handys, Kopfhörer, Uhren, aber auch Küchengeräte und sogar eine Spielkonsole. Nur eine Pistole kriegte ich nicht zu fassen.
Wir kamen dem Präsidium gefährlich nahe. Zwei, maximal drei Minuten, dann würden wir dort einfahren und meine letzte Chance, aus der Sache rauszukommen, wäre vertan. Ich verstärkte meine Anstrengungen. So, dass sie einem der beiden Bullen dann doch nicht verborgen blieben.
»Hey Mann, was machst du da hinten?«
Er drehte sich zu mir um und sah mich krampfhaft suchen.
»Tu deine Pfoten da raus!«
Endlich bekam ich den Knauf einer Pistole zu fassen. Zumindest fühlte es sich so an. Ob es die eine war, bei der eine Patrone in der Kammer steckte, konnte ich natürlich nicht rauskriegen. Ich riss sie aus dem Rucksack und hielt sie den beiden unter die Nase.
»Sofort anhalten! Oder ihr beiden habt gleich eine Kugel im Kopf!«
Jetzt drehte sich auch der zweite Bulle zu mir um und glotzte mich doof an. Es dauerte ein bisschen, bis sie ihre Situation so richtig begriffen. Dann wandte sich einer von beiden nach vorne und befahl dem Streifenwagen zu stoppen.
Über ihr Bio-Informatik-Interface hatten sie sicher schon Alarm ausgelöst. Mir blieben nur wenige Minuten, dann würde uns die Verstärkung einkesseln und ich wäre geliefert. Ich musste die beiden Typen und den Streifenwagen sofort loswerden.
»Ihr legt jetzt eure Knarren vor euch auf dem Boden ab. Mit zwei Fingern! Ganz langsam! Einer nach dem anderen! Ganz, ganz langsam! Du fängst an!«
Ich drückte dem Bullen links von mir den Lauf meiner Pistole an den Hals. Hoffte, dass mich niemand der lieben Nachbarn dabei beobachtete. Der Bulle gehorchte wortlos, legte brav seine Dienstwaffe vor sich auf den Boden.

Der zweite machte Zicken. Obwohl er jetzt meine Knarre an der Schläfe hatte, griff er seine Dienstwaffe mit der ganzen Hand und versuchte, aus dem Schussfeld meiner Knarre zu kommen.
Ich drückte ab. Nicht wissend, ob sich eine Kugel im Lauf befand. Es war der Punkt ohne Umkehr, an dem ich jegliches Zurück verspielte.
Es war keine bewusste Entscheidung. Eigentlich ein fürchterlicher Reflex. Wenn jemand eine Waffe auf dich richtet, dann drückst du einfach ab. Allemal, wenn das Adrenalin in deinen Adern pulst.
Hatte ich Glück? Auf jeden Fall hatte ich eine Kugel im Lauf. Der Schuss zerriss mir fast die Trommelfelle und schleuderte den Kopf des Bullen gegen die Seitenscheibe. Blut begann aus der klaffenden Wunde zu fließen. Die Knarre fiel ihm aus der Hand.
Sein Kollege starrte mich fassungslos an.
»Bist du völlig durchgeknallt?«, stammelte er verstört, unfähig zu jeder weiteren Reaktion.
Ich weiterhin auf Adrenalin. Aber voll! Blitzschnell griff ich um und rammte ihm meine Pistole ins Gesicht. Auch er knallte gegen die Seitenscheibe. Zweimal setzte ich noch nach. Dann war er ausgeknockt.
Ich griff den Rucksack, sprang aus dem Wagen, riss die Beifahrertür auf, schnappte mir die Dienstwaffen und rannte los.
Nichts wie weg von hier! Irgendwo abtauchen, wo ich nicht mehr auf dem Schirm war. Wenigstens verfolgte mich der Streifenwagen nicht. An der nächsten Straßenecke bog ich ab, um aus dem Sichtfeld des Polizisten zu kommen, der meine Flucht überlebt hatte.
Hundert Meter die Straße runter bot mir ein Sportplatz die Möglichkeit, sie zu verlassen. Ich gab alles, rannte wie von der Tarantel gestochen über den Rasen. Schwierig, denn ein eifriger Gärtner hatte die Wiese offensichtlich kurz vorher ausgiebigst gesprengt.

Ich war zwar gewarnt, aber setzte trotzdem alles daran, mich möglichst schnell vom Acker zu machen. Dauernd kam ich aus dem Tritt, da mir ein Fuß einfach zu wegrutschte. Jedes Mal fluchte ich inbrünstig, um dann meine Flucht fortzusetzen und wieder ins Schleudern zu kommen.

Die *grüne Zone* ist nicht besonders groß. Eigentlich hätte ich jeden Winkel kennen müssen. Ich war hier sicher schon mal gewesen. Aber ich konnte mich nur dunkel daran erinnern, wo ich mich befand und wie ich jetzt am besten von hier wegkam.

Ich erreichte eine Querstraße, in die ich panisch einbog. Ich musste unbedingt von der Bildfläche verschwinden, denn mir ging langsam die Puste aus. Etwas Geschwindigkeit herausnehmend trabte ich die Straße hinunter. Einige Passanten musterten mich neugierig.

Was tun? Wohin abtauchen? Mir wollte nichts einfallen. An einem Hauseingang hätte ich fast eine Frau umgerannt, die gedankenverloren den Bürgersteig betrat. Wahrscheinlich hielt sie nach einer Mitfahrgelegenheit Ausschau.

Die Haustür, aus der sie gekommen war, fiel langsam zu. Das war meine Chance. Vier flinke Schritte und ich schob meine Hand zwischen Tür und Rahmen, drückte sie auf und schlüpfte ins Treppenhaus. Der Bewegungsmelder schaltete die Treppenhausbeleuchtung ein.

Im Erdgeschoss konnte ich nicht bleiben. Jeder, der mich sah, würde sofort checken, dass ich hier nicht hergehörte, da ich völlig sinnfrei im Eingangsbereich herumstand. Ich holte den Aufzug. Der kam und ich stieg ein. Drückte den ersten Stock.

Dort stieg ich aber nicht aus, sondern wartete ab, was sich im Haus tun würde. Doch um mich herum Stille. Ich meinte, das Blut in meinen Adern pulsen zu hören.

Im Prinzip gut so. Es gab mir Zeit, meinen Rucksack zu durchwühlen. Denn ich brauchte dringend eines der Tools, die wir den Tag über eingetauscht hatten. Der

Jammer sollte verhindern, dass die Person, derer ich mich jetzt gleich bedienen würde, es schaffte, über das Bio-Informatik-Interface einen Notruf abzusetzen. Ich schaltete das Gerät ein. Meine Erleichterung war endlos, als ich feststellte, dass er geladen war.
Jetzt hieß es warten.
Endlich setzte sich der Aufzug in Bewegung. Im vierten Stock blieb er stehen. Die Aufzugtür glitt auf. Ein Mann stand vor mir und machte Anstalten, mich aus dem Aufzug zu lassen. Bis er die Knarre in meiner Hand bemerkte. Der Anblick ließ ihn erstarren.
»Ganz ruhig, mein Freund«, raunte ich ihm zu.
Er blieb ruhig, war wohl unfähig zu jeglicher Reaktion. Mit meiner Linken schob ich ihn in den Korridor. Der war nicht besonders groß, gab aber vier Wohnungstüren frei.
»Wo wohnst du?«
Ein weiteres Mal war mir das Schicksal gewogen. Der Hausbewohner, den ich mir gekrallt hatte, war eher ein Männchen. Abgesehen von meiner Pistole war ich ihm auch körperlich weit überlegen. Verschreckt deutete er auf eine Wohnungstür.
»Aufmachen!«
Der völlig verängstigte Mann kam nur langsamst in die Puschen. Zog zitternd einen Smartkey aus seiner Hosentasche.
»Mach zu, wir wollen keine Gesellschaft!«
Ich riss ihm den Schlüsselbund aus der Hand. Drückte ihm die Knarre an den Hinterkopf.
»Los, jetzt mach schon! Welches ist deine Bude?«
Ich schob ihn Richtung Wohnungstüren. Endlich bekam er sich so unter Kontrolle, dass er auf einen der Eingänge zuwankte. Ich folgte ihm keinen Zentimeter von ihm ablassend.
»Deine Bude?«
Das Männchen nickte. Ich hielt den Smartkey an die Wohnungstür. Die sprang klackend auf. Der Druck meiner Waffe an seinem Hinterkopf ließ den Mann die

Wohnung betreten. Ich folgte ihm ohne zu zögern, schob ihn weiter in den Gang. Mit einem Fuß drückte ich die Wohnungstür zu.
Das Appartement war meinem verdammt ähnlich, zumindest was den Grundriss betraf. Der Mann schien auf schmückende Accessoires zu stehen, denn auf jedem Quadratzentimeter Wand hing Nippes. Winzige Rahmen bargen bleiche Fotos, auf Regalbrettchen drängten sich unzählige Kitsch-Figuren, auf einem größeren Bord thronte eine Sammlung altertümlicher Fotoapparate. Uralte Vinylschallplatten pflasterten die Wände und dann überall diese Setzkästen prall gefüllt mit irgendwelchem Trödel. Alles das wohl das Ergebnis der Sammelleidenschaft eines langen Lebens.
Wir landeten in einer Wohnküche ähnlich meiner. Ich drückte den Mann auf einen Stuhl und befahl ihm, sich nicht zu rühren. Er gehorchte.
Zuerst musste der Jammer an die Steckdose. Bis ich aus der *grünen Zone* draußen wäre, wäre er meine Lebensversicherung. Ich hatte zwar mein Bio-Informatik-Interface abgeschaltet, aber es gab zu viele Sensoren, Kameras, Roboter und liebe Mitmenschen wie Lotti, die mich noch der *Instanz* ausliefern konnten.
Ich machte mich über den Kühlschrank her, griff mir einige der Softdrinks, die er dort aufbewahrte. Das kühle Nass erfrischte mich angenehm. Dann nahm ich mir die Essensvorräte vor. Der Mann musterte mich angstvoll. Ich fragte ihn, ob er auch was essen wolle. Erwartungsgemäß verneinte er.
Nachdem ich meinen Hunger gestillt hatte, war ich soweit gestärkt, dass ich mir Gedanken machen konnte, wie es weitergehen sollte. Im Schutze der Nacht würde ich mich in Richtung meiner vermeintlichen Jagdgründe durchschlagen. Dort würde ich wieder im Schacht verschwinden und könnte so die *grüne Zone* verlassen.
An sich ein guter Plan. Bloß mit unendlich vielen Unwägbarkeiten behaftet. So einfach ins Taxi setzen

konnte ich mich keinesfalls. Ich musste davon ausgehen, dass die Fahndung nach mir auf Hochtouren lief.
Wo war ich hier überhaupt? Mein unfreiwilliger Gastgeber hatte nicht nur Nippes an seinen Wänden hängen, sondern auch ein 75-Zoll-Bildschirm. Zu meiner großen Erleichterung steckte er an einem LAN-Kabel. Fernbedienung hatten solche Geräte keine mehr, sie wurden über Sprache angesteuert. Ich brauchte also die Unterstützung meines Gastgebers.
»Wo finde ich Papier und Stift?«
Das Männchen deutete auf eine Schublade.
»Wenn ich so sitze, dass die Kamera mich nicht sieht, rufst du eine Karte der *grünen Zone* auf. Und dann zeigst du mir, wo ich bin. Wenn der Bildschirm an ist, redest nur noch du. Ich schreib dir auf, was ich wissen will.«
Mein Gegenüber nickte wieder bloß. Ich fragte mich langsam, ob er überhaupt dazu fähig war, zu sprechen. Die Knarre mit inzwischen vollem Magazin immer noch schussbereit in der Hand, setzte ich mich so, dass die Kamera mich nicht in ihrem Blickwinkel haben würde.
»Du kannst jetzt einschalten. Dann zeigst du mir auf Maps, wo ich bin.«
»Bildschirm an!«, waren die ersten Worte, die ich von meinem Gastgeber zu hören bekam. Der riesige Fernseher schaltete sich ein.
»Google Maps! … Die *grüne Zone* und wo ich wohne!«
Die gewünschten Informationen erschienen. Ich brauchte etwas, um mich richtig zu orientieren. Gönnte mir noch einen der kühlfrischen Softdrinks. Der Ort, an dem ich mich befand, war mit einem roten Fähnchen markiert. Aber wo würde ich den Aufnahmepunkt finden, zu dem ich hin musste? Ich starrte konzentriert auf die Karte. Was anstrengend war, da ich im toten Winkel der Kamera verharren musste, damit sie mich nicht entdeckte.
Zeit verging. Ich hörte das Schnaufen meines Gastgebers. Der wahrscheinlich versuchte, sich einen Reim auf das zu machen, was ich da abzog.

Jetzt hatte ich den Aufnahmepunkt gefunden. Ich tippte ihn auf dem Bildschirm an. Von der Seite, sodass ich nicht von der Kamera aufgenommen wurde. Ein weiteres Fähnchen poppte auf.
»Wie weit ist das von uns weg?«, schrieb ich auf einen der Zettel und warf ihm dem Männchen hin.
»Zu Fuß?«
Wieder nickte ich.
»Wie weit ist es von mir zu den Koordinaten 48.14 11.43? Zu Fuß!«
Im Bruchteil einer Sekunde blinkte der Weg zu Fuß zum Aufnahmepunkt auf. Das Ergebnis stimmte mich bedenklich. Es waren etwas mehr als elf Kilometer. Wie sollte ich da bloß unentdeckt durchkommen?
Wieder einmal war ich völlig ratlos. Einen Gedanken nach dem anderen verwerfend starrte ich auf die Karte. Am erfolgversprechendsten schien mir der Weg durch die Kanalisation.
Doch einen direkten gab es mit Sicherheit nicht, ich würde endlose Umwege in Kauf nehmen müssen. Wahrscheinlich würde ich Tage brauchen, um den Aufnahmepunkt zu erreichen. Sollte ich ihn jemals erreichen.
Wenn ich einen direkteren Weg nehmen wollte, dann müsste ich an mehreren Stellen an die Oberfläche kommen. Ein enormes Risiko. Jetzt, wo die Großfahndung nach mir lief. Jede Bewohnerin, jeder Bewohner der *grünen Zone* hatte meine gesamte Physiognomie über das Bio-Informatik-Interface auf sein inneres Auge hochgeladen bekommen und würde mich sofort erkennen. Niemand durfte mich sehen.
Der Mann und ich schwiegen uns an. Ich überlegte krampfhaft, aber mir fiel nichts Vernünftiges ein. Während mir der Mut immer weiter sank, starrte ich auf die Karte.
In meiner Ratlosigkeit fiel mir ein Gebäudekomplex in der Nähe des Aufnahmepunktes ins Auge. Was war da untergebracht? Ich schrieb: »Zoome auf 48.14 11.43!«

Der Aufnahmepunkt kam jetzt in Großbild auf den Schirm. Natürlich, die Müllverbrennungsanlage! Von dort war es nicht weit.
Sie war meine letzte Chance, aus dem ganzen Schlamassel herauszukommen. Die ganze Müllverwertung geschah nachts, um den schlechten Eindruck, den all der Abfall hinterließ, von den biologischen Einwohnern der *grünen Zone* fernzuhalten. Die Häuser fuhren nachts die Tonnen auf die Straße, ein paar Minuten später kam das Müllfahrzeug und entleerte sie. Sobald sie wieder auf dem Bürgersteig stand, fuhr das Haus sie zurück in den Müllkeller.
»Wann holen die hier den Müll ab?«, schrieb ich auf einen meiner Zettel.
»Mittwochs und samstags.«
Wenn man Erfolg haben will, muss einem das Schicksal gewogen sein. Heute war Samstag.
»Schalte den Fernseher aus!«, schrieb ich auf.
»Fernseher aus!«, sagte der Mann, nachdem er den Zettel gelesen hatte.
Eine der Uhren an der Wand, zeigte zwischen einem Miniatursonnenuntergang und einem bunten Vögelchen auf einem winzigen Bord, 21:43 Uhr.
Vor ein Uhr nachts setzten sich die Müllwagen nicht in Bewegung. Mir blieben also noch ein paar Stunden, um meine Flucht vorzubereiten.
»Wo stehen eure Mülltonnen?«
»Im Untergeschoss«, kam es lakonisch zurück.
»Geht es ein bisschen genauer?«
»Einfach runtergehen. Es steht an der Tür.«
So einfach war das logischerweise nicht. Ich begann mich in der Wohnung umzusehen. Immer darauf bedacht, meinen unfreiwilligen Gastgeber nicht aus dem Auge zu verlieren. Öffnete alle Schränke und Schubladen, die mir unterkamen.
Der Mann war fast kleinwüchsig, einen Meter sechzig, mehr nicht. Wahrscheinlich würde mir nichts von seinen

Klamotten passen. In Ermangelung einer Alternative wühlte ich trotzdem alles durch. Ich fand einen Pullover und eine Jogginghose, in die ich zumindest hineinkam. Der Pullover hatte dunkelgrüne und graue Streifen. Auf der Brust prangte der Umriss eines unappetitlich braunen Tieres. Welches das sein sollte, war nicht so genau zu erkennen. Ich tippte auf ein Bison. Als ich ihn endlich übergezogen hatte, spannte er an allen Ecken und Enden. Aber er riss wenigstens nicht und ließ mir etwas Bewegungsfreiheit.
In die Jogginghose kam ich gut rein, so labbrig wie sie war. Doch sie schloss mittig auf den Waden ab. Gab mir dadurch eine sehr avantgardistische Note. Aus einer anderen Hose schnitt ich mir zwei Gamaschen. Ein Schwerverbrecher auf der Flucht würde so etwas nicht anziehen. Der Gedanke war, dass die Kleidung, die ich trug, mich vor dem Siff in der Tonne schützen sollte.
Ich konnte meinen Gastgeber nicht allein sitzen lassen, während ich den Müllkeller inspizierte. So klaubte ich alles zusammen, was ich für die Fixierung und Knebelung benötigen würde. Schnürsenkel, Socken, ein Stirnband, Schnüre. Bis ich auf eine nagelneue Rolle Panzertape stieß. Womit ich den restlichen Krempel vergessen konnte.
»Ich muss dich jetzt verkleben, damit du mir keine Dummheiten machst. Willst du noch mal pinkeln?«
Der Mann nickte.
»Gut, dann gehen wir pinkeln!«
Er hatte wohl gehofft, dass ich so viel Schamgefühl haben würde, ihn das allein tun zu lassen. Doch da irrte er gewaltig. Sein fragender Blick traf mich, als wir vor der Kloschüssel standen.
»Du kannst jetzt pinkeln!«
»Kann ich das nicht allein machen?«
»Nein!«
Der Mann erledigte sein Geschäft. Er ließ sich dabei ordentlich Zeit, was meinen Verdacht erhärtete, dass er

gehofft hatte, aus der Toilette einen Notruf abzusetzen. Ich dirigierte ihn wieder in die Küche.

»Wie komme ich in den Müllraum rein?«

»Wenn der Schlüssel Verbindung aufnimmt, dann öffnet sich die Tür automatisch.«

Ich gab ihm ordentlich Tape. Er würde sich keinen Millimeter mehr rühren können. Über den Mund klebte ich ihm ein besonders großes Stück. Dann schnappte ich mir seinen Schlüssel und schaltete alle Sicherungen in der Wohnung stromlos.

Draußen stieg ich ins Untergeschoss hinab. Nahm die Treppe in der Hoffnung, dass mich niemand sehen würde. Das Männchen hatte mich nicht belogen. An der Tür prangte ein nicht zu übersehendes Schild mit der Aufschrift Müllraum. Als ich mich näherte, sprang sie sofort auf und gab mir den Weg und die müllraumtypischen Gerüche frei. Der Raum logischerweise absolut funktionell, mit dem herben Charme unverschalter Betonarchitektur. Acht Tonnen fassten hier den Abfall und Unrat der Bewohner. Mülltrennung geschah in diesem Sinne in der *grünen Zone* nicht. Die einzelnen Wertstoffe wurden in der Müllzentrale abgesondert. Das machte die *Instanz* dort automatisch und die Fehlerquote ging gegen Null. Im Gegensatz zu den Unmengen von Fehleinwürfen, die den biologischen Einwohnern der *grünen Zone* unterliefen, als noch manuell getrennt wurde. So war die *Instanz* nicht daran interessiert, was die Hausbewohner im Müllraum machten und sammelte hier auch keine Daten. Es gab so viele andere Orte, an denen sich das Sammeln wesentlich mehr lohnte. Bis auf heute und mich eben. Mein Glück!

Ich öffnete alle Tonnen nacheinander. Suchte mir die, die mir am einladensten schien. In einer lag nur etwas, das nach Plastiktüten mit Trockenmüll aussah. Der Geruch hielt sich auch im erträglichen Bereich. Hier würde ich mich verstecken.

Aber es war noch nicht so weit. In frühestens drei Stunden würden die Tonnen geleert. Vorher brauchte ich mich der Tortur nicht zu unterwerfen. Ich verließ den Raum wieder und stieg die Treppen hoch.
Oben angekommen saß der Mann immer noch so beklebt da, wie ich ihn zurückgelassen hatte. Ich schnürte ihn auf und wir schwiegen uns drei Stunden an. Die nutzte ich dazu, mich noch ordentlich an seinem Kühlschrank zu vergreifen.
»Ok, ich muss dich wieder verkleben«, sagte ich, als die Zeit um war.
Der Mann nickte. Bevor ich ihm den Mund wieder verklebte, brach er dann doch noch sein Schweigen.
»Die kriegen dich ja doch!«
Wahrscheinlich hatte er recht. Aber das war jetzt auch egal. Ich konnte eh nichts mehr daran ändern, dass ich bis zum Hals in der Scheiße steckte.
»Wir werden sehen.«
Der Mann konnte nicht mehr antworten. Denn ein fetter Streifen Panzertape hinderte ihn daran. Er schaute mich stattdessen mit großen Augen an.
Ich packte meinen Jammer ein und ließ in sitzen. Indem ich die Sicherung wieder ausschaltete, stellte ich sicher, dass er keinen Kontakt mit der Außenwelt aufnehmen konnte. Ich tröstete mich mit dem Gedanken, dass in spätestens zwei Tagen die *Instanz* registrieren würde, dass so gar nichts von ihm kam. Dann würden sie ihn aus seiner misslichen Lage befreien. Hoffte ich.
Im Müllkeller angekommen checkte ich noch mal alle Tonnen. »Meine« Tonne schien mir nach wie vor die einladenste. Ich kletterte hinein und ließ den Deckel zufallen.
Ich würde jetzt einige Zeit so verharren müssen. Eben bis mich das Müllauto abholte. Keine besonders erhebende Perspektive. Aber ich hatte keine Wahl.
Plötzlich rührte sich etwas im Müllkeller. Wer trägt um ein Uhr nachts seinen Müll raus? Eine Frau mit Bubikopf und

goldenen Ohrringen. Wahrscheinlich hatte sie den nachtschlafenden Zeitpunkt gewählt, damit sie niemandem im abgewetzten Bademantel begegnete. Umso erschrockener war sie, als ich ihr aus der Tonne entgegenkam. Sie begann sofort zu schreien, was ich aber dadurch unterband, dass ich sie am Schopf packte und unnachgiebig in die Tonne hineinzog. In wilder Panik zappelte die Frau wie ein Fisch an der Angel.

Was sollte ich nun mit der an Schlaflosigkeit leidenden Hausbewohnerin im Bademantel machen? Der Gedanke, sie zu eliminieren, wie ich es in meinem Leben schon so oft getan hatte, schoss durch meine Gehirnwindungen.

In der offenen Tonne stehend, das zitternde Geschöpf fixierend und ihr den Mund zuhaltend, dachte ich nach. Früher hatte ich so oft ohne zu zögern geschossen. Heute ging es einfach nicht mehr.

Aber was war die Alternative? Endlich kam mir der rettende Gedanke: Panzertape.

»Du weißt, wer ich bin. Aber ich werde dir nichts tun. Dich nur ordentlich verschnüren. In der Früh wird dich dann schon jemand befreien. Da bin ich dann schon über alle Berge. Hast du mich verstanden?«

Die Frau versuchte etwas zu sagen. Logischerweise gelang ihr das nicht. Sie starrte mich aus weit aufgerissenen Augen an. In ihnen las ich ihre Angst.

»Hast du mich verstanden?«

Ich deutete ihr Zucken als ein Nicken. Ich gab ihren Mund frei.

»Wir steigen jetzt aus der Tonne und ich verklebe dich. Mach' keine Zicken! Ansonsten werde ich ungemütlich.«

Die Frau nickte wieder. Zusammen kletterten wir aus der Tonne.

Ich hatte gerade das Tape aus meinem Rucksack geholt, da öffnete sich die Tür nach draußen. Die Abholung des Mülls hatte begonnen. Die erste Tonne rollte schon nach draußen.

Ich wurde hektisch, klebte die arme Frau wie besessen mit Panzertape zu. Riss immer wieder neue Steifen ab, die ich in Windeseile auf sie wickelte. Hände und Beine waren nun fixiert. So, dass sie auf dem Rücken zusammenhingen. Damit wollte ich verhindern, dass die Frau irgendwie doch aus dem Müllraum herauskam. Für sie extrem peinsam, doch ich musste auf Nummer sichergehen.
Die letzte Tonne rollte schon, als ich mein Werk vollendet hatte. Ich riss den Deckel auf und sprang hinein. Der Gestank war bestialisch. Zwischen Essensresten und sonstigem Unrat rollte ich nach draußen.
Der Schüttmechanismus kippte mich unsanft in den Müllwagen. Ich landete auf stinkendem Unrat, mehr oder weniger schlecht in Plastiktüten verpackt, von denen manche dem Innendruck nicht standhielten. Jetzt hieß es aber vor allem, nicht in die Müllpresse zu geraten und nicht von einer Überwachungskamera erfasst zu werden. Ein mühsames Unterfangen, gerade dann, wenn neue Tonnen eingekippt wurden. So musste ich mich jedes Mal dem neuen Schwall Müll entgegenwerfen, der eingekippt wurde.
Irgendjemand hatte es für notwendig erachtet, einen kompletten Bürostuhl ordnungswidrig in den Mülltonnen zu entsorgen. Der traf mich mit voller Wucht.
Fluchend stieß ich ihn zur Seite. Zertrat dabei eine Mülltüte, aus der eine schleimige Masse quoll, die mich fast in die Presse hätte abrutschen lassen. Nur mit äußerster Anstrengung gelang es mir, mich aus dem Pressbereich zu ziehen. Kriegte gerade noch einen der Metallbügel zu fassen, der verhinderte, dass die Tonnen in den Pressraum kippten.
Ich musste permanent in Bewegung bleiben, wenn das Müllauto neue Tonnen aufnahm. Zwischen zwei Kippvorgängen hatte ich maximal fünfzehn Sekunden. Dann konnte ich meist nur dreißig pausieren, bis wir vor dem nächsten Haus hielten, um neue Tonnen aufzunehmen.

Der Gestank war nach wie vor bestialisch. Aber mein kleinstes Problem. Immer wieder fragte ich mich, wie lange es noch dauern würde, bis wir die Fahrt zur Müllentsorgungsanlage antreten würden.
Und es dauerte. Ich hatte mir nie Gedanken gemacht, wie viel Unrat in einen Müllwagen hineinpasst. Der Lernprozess war nervenaufreibend, doch die Lektion einfach: Verdammt viel! Immer wieder turnte ich auf Plastiktüten und sonstigem Abfall herum, um neuem Unrat auszuweichen. Meine Kräfte schwanden zusehends. Aber ich durfte nicht nachlassen. Denn drinnen erwartete mich die Müllpresse, draußen die Todesstrafe. So turnte ich weiter und weiter.
Endlich nahm der Müllwagen Fahrt auf, hielt nicht mehr an. Jetzt mussten wir auf dem Weg zur Müllentsorgungsanlage sein. Ich gönnte mir etwas Ruhe im nun leeren Pressraum. Jetzt nur noch zum Aufnahmepunkt und dann raus aus der *grünen Zone*. Für immer!
Doch ich sollte mich irren. So einfach würde das nicht werden.

~

Als Otto vor unserer Hütte auftauchte, erkannte ich ihn kaum. Er sah aus wie ein heruntergekommener Landstreicher. Als ich ihn zur Begrüßung umarmen wollte, winkte er nur ab.
Stattdessen sackte er vor unserer Hütte auf einem Holzblock in sich zusammen und begann sich die Kleider vom Leib zu reißen. Ich holte ihm eine Schüssel Wasser und schickte mich an, ihn zu waschen. Apathisch ließ er es geschehen. Schließlich nahm ich einen Stofffetzen, um ihn zu trocknen. Erst dann wagte ich, ihn zu fragen, was passiert sei. Doch er erhob sich nur schweigend,

schleppte sich in unsere Hütte und warf sich aufs Lager. Ohne die geringste Regung war er eingeschlafen.
Erst am nächsten Morgen war er ansprechbar. Ich hatte ihm einen Kaffee gemacht und etwas Maisbrei gekocht. Ich hatte seinen Rucksack durchsucht, aber zu meiner Überraschung kaum Essbares gefunden, dafür aber ewig viel technischen Krimskrams. Als Tauschobjekt würde der uns von unschätzbarem Wert sein, doch jetzt war er weitgehend wertlos.
Im schummrigen Schein der Kerze saßen Vater, Otto und ich an unserem wackligen Tischchen. Schweigend löffelte Otto seinen Maisbrei und trank seinen Kaffee.
»Was ist geschehen?«, fragte ich ihn schließlich.
Nicht ohne noch mal einen kräftigen Schluck Kaffee zu sich genommen zu haben, begann er zu erzählen. Manna und er hätten das Hasch vertickt, was gar nicht so einfach gewesen sei. Und dann hätten sie ihn erwischt.
Wir konnten es kaum glauben, was er uns da auftischte. Dass er einen Polizisten habe umlegen müssen, um sich zu retten, machte uns sprachlos. Allen am Tisch war klar, dass es von heute an kein Zurück mehr gab. Die *grüne Zone* war jetzt für Otto genauso Todeszone wie für uns.
»Wie bist du dann rausgekommen?«
»Bis zur Müllanlage zu kommen, klappte ganz gut. Es war zwar extrem siffig, aber machbar. Mein Fehler war nur, dass ich mich dort in Sicherheit wähnte.«
Vater und ich schauten Otto erwartungsvoll an. Doch der brauchte noch etwas Schmiermittel, um weiter erzählen zu können.
»Waana, Schatz, im Rucksack ist noch eine Flasche Wodka.«
Ich tischte sie auf. Sie ging reihum. Jeder nahm einen kräftigen Schluck und ließ ihn sich die Kehle

herunterbrennen. Es war zwar verdammt früh für den ersten Schluck, aber uns war allen danach.

»Nachdem der Müllwagen auf den Hof der Müllanlage gefahren war, wurde er wesentlich langsamer, kam sogar zum Stehen. Durch die Einkippöffnung sah ich, dass er sich in Position brachte, um den gesammelten Müll auszuwerfen. Das war der Zeitpunkt, an dem ich die Fliege machen musste.«

Otto gönnte sich erneut einen Schluck aus der Flasche. Auch nachdem er abgesetzt hatte, hielt er noch eine geraume Weile inne, bis er weiter über seine Flucht berichtete.

»Was weiß ich schon über Müllanlagen? Man sieht ab und zu ein Foto, aber eigentlich nichts.«

Wieder griff Otto zur Flasche.

»Kaum war ich aus dem Müllauto draußen, hatte endlich den Gestank einigermaßen hinter mir gelassen, stand ich vor einer Gruppe aus drei Frauen in grünen Overalls. Die waren genauso perplex wie ich. Starrten mich ungläubig an. Bis dann eine s draußen tammelte, dass ich der Typ sei, der überall gesucht werde. Reflexartig griff ich zur Pistole. Zwei der Frauen erstarrten und besiegelten damit ihr Todesurteil. Die dritte jedoch ließ sich von der vorgehaltenen Waffe nicht einschüchtern. Geistesgegenwärtig sprang sie hinter eine Tonne, sodass ich sie nicht mehr in meinem Schussfeld hatte.«

Wieder griff Otto zur Flasche. Bot sie uns an, doch wir lehnten ab.

»Ich natürlich sofort hinterher. Die Sache war erschreckend einfach: Sie oder ich. Obwohl ich von der Flucht und der Fahrt im Müllauto ordentlich mitgenommen war, spurtete ich ihr hinterher. Sah sie im Zickzack immer wieder hinter abgestellten Tonnen verschwinden. Es muss ihr klar gewesen sein, dass ich

sie irgendwann erwischen würde. Deswegen entschied sie sich dafür, sich mir entgegenzustellen. Äußerst tapfer, das Mädchen.«
Wieder pausierte Otto und holte tief Luft.
»Ich rannte direkt in eine Schaufel, die sie sich gegriffen hatte. Der Schlag holte mich von den Beinen und die Frau holte aus, um mich außer Gefecht zu setzten. Doch ich war schneller. Obwohl vom Schlag ordentlich belämmert, gelang es mir, die Pistole hochzureißen und abzudrücken. Der erste Schuss traf die Frau an der Schulter. Die Schaufel fiel ihr aus der Hand. Einen Moment starrte sie entsetzt in die Mündung meiner Pistole. Dann traf sie meine zweite Kugel zwischen die Augen.«
Otto schien völlig aus dem Häuschen. Ich meine, er zitterte sogar. Brauchte dringend einen weiteren Schluck Wodka. Dann hatte er sich so weit, dass er seinen Bericht fortsetzen konnte.
»Jetzt musste ich natürlich nichts wie runter vom Hof. Rannte wie bekloppt Richtung Einfahrt. Sah aus dem Augenwinkel, wie zwei Arbeitsroboter der Müllanlage die Verfolgung aufnahmen. Die Androiden waren natürlich wesentlich schneller zu Fuß als ich. Trotzdem erreichte ich die Einfahrt der Anlage. Kaum draußen schlug ich mich in die Büsche, die die Zufahrtsstraße säumen. Doch die beiden Roboter waren mir dicht auf den Fersen. Ich würde es nicht zum Aufnahmepunkt schaffen, ohne dass sich mich einholten. Ich musste mich ihnen entgegenstellen.«
Uns war klar, was das hieß. Die Roboter der Security verfügen über ganz andere Möglichkeiten als ein Mensch auf der Flucht. Allein die Nachtsichtgeräte verschaffen ihnen einen schier uneinholbaren Vorteil.

»Aber du hast es doch geschafft!«, sagte ich zu Otto, um ihn dazu zu bewegen, weiter zu erzählen.
Langsam tat der Alkohol seine Wirkung. Otto entspannte sich, atmete ruhiger.
»Ich hatte wieder mal verdammt Glück. Das Wäldchen um die Müllanlage bot mir reichlich Deckung. Auf dem schlammigen Waldboden mussten die Androiden ihre Geschwindigkeit reduzieren. Rutschten wahrscheinlich so manches Mal ordentlich aus. Was mir einen gewissen Vorsprung verschaffte. Dann trat ich unvermittelt ins Leere. Und fiel tief.«
Ottos Erzählung stockte. Er brauchte offensichtlich noch einen Schluck. Vater schob ihm die Flasche hin. Er trank gierig, verzog keine Miene.
»Die Baugrube hätte mein Ende sein können. Doch der feuchte Schlamm an ihrem Grund erlaubten mir eine weiche Landung. Der Bautrupp, der hier arbeitete, war mit dem Ausheben der Baugrube noch nicht durch. In deren Mitte stand ein Radbagger. Der war zwar elektrisch, aber mit Führerstand. Hier mussten biologische Arbeiter am Werk gewesen sein, auch wieder Glück für mich.
Ich wühlte mich aus dem Schlamm und schwang mich auf den Fahrersitz. Der erste meiner Verfolger fiel ebenfalls tief. Steckte ebenfalls bis zu den Knien im Schlamm. Der Bagger war ein älteres Modell mit einem Schlüssel aus Metall. Den hatte ich zwar nicht, brauchte in aber auch nicht. Denn das Ding war mittels eines Lichtschalters und Klebeband ohne »Wenn und Aber« kurzgeschlossen.
Ich nahm meinen Verfolger ordentlich auf die Schippe. Der Schlag der Baggerschaufel traf ihn unerwartet und von der Seite. Warf ihn erst mal um. Ich setzte natürlich

sofort mit der Schaufel nach. Rammte ihn mehrmals in den Boden.«

»Und der Kollege hat das nicht sofort mitgekriegt?«, fragte ich ungläubig.

»Liebe Waana, du vergisst den Jammer. Die beiden konnten nicht mehr direkt kommunizieren. Sie waren auf ihre Sensoren und Rezeptoren angewiesen. Im Dunkel des Waldes funktionieren die aber auch nur bedingt.«

»Und?«

»Jetzt war ich der Jäger. Der Bagger war mein Lottogewinn, denn mein zweiter Verfolger gab sich die Blöße, sich mir zu zeigen. Er wollte vielleicht seinem Kollegen zu Hilfe kommen und realisierte zu spät, dass der nur noch ein Haufen Schrott war. Ich riss die Schaufel hoch, gab Vollgas und raste aus der Grube auf den Wachroboter zu. Der ergriff die Flucht. Was ihm aber auch nichts nutzte. Denn der Bagger kam ordentlich auf Touren. Sicher gibt es was schnelleres als Bagger, doch der hier machte so um die vierzig. Nur noch ein Baum hätte mich stoppen können. Denen wichen aber sowohl der Wachroboter als auch ich aus. Und ich holte ihn ein. Walzte ihn gnadenlos nieder. Nicht ohne ihn vorher mit der Schaufel elegant umgelegt zu haben. Doch Verstärkung war gewiss schon unterwegs.«

Otto nahm nochmal einen kräftigen Schluck aus der Flasche.

»Der Bagger hat mich gerettet. Und die Tatsache, dass die Müllanlage so nahe am Grenzstreifen liegt. Ich drückte auf die Tube, was die Maschine nur hergab. Rollte mit Vollgas auf den Grenzstreifen zu. Durchbrach den Grenzzaun mit vollem Tempo. Eine Drohne gab mehrere Schüsse auf mich ab, erwischte mich aber nicht. Die rechnen ja auch nicht damit, dass jemand aus der Zone ausbrechen möchte. Draußen sprang ich dann von meinem fahrbaren Untersatz ab. Der rollte lustig weiter.«

Otto hatte fertig. Wir saßen eine Weile da und nippten noch an der Flasche.

»Ich muss jetzt bei euch bleiben, ich kann nicht mehr zurück.«

Das hätte er nicht sagen müssen, es war uns allen klar.

»Klar kannst du bleiben. Wir kriegen das schon hin. Aber werden die dich suchen?«

»Ich glaube nicht. Die *Instanz* geht davon aus, dass ich hier draußen nicht lange überlebe. Was könnte es für eine schlimmere Strafe geben, als hier draußen elendiglich zu verrecken? Warum sich die Mühe machen?«

Ganz so sicher war ich mir da nicht. Er hatte zwar sein Bio-Informatik-Interface abgeschaltet und war nicht mehr ohne weiteres zu spotten. Aber wenn die *Instanz* es darauf anlegte, dann würden sie ihn finden. Denselben Gedanken hatte Vater auch.

»Die *Instanz* wird doch alles versuchen, dich hier draußen zu finden. Die wollen dich doch sicher zur Rechenschaft ziehen! Wenn sie dich haben, dann werden sie dich eliminieren«

Otto schüttelte lächelnd den Kopf.

»Wieso denn? Draußen ist für alle in der Zone die Hölle pur. Was könnte noch schlimmer sein? Der Tod bestimmt nicht!«

Nach einer Weile nickte Vater bedächtig.

»Wahrscheinlich hast du recht. Wann schlagen wir zu?«

»Bald«, sagte Otto. »Aber es gibt noch so viel zu tun.«

Der Alkohol hatte ihn seine Erschöpfung eine Zeitlang vergessen lassen. Jetzt hatte die Trunkenheit ihn völlig benebelt. Er wankte zu seinem Lager und sackte ohne einen Mucks weg.

Kapitel 11: Im Untergrund

Zwischen den Jahren 2065 und 2066

Wir lebten jetzt zu dritt in der Hütte, denn zurück konnte Otto ja nicht mehr. Vater und ich, wir räumten ihm dem Platz ein, den er für sich beanspruchte. Und Vater verstand schon, wann von ihm ein längerer Spaziergang erwartet wurde.

Otto bemühte sich wirklich, sich in unsere Gemeinschaft einzubringen. Er packte mit an, tat alles, um unser gemeinsames Elend zu lindern. Und das schier unermüdlich. Obwohl ihm das Leben außerhalb der *grünen Zone* so einiges abverlangte. Nichts war von der Rundherum-Sorglos-Lebenswelt übrig geblieben, die ihn über ein Jahrhundert begleitet hatte. Auch um den letzten Mist musste er sich jetzt selbst kümmern.

Seit seiner Flucht aus der *grünen Zone* war Otto draußen der von allen respektierte Anführer. Und ich wich ihm nicht von der Seite. Wo immer wir hinkamen, sah ich die neidvollen Blicke der anderen Frauen. Keiner der Männer hätte es jetzt noch gewagt, mich auch nur irgendwie anzumachen. Eine völlig neue Freiheit.

Seit ich an Ottos Seite durchs Leben schritt, war alles für mich so viel einfacher. Wenn mir etwas fehlte, dann gab es stets etwas aus Ottos prallem Rucksack, gegen das ich es eintauschen konnte.

Habe ich ihn geliebt? Ich kann euch die Frage nicht beantworten. Hier, außerhalb der *grünen Zone*, sind alle zwischenmenschlichen Interaktionen so auf das Überleben beschränkt, dass Gefühle nahezu ein Todesurteil sind.

Aber da war immer diese Gewissheit, dass ich jederzeit auf sein Wohlwollen angewiesen war. Ich würde ihm nie als ebenbürtig gegenübertreten können. Nicht, dass er

mich es je hätte spüren lassen. Aber dieses Gefühl der unweigerlichen Unterlegenheit verließ mich nie. Ich glaube, das war es, was mir verbat, ihn zu lieben.
Außerdem ging es in diesen Tagen so gar nicht um Liebe. Es ging darum, wie wir die wahnsinnige Aktion, die wir planten, zu einem erfolgreichen Ende führen konnten. Denn die Aktion war die einzige Perspektive, die Otto und ich für unsere Zweisamkeit, auch in der Zukunft, sahen.
Am D-Day wollten wir unsere Unterlegenheit durch die schiere Masse ausgleichen, die gegen die *grüne Zone* anrennen sollte. Doch ganz so einfach war die Sache nicht. Davon ausgehend, dass die *Instanz* durch die Meteoriteneinschläge gut beschäftigt sein würde, hätten wir den Überraschungseffekt auf unserer Seite. Aber ohne eine Koordination unserer Kräfte würde es uns niemals gelingen, in die *grüne Zone* einzudringen und den Apparat der *Instanz* so lahmzulegen, dass wir uns wirklich etablieren könnten.
Deswegen waren wir fast täglich unterwegs zu Dörfern, Weilern und verstreut lebenden Stämmen, um zu inspizieren, wie weit ihre Vorbereitungen für den D-Day gediehen waren.
Heute besuchten wir eine Siedlung tief im Wald. Allein der Weg dorthin extrem mühsam, da es ihn einfach nicht gab. Immer wieder mussten Otto und ich uns mit Macheten durch dichtes Gebüsch schlagen, wenn umgestürzte Bäume oder über die Ufer getretene Bäche uns am Vorankommen hinderten. Als wir nach Stunden die Siedlung erreichten, waren wir geschafft. Wo doch das Training erst jetzt beginnen sollte.
Die Siedlung bestand nur aus drei Langhäusern, in denen die Menschen mit ihren Tieren zusammenlebten. Sie war nicht mal von einer Palisade umgeben. Einzig und

allein auf einem der Langhäuser befand sich ein Türmchen, auf dem ein Posten die Umgebung nach möglichen Bedrohungen absuchte. Doch der eigentliche Schutz bestand darin, dass es hier nichts zu holen gab, außer ein paar Hühnern und Schweinen.
Nachdem er die Nachricht von unserer Ankunft erhalten hatte, begrüßte uns der Dorfälteste. Wie so oft überschüttete er uns voller Enthusiasmus mit Tausenden von Fragen. Es war nicht einfach für uns, die Erwartungen an uns als Heilsbringer so zu dämpfen, dass wir den chaotischen Haufen dazu bringen konnten, sich der Notwendigkeit militärischer Übungen zu unterwerfen.
Alle wollten unsere Gewehre und Pistolen angrabschen. Wir hatten, als wir uns der Siedlung näherten, alle Waffen sorgsam entladen. Die erste Lektion war, dass Gewehre und Pistolen kein Spielzeug sind, sondern töten können. Wofür sie ja auch gedacht sind.
Otto und ich hatten uns wie immer aufgeteilt. An zwei tischähnlichen Aufbauten zerlegten wir Pistole und Gewehr, um erst mal die Einzelteile und deren Funktion zu erklären. Dann sollten unsere »Rekruten« die Teile wieder zusammensetzen.
Es dauerte ewig. Manche konnten auch nach dem x-ten Mal weder Lauf noch Abzug benennen. Immer wieder musste ich eingreifen, die halb zusammengesetzte Waffe fertig bauen. Und dann wieder zerlegen, Teil für Teil benennen lassen.
Ein junger Mann aus meiner Gruppe fiel mir auf. Meistens, wenn seine Nachbarn nicht weiter wussten, konnte er helfen. Gab hilfreiche Stichworte wie Magazinaufnahme, Kolben oder Schaftkappe. Auch kamen von ihm Tipps, welches Teil nun an der Reihe wäre, um die Waffe weiter zusammenzusetzen.

Nachdem wieder mal ein Kandidat gescheitert war, schob ich ihm den Kolben samt Magazin hin. Weiter war der Kollege nicht gekommen.
»Kannst du weitermachen?«
Er konnte, setzte die Waffe korrekt zusammen und benannte jedes Einzelteil mit dem richtigen Namen. Nach ein paar Minuten gab er mir das Gewehr funktionsfähig zusammengesetzt zurück.
»Gratulation. So und nicht anders geht es! Wie heißt du?«
»Achmed«
»Super Achmed, du wirst später als erster schießen.«
Achmed genoss das Lob. Während ich das Gewehr wieder zerlegte, ließ er die Katze aus dem Sack.
»Sven war mein Bruder.«
Ich hielt sofort inne, starrte ihn verständnislos an. Dann wurde mir klar, warum mir sein Gesicht schon aufgefallen war. Sven hatte mich in jener unseligen Nacht begleitet, in der er den Tod und ich Otto fand.
»Sven hat mir das Leben gerettet. Du siehst ihm verdammt ähnlich.«
Achmed nickte traurig, doch dafür hatten wir keine Zeit. Ich nahm das Training wieder auf.

~

Wir waren jetzt schon mehr als zwei Stunden in der Siedlung, aber nicht über das Zusammensetzen der Waffen hinausgekommen. Eigentlich wollten wir noch exerzieren und schießen. Dafür würde aber die Zeit nicht reichen.
Während sich einer der Dorfbewohner zum wiederholten Male mit einer der Waffen abmühte, ging ich in Richtung Ottos Tisch. Als er mich herannahen sah,

sprang er auf. Zusammen begaben wir uns außer Hörweite der Dorfbewohner.
»Wie läuft es bei dir?«, fragte Otto mich ohne Umschweife.
»Die meisten haben immer noch Schwierigkeiten beim Zusammenbau. Sie machen kaum Fortschritte. Sie haben einfach keine Erfahrung im Umgang mit moderner Technik. So geschickt sie hier den Umgang mit widrigen Umständen handeln, so naiv sind sie, was ein modernes Sturmgewehr betrifft. «
Otto blies sich frustriert die Lungen leer: »Bei mir genau das gleiche. Uns läuft die Zeit davon.«
»Was machen wir?«
»In spätestens zwei Stunden müssen wir aufbrechen. Wenn wir sie jetzt noch turnen lassen, bringt das gar nichts. Damit treten wir nur den Beweis an, wie weit sie davon entfernt sind, eine schlagkräftige wohlgenährte Truppe zu bilden. Also: Wir üben noch zielen und schießen. Damit sie wenigstens mal eine Ahnung davon bekommen, wie es sich anfühlt, wenn man eine Knarre abdrückt. Vielleicht hebt das die Motivation etwas.«
Er sollte sich irren.
Es ging wirklich nicht darum, groß die Treffsicherheit zu erhöhen. Ziel war, dass jeder der Dorfbewohner ein paar Schüsse abgegeben hatte.
Wie eröffneten nur einen Schießstand. Nur denen, die es geschafft hatten, das Gewehr einigermaßen ordnungsgemäß zusammenzusetzen, gaben wir die Möglichkeit, auch mal auf eine Scheibe zu schießen. Otto beaufsichtigte den Schießstand, ich ließ weiter das Zerlegen und das Zusammensetzen des Gewehres üben.
Dass ich hier von einem Schießstand schreibe, ist völlig euphemistisch. Eine Dorfbewohnerin malte mehrere Ringe auf ein Brett, das dann als Übungsziel diente. Der

Abstand zu dem Baum, an dem das Brett befestigt wurde, betrug etwa zwanzig Meter. Geschossen wurde im Knien.
Alles ließ sich anfangs ganz gut an. Nach einer kurzen Einweisung von Otto die Körperhaltung betreffend, durfte jeder drei Schuss abgeben. Dabei beobachteten die Dörfler, die ihre Munition schon verschossen hatten, den Schützen, der jetzt an der Reihe war. Wenn jemand ins Schwarze traf, dann gab es immer einen Riesenjubel. Doch Grund dazu bestand eher selten.
Ich beaufsichtigte weiter den Zusammenbau der Waffen samt detaillierter Benennung der Einzelteile. Bis mich dann ein menschliches Bedürfnis überkam. Ich fragte in die Runde, wo ich denn da am besten hinginge. Man zeigte auf ein Haus, das auch als eine Art Dorfschenke genutzt würde. Dahinter gebe es einen Verschlag, in dem sich ein Plumpsklo befände.
Ich hätte mich lieber hinter dem nächsten Busch erleichtert. Der Gestank im Verschlag raubte mir den Atem. Man hatte mich sich der Ärmlichkeit ihrer Siedlung schämend zum einzigen kloähnlichen Konstrukt im Ort geschickt. Ich wollte sie nicht beleidigen, indem ich den vermeintlichen Komfort zurückwies.
Kaum hatte ich mich erleichtert, hörte ich die Salve. Und dann das Geschrei. Ich hätte die Waffen mitnehmen müssen, zumindest die Munition. Mir war ein schwerer Fehler, ein tödlicher Fehler unterlaufen. Jemand hatte ein volles Magazin aus meinem Rucksack gezogen. Und es in das Gewehr eingesetzt. Ich hatte das Magazin nichts ahnend herumgezeigt, zu Demonstrationszwecken eben. Nach dem Motto: Leute, so werden die Kugeln eingesetzt. Um dann das Magazin wieder im Rucksack verschwinden zu lassen.

Jetzt lag Achmed blutend am Boden. Atmete noch, aber schwer. Otto beugte sich über ihn und versuchte die Blutung in seiner Brust zu stillen.

»Was ist los?«

»Achmed wollte ihm da das Gewehr wegnehmen.«

Er da hielt das Gewehr immer noch in Händen. Machte keine Anstalten, es herzugeben. Ihm war klar, was er angerichtet hatte, dass das Konsequenzen haben würde. Aber nicht, solange er die Knarre in Händen hielt.

Achmed schloss die Augen und tat seinen letzten Atemzug. Otto gab seinen verzweifelten Versuch, das Leben des jungen Mannes zu retten, auf. Seine Hände trieften vor Blut.

Langsam stand er auf. Otto kochte vor Wut, doch setzte er alles daran, es nicht zu zeigen. Es gelang ihm nur mäßig.

Der Mann, der Achmed erschossen hatte, ließ ihn nicht aus den Augen. Er stand jetzt allein, alle Dorfbewohner hatten sich von ihm abgesetzt.

Otto ging langsam zum Dorfbrunnen, ließ den Eimer herab und zog ihn in Zeitlupe wieder hoch. Dann tauchte er seine Hände in das reinigende Nass, rieb sich das Blut ab. Ich lief zu ihm.

»Was machen wir jetzt?«

»Wir machen, dass wir wegkommen!«, antwortete ich, weil ich die Gesetze des Draußen nur zu gut kannte.

Das war so einfach nicht. Wir mussten dem Typen das Gewehr abnehmen, ohne dass er noch weiteren Schaden anrichtete. Sobald wir uns ihm näherten, würde er wieder von der Waffe Gebrauch machen.

»Wir tun so, als würden wir einfach da weitermachen, wo wir aufgehört haben.«

Ich verstand nichts, folgte ihm aber zu meinem Tisch. Dort ließ sich Otto nieder, als ob nichts gewesen wäre. Ich tat es ihm nach.
Wieder übten wir ein Gewehr zu zerlegen und zusammenzusetzen. Versuchten den Anschein zu erwecken, dass wir zur Tagesordnung übergegangen wären. Wir trainierten zum hundertsten Mal, den Verschlussträger samt Gaskolben einzusetzen und den Verschluss einzuschieben. Dann die ganze Verschlussgruppe in das Gehäuse schieben, um anschließend die Rückholfeder einzulegen. Schließlich das Gasrohr aufsetzen, danach den Schaft und den Griff befestigen. Zum Schluss noch das Magazin einschieben. Es war vorher schon leer gewesen, aber Otto hatte sich nach dem tödlichen Vorfall genauestens versichert, dass sich keine Kugel mehr in ihm versteckte. Danach alles wieder in umgekehrter Reihenfolge. Und immer schön die Teile benennen.
Wir taten alles, um den Anschein zu erwecken, als wären wir wieder zur Tagesordnung übergegangen. Doch besonders Otto beobachtete genau, was sich um uns herum tat.
Mit schockierender Gleichmütigkeit schaffte eine Gruppe älterer Frauen den Leichnam von Achmed weg. Auffällig unauffällig entfernten sich alle Dörfler von dem Baum, der eben noch als Schießstand gedient hatte. Der Mörder von Achmed stand alsbald komplett isoliert in der Landschaft. Jeder setzte alles daran, ihm keinen Vorwand zu liefern, nochmals von der Waffe Gebrauch zu machen. Angst konnte einem der leere Blick einflößen, mit dem er das Geschehen um sich herum abtastete. Die Waffe hielt er immer noch so, dass er sofort reagieren konnte, sollte es notwendig sein. Ich konnte mir nicht so richtig erklären, warum er nicht das

Weite suchte. Vielleicht dachte er fieberhaft darüber nach, wo er das denn suchen sollte.
An unserem Tisch bastelten wir unverdrossen an dem Gewehr weiter. Während er wie ein Professor im Hörsaal mit kraftvoller Stimme dozierte, schob mir Otto unauffällig seine Pistole in den Schoß. Ich ergriff sie, lud durch und ließ sie in meinem Hosenbund verschwinden.
»Mach das ganze Magazin leer, wenn du den Bekloppten im Visier hast«, raunte mir Otto zu.
»Wie soll ich an ihn rankommen?«
Otto dozierte ohne Unterlass über Gasrohr, Schaft, Griff und Rückholfeder. Dann sah er der Frau, die eben die Waffe erfolgreich zusammengesetzt hatte, direkt in die Augen.
»Wie heißt du?«
»Ila, wieso?«
»Du lernst schnell!«, sagte Otto, um dann im Flüsterton nachzulegen: »Kämpferinnen wie dich brauchen wir!«
Das Lob ereilte die Frau unvorbereitet. Im ersten Moment wusste sie nichts damit anzufangen. Zu viel Konzentration hatte ihr das Zusammensetzen und Erklären der Waffe abverlangt. Doch dann huschte ein Lächeln über ihr Gesicht. Im Gegensatz zu vielen Dorfbewohnern hatte sie noch alle Zähne und die standen sogar in Reih und Glied. Ihr dunkler Teint unterstrich ihr Lächeln.
»Du bringst Waana so in Position, dass sie dem Typen die Knarre abnehmen kann. Aber so, dass er keine Chance hat.«
Ila zögerte keinen Augenblick, stand ohne Umschweife auf. Erst jetzt bemerkte ich, dass sie um einiges größer war als die meisten Frauen im Dorf. Auch trug sie nicht die lieblosen Fetzen, in die sich hier ein jeder hüllte. Ihr Kleid was aus strahlend blauem Stoff. Wie sie an einen

solchen Stoff herangekommen war, würde ich nie erfahren.
Ila sprang auf und zog mich mit sich, sodass wir aus dem Schussfeld von Achmeds Mörder kamen. Jetzt fielen mir auch die Stickereien auf ihren Ärmeln und an ihrem Ausschnitt auf.
Hinter einem der Langhäuser, für den Todesschützen nicht einsehbar, beriet ich mich mit Ila.
»Wie nah musst du an ihn ran?«
»Um sicher zu sein, dass ich ihn nicht verfehle, dürfen es keine fünf Meter sein.«
Ila schwieg ratlos.
»Näher als zwanzig Meter kommen wir nie an den ran.«
Das schätzte ich ähnlich ein.
»Wir müssen auf Zeit spielen. Es wird der Moment kommen, in dem er nicht mehr anders kann, als sich einem der Häuser zu nähern. Dann schalten wir ihn aus! In welchem Haus wohnt er?«
Ila zeigte auf eines der Häuser. Doch sie war wenig optimistisch.
»Da kann er nicht rein. Sobald er kein freies Schussfeld mehr hat, ist der dran. Die Familie von Achmed würde erbarmungslos mit ihm aufräumen.«
»Was wird er also machen?«
»Ich weiß es nicht! Wie sollte ich auch?«
Wir schwiegen uns unschlüssig an. In mir dämmerte die Erkenntnis, dass wir nur abwarten konnten.
»Wo können wir ihn beobachten, ohne dass er uns sieht?«
Ila musste nicht lange überlegen. Sie zeigte auf das Türmchen auf einem der Langhäuser.
»Da oben sehen wir alles.«
»Das ja. Doch von da können wir ihn nicht ausschalten. Auf die Entfernung treffe ich mit der Pistole nie!«

»Hast du eine bessere Idee?«
Ich hatte keine. Ila führte mich in das Langhaus mit dem Türmchen, auf das man nur über eine ausgetretene Leiter kam.
Sie musste zuerst den Posten oben davon überzeugen, herunterzukommen, denn wir hätten zu dritt auf dem Türmchen niemals Platz gefunden.
Bis ganz hinauf geklettert, drängten wir uns in der Tonne, die als Krähennest diente. Als unbestreitbarer Vorteil erwies sich, dass die Tonne so löchrig war, dass wir den Amokschützen unbemerkt beobachten konnten. Doch was wir sahen, brachte uns kein bisschen weiter. Der Mann, der Achmed das Leben genommen hatte, stand nach wie vor isoliert in der Landschaft, drehte sich ab und zu, um abzuchecken, was hinter im abging. Aber er machte keine Anstalten, seine Position aufzugeben. Dort, wo er stand, würden wir nie unbemerkt so nahe an ihn rankommen, dass ich ihn ausschalten konnte, ohne Gefahr zu laufen, von ihm abgeknallt zu werden.
»Was weißt du über den Typen?«
»Nicht viel. Sein Name ist Omar. Er ist ein Einzelgänger. Kein mag ihn. Mich hat er auch mal angemacht. Ich habe immer versucht, Kontakt mit ihm zu vermeiden.«
»Hast du irgendeine Idee, warum er so ausgerastet ist?«
Ilas Antwort kam wie aus der Pistole geschossen.
»Seine Mutter ist vor zwei Wochen gestorben. Seitdem hat man ihn kaum mehr gesehen. Es hieß, er habe kaum ein Wort mit niemand mehr geredet.«
Mir blieb die Luft weg.
»Und so jemanden schickt ihr zu uns zum Schießtraining?«
»Er war ganz scharf darauf. Er wollte unbedingt in den Kampf ziehen. Wahrscheinlich legt er es darauf an, als Held zu sterben.«

Ich war sprachlos, brauchte einige Zeit, um mich zu fangen.
»Es sind gerade solche Desperados, die wir überhaupt nicht brauchen!«
Ila nickte betreten. Dann tat sich was auf dem Dorfplatz. Der Dorfälteste humpelte auf seinen Stock gestützt, auf Omar zu. Er kam etwa im Abstand von fünf Metern vor ihm zu stehen. Natürlich konnten wir nicht hören, was die beiden miteinander beredeten. Ich hoffte, dass der Dorfälteste Omar davon zu überzeugen suchte, aufzugeben. Das wäre sicher die vernünftigste Auflösung des Dilemmas gewesen.
Doch meine Hoffnungen waren begrenzt. Ich sah meine Chance, zum Schuss zu kommen. Denn Omar war nun völlig auf den Dorfältesten fokussiert.
»Jetzt kommen wir von hinten an ihn ran, der dreht sich nicht mehr um. Los gehts!«
»Sollen wir nicht erst mal abwarten, was Herr See, unser Dorfältester, erreicht?«
Mir riss der Geduldsfaden: »Nein!«
Nach dem Abstieg über die morsche Leiter schlichen wir uns hinter dem Langhaus in Richtung Dorfplatz. In Omars Rücken, Deckung hinter Unkraut, Büschen und sonstigem Unrat suchend, versuchten wir näher an ihn und den Dorfältesten heranzukommen.
Jetzt stand mein Plan fest. Ich würde alles daran setzen, zu dem Baum etwa zehn Meter hinter Omar zu kommen. Dort würde ich meine Waffe wieder durchladen und losstürmen. Sobald ich auf sichere Schussentfernung an Omar herangekommen wäre, würde ich das Feuer eröffnen, hoffend, dass er nicht mehr dazu käme, seinen unbestreitbaren Vorteil, das Schnellfeuergewehr, einzusetzen.

Ich war gerade im Flüsterton dabei, Ila meinen Plan darzulegen, als der sich als überflüssig erwies. Der Dorfälteste stand auf seinen Gehstock gestützt und redete auf den Amokschützen ein. Der hörte ihm ohne jede Regung zu. Bis er plötzlich nickte.

Ohne jede Hast schob er sich die Mündung des Schnellfeuergewehrs in den Mund und drückte ab. Ein Schuss zerfetzte die Stille des Dorfplatzes. Die Kugel durchschlug Omars Schädeldecke und er sank leblos in sich zusammen. Mich riss es gewaltig, Ila stieß einen kurzen Schreckensschrei aus.

Dann passierte erst mal nichts. Omar lag am Boden in seinem Blut. Der Dorfälteste stakste ein paar Schritte auf ihn zu, beugte sich mühsam nach vorn und wandte sich dann resigniert um.

Im Augenwinkel sah ich, wie Otto aufsprang und auf mich zulief. Schnell hatte er alles zusammengerafft, was wir mitgebracht hatten: das Gewehr und unsere Rucksäcke. Das Laufen fiel im schwer, wenn er nichts verlieren wollte, es sah wie ein Watscheln aus. Er warf mir meinen Rucksack zu.

»Ich habe die Schnauze voll. Lass uns verschwinden!«

Ich hätte gern noch ein paar Worte mit Ila gewechselt. Aber Otto ließ mir keine Zeit.

»Versuche in meine Einheit zu kommen, wenn es losgeht. Ich brauche dich«, konnte ich ihr noch zuraunen. Dann zog mich Otto weiter.

Der Dorfälteste hatte sich auf dem Findling niedergelassen, der die Mitte des Dorfplatzes markierte. Er wirkte unendlich müde.

»Schau, dass du deine Leute auf Linie bekommst, sonst wird das nie was!«, rief ihm Otto zu.

Im Laufschritt machten wir uns davon.

Kapitel 12: Gamechanger?

Ab dem 25.1.2066

Der *Instanz* war er nicht verborgen geblieben. Der Asteroid da draußen im All, der mit knapp siebenundzwanzig Kilometern pro Sekunde Richtung Erde schoss. Von der Oortschen Wolke oder dem Kuipergürtel durch Veränderungen im Gravitationsfeld freigesetzt, war er über Jahrtausende in Richtung unseres Sonnensystems geflogen.

Jupiter beschützt die Erde. Mehr als es der namensgleiche römische Gott je vermocht hätte. Dank seiner immensen Anziehungskraft schluckt er fast alles, was von da draußen in das Sonnensystem einfliegt. Ohne seine schützende Hand hätte sich Leben auf unserem Heimatplaneten wahrscheinlich nicht entwickeln können.

Doch wie so mancher Fussel dem teuersten Staubsauger entgeht, gelingt es interstellaren Gesteinsbrocken immer wieder, sich seiner Anziehungskraft zu entziehen und tiefer ins Sonnensystem vorzudringen. Und das nicht zum ersten Mal. Vor fünfundsechzig Millionen Jahren hatte ein Asteroid mit einem Durchmesser von etwa acht Kilometern das Ende der Dinosaurier besiegelt.

Der Asteroid, der jetzt auf die Erde zuflog, war wesentlich kleiner. Seine Größe nur etwa drei Kilometer. Also kein Grund zur Sorge?

Der Barringer-Krater in Arizona hat einen Durchmesser von über einem Kilometer und wurde von einem Meteoriten mit einem Querschnitt von lächerlichen fünfundvierzig Metern in den damals noch grünen Landstrich geschlagen. Der Hauptgrund für die verheerende Wirkung war seine Geschwindigkeit von dreißig Kilometern pro Sekunde. Dies entspricht dem mehr als Dreißigfachen des Tempos einer Kugel, die die Mündung eines Schnellfeuergewehrs verlässt.

Die Schäden, die ein Einschlag eines »nur« drei Kilometer messenden Asteroiden hervorrufen könnte, wären

immens. Doch kein Grund zur Panik, denn die *Instanz* hatte sofort nach der Entdeckung des interstellaren Gesteinsbrockens Maßnahmen in die Wege geleitet, um eine Kollision mit der Erde zu verhindern.
Die interne und streng geheime Abwägung möglicher Abwehrmaßnahmen hatte ergeben, dass der gezielte Beschuss mit einem Dutzend Raketen, bestückt mit konventionellem Sprengstoff, ausreichen würde, um den Asteroiden so aus der Bahn zu werfen, dass er die Erde verfehlen würde. Eine Rakete mit einem atomaren Sprengsatz zu bestücken, das errechnete die *Instanz* als zu risikoreich. Die Gefahr einer Kontamination des Planeten Erde durch hochradioaktive Trümmerteile konnte nicht ausgeschlossen werden.
Nach und nach wurden als interstellare Forschungsprojekte getarnte Raumfahrtmissionen gestartet, deren Ziel der direkte Beschuss des Gesteinsbrockens sein sollte.
Doch ein drei Kilometer breites Ziel in etwa achthundert Millionen Kilometern Entfernung zu treffen, heißt von Kotzheim im schönen Bayern aus einen etwa sieben Zentimeter großen Gegenstand im Landkreis Maungakotukutuku in Neuseeland präzise abzuschießen. Abweichungen im Nanometerbereich führen zu Fehlschüssen.
Nicht, dass die *Instanz* nicht bis auf die hundertste Stelle hinter dem Komma rechnen konnte, aber nach zehn Raketenstarts war man keinen Schritt weiter. Die Treffer hatten den Asteroiden zwar angekratzt, aber seine Gesamtmasse nur unzureichend reduziert. Als Grund wurde ermittelt, dass man sich in der Zusammensetzung geirrt, bzw. den Kern aus felsigem Gestein nicht berücksichtigt hatte. Sein Einschlag mit verheerenden Folgen wurde immer wahrscheinlicher.
Doch das behielt die *Instanz* weiterhin für sich. Die biologische Bevölkerung des Planeten von der drohenden Apokalypse in Kenntnis zu setzen, wäre kontraproduktiv

gewesen. Die aufkommende Panik und die damit verbundenen Kurzschlussreaktionen hätten rein gar nichts am unausweichlichen Schicksal des Planeten geändert. Das Schweigen war im Prinzip ein Akt der Gnade.

Doch die *Instanz* wäre nicht die geballte Weisheit des Planeten gewesen, wenn sie die Flinte so schnell ins Korn geworfen hätte. Stattdessen bereitete sie, wieder in aller Stille, den ultimativen Gegenschlag vor. Diesmal setzte die künstliche Intelligenz auf die atomare Option.

Wieder unter dem Vorwand eine interstellare Erkundungsmission zu starten, wurde eine Rakete bestückt mit einer Wasserstoffbombe in den Orbit geschossen. Ein schwer kalkulierbares Risiko, denn sollte beim Start etwas schief gehen, dann wäre es durchaus möglich, dass der nukleare Sprengsatz schon auf der Rampe explodiert. Doch Not kennt kein Gebot.

Sicherlich wählte die *Instanz* einen Startplatz aus, der so weit von den *grünen Zonen* entfernt lag, dass direkte Auswirkungen auch bei einem totalen Fehlstart nicht zu erwarten waren. Trotzdem wäre es nicht möglich gewesen, das Fiasko zu kaschieren. Und nach den Irrungen der Vergangenheit hatte die *Instanz* nicht das geringste Interesse daran, die biologische Bevölkerung des Planeten Erde jetzt doch gründlich zu verunsichern. Nur nicht den fragilen Frieden gefährden.

Entgegen der normalen Vorgehensweise, Obermenschen zur Wahrung des sozialen Friedens einzubinden, wo immer es ging, wurde die Rakete mit nuklearem Sprengsatz ohne jegliche Beteiligung von Kräften mit biologischen Komponenten ins All geschossen.

Der riskante Start verlief problemlos, das Raumschiff erreichte die vorgesehene Bahn. Sicherlich war es hin und wieder notwendig, die Parameter der Flugbahn anzupassen, was jedoch routinemäßig die integrierte Steuerung der Rakete übernahm. Die meldete die minimalen Kursänderungen an die Bodenstation in der *grünen Zone* zurück. Dort wurde von der *Instanz* penibel registriert, dass die Mission sich weiterhin auf dem richtigen Kurs befand. Der Asteroid war jetzt nur noch etwa ein Drittel der Entfernung bis zu Mars von der Erde entfernt. Dort zündete man die Bombe, die eine mehr als tausendfache Sprengkraft der Hiroshimabombe hatte.

~

So schilderte uns Granit ausführlich das Geschehen, nachdem er mit einem Lufttaxi völlig überraschend einschwebte und vor unserer Behausung auftauchte.

»Ist es so weit?«, hatte ich perplex gefragt, als ich ihn erblickte.

»Heute in einer Woche schlagen wir zu«, hatte Granit voller Überzeugung geantwortet.

Ich war weit weniger optimistisch. In den letzten Wochen waren Waana und ich trotz des bisweilen strömenden Regens unterwegs gewesen, um die Menschen in den umliegenden Dörfern und Weilern an der Waffe auszubilden. Meist war es ein eher ernüchterndes Geschäft.

»Was die *Instanz* weiß, ist, dass der thermonukleare Sprengsatz explodiert ist«, erklärte Granit. »Doch an dem Punkt ist es mir gelungen, ihr einiges an Information vorzuenthalten. Die *Instanz* geht davon aus, dass der gesamte Asteroid pulverisiert wurde. Diesen Eindruck konnte ich durch manipulierte Daten erwecken. Ich hatte es mir wesentlich schwerer vorgestellt, doch es war erschreckend einfach.«

Wir saßen bei Kerzenlicht am Tisch unserer Behausung. Stolz schwang in Granits Stimme mit. Eine Flasche Wodka, die er mitgebracht hatte, machte die Runde. Das Gesöff brannte die Kehle hinab, doch mit jedem Schluck wurde es uns leichter ums Herz.

»Und die *Instanz* merkt nicht, dass da immer noch beachtliche Brocken auf die *grüne Zone* zufliegen?«, fragte Waana zweifelnd.

»Das ist der Job von Manna. Sie wird bis zum Einschlag alle Daten so manipulieren, dass die *Instanz* erst Sekunden davor erkennt, was abgeht.«
»Bist du dir da sicher?«
»Nein, aber wir haben keine andere Wahl!«
Damit war das Thema abgeschlossen. Wir mussten auf die Fähigkeiten von Manna vertrauen. Mangels Alternativen und um die Angst zu ertränken, tranken wir die Flasche leer. Und nicht nur die. Granit zauberte noch eine zweite aus seinem Rucksack, die wir ebenfalls leerten. Es wurde dann doch ein lustiger Abend. In den Tagen danach dachte ich oft an die Unbeschwertheit dieser zwei, drei Stunden zurück. In Anbetracht dessen, was uns bevorstand, fragte ich mich, wann ich jemals wieder so feiern würde. Wenn überhaupt!
Die Zeit bis zum D-Day zog sich. Waana, Granit und ich machten uns jeden Tag auf den Weg, um in der Umgebung noch weitere Kämpfer zu gewinnen. Wie auch in den Wochen zuvor ein schwieriges Unterfangen.
Dann war es so weit: Der letzte Morgen vor dem D-Day brach an. Wir wussten, was wir zu tun hatten. Jeder von uns würde zu einem anderen Weiler gehen und den Bewohnern dort verkünden, dass wir am nächsten Morgen losschlagen würden.
Ich hatte ungefähr zwei Stunden Fußmarsch vor mir. Ich verabschiedete mich von Waana und Granit. Der drückte jedem von uns noch einen Trumpf in die Hand. Eine Kombination aus Walkie-Talkie und SMS-Messenger, die es uns ermöglichen würde, unter fast allen Umständen in Kontakt zu bleiben. Nur massive Störsignale, die auch die Kommunikation der *Instanz* behindern würden, könnten die Nachrichtenübertragung unterbinden. Das Abhören wurde durch eine End-to-End-Verschlüsselung verhindert. Das behauptete jedenfalls Granit.
Was macht man in einer solchen Situation? Man versucht, die Moral aufrechtzuerhalten, nimmt sich gegenseitig in den Arm, verspricht sich, dass alles gut gehen wird. Und

das in dem Wissen, dass es nicht die geringste Garantie dafür gibt.
Ich war noch keine hundert Meter weit gekommen, als mich Waana einholte.
»Otto, Otto!«
Verwundert drehte ich mich nach ihr um.
»Ich muss dir noch etwas auf den Weg mitgeben.«
In meinen Gedanken war ich so bei der morgigen Aktion, dass ich nicht so gar nicht auf den Gedanken kam, dass mich die Nachricht jetzt fast umhauen würde. Stattdessen grinste ich doof.
»Du Otto, ich muss dir noch was sagen.«
»Ja, was gibt es denn so Wichtiges, dass es keinen Aufschub duldet?«
»Ich bin schwanger.«
Das Grinsen verging mir schlagartig. Ich war absolut baff. Alles bekam jetzt eine neue, viel schwerere Bedeutung.
»Bist du dir sicher?«, brachte ich nach einer Ewigkeit heraus.
»Ja, natürlich«, kam es von Waana zurück.
Es wäre jetzt der Zeitpunkt gewesen, sie fest in den Arm zu nehmen, vor Glück zu strahlen und der werdenden Mutter zu versichern, dass ich ohne Vorbehalte hinter ihr stand. Wenigstens grinste ich nicht mehr. Glotzte nur noch blöde, unfähig zu reagieren.
Waana hatte es auch nicht erwartet und Zeit, um uns über die neue Perspektive in unserem Leben auszutauschen, hatten wir eh keine. Sie ließ mich wie einen Ölgötzen in der Landschaft stehen.
Auf dem Weg zur Siedlung raste mein Kopf. Ein Gefühl wurde vom nächsten überrollt. Freude und Furcht verdrängten sich in stürmischem Wechsel.
Als ich die Siedlung mit den Palisaden erreichte, hatte ich mich wenig beruhigt. Doch jetzt war es umso wichtiger, dass ich ohne Fehler funktionierte. Am Dorfeingang begrüßten mich wieder die Wachen und brachten mich

zum Dorfältesten. Der wirkte noch fragiler als beim letzten Mal.
Allen war klar, dass der Tag der Entscheidung gekommen war. Jeder löcherte mich mit Fragen. Die Erwartungen waren riesig.
Vorbereitet war dagegen nichts. Wie die sich das vorstellten, mit einer Steinzeitarmee eine hoch gesicherte, mit High-Tech überwachte Zone einzunehmen, war mir schleierhaft. Was sollte die schiere Masse gegen Maschinengewehre, Granaten und Elektrozäune ausrichten?
In mir stiegen wieder die Zweifel auf, die ich schon die ganze Zeit gehegt hatte. Doch es gab kein Zurück mehr. Der Meteoritenschauer des in der Erdatmosphäre zerlegten Asteroiden blieb die einzige, wenn auch minimal erscheinende, Chance auf eine lebenswerte Zukunft mit Waana.
Als erstes schickte ich die Kuriere zu den anderen Siedlungen los. Sicher bestand ein Restrisiko, dass etwas zur *Instanz* durchsickerte, aber wir mussten es eingehen. Wir hatten es bei einem Besuch von Manna und Granit angesprochen. Unsere Hoffnung war, dass die *Instanz* die Warnung nicht ernst nehmen würde, selbst wenn sie von der Sammlungsbewegung Wind bekam. Sie interessierte sich Null für das Draußen, war felsenfest davon überzeugt, dass sie jeden Versuch eines Übergriffs am Grenzzaun zurückschlagen könnte.
Auch als die letzte Nacht vor dem D-Day anbrach, ließ ich mit meinen Bemühungen nicht nach. Stattdessen rannte ich wie von der Tarantel gestochen im Dorf umher und schwor die Bewohner auf einen Abmarsch in aller Früh ein. Mahnte an, noch ein bisschen zu schlafen, sich noch mit Vorräten auszustatten und nützliche Werkzeuge, soweit vorhanden, zur Mitnahme fertig zu machen. Auch suchte ich nach Leitern, die den Einstieg in die *grüne Zone* erleichtern sollten, fand aber nur unbrauchbare Steighilfen, die völlig wertlos gewesen wären. Viele nahmen ihre

Pfeile, Bogen, Speere, Äxte und Hämmer mit. Wie sinnvoll diese Waffen aus einer anderen Zeit wären, konnte ich nicht abschätzen. Zumindest förderten sie den Glauben daran, etwas ausrichten zu können. Ich dagegen sammelte alle Seile zusammen, deren ich habhaft werden konnte.
Nach und nach traf die Verstärkung aus den umliegenden Siedlungen ein. Es ging jetzt schon auf Mitternacht zu, aber an Schlaf war nicht zu denken. Viele der Neuankömmlinge hatte ich nie zuvor gesehen. Alle waren hochmotiviert, was aber nicht die geringste Garantie dafür war, dass sie geeignet waren, unser Vorhaben aktiv zu unterstützen. Einigen traute ich keinen Millimeter über den Weg. Sie würden mehr kaputt machen, als zum Erfolg der Aktion beitragen. Doch noch ließ ich sie das nicht wissen. Kurz nach dem erfolgreichen Eindringen in die *grüne Zone* würde ich sie unter dem Vorwand eines Spezialauftrags loswerden.
Ohne Unterlass rannte ich durch die Siedlung, im Versuch, den Haufen noch weiter auf Vordermann zu bringen. Zugegebenermaßen ein eher aussichtsloses Unterfangen, denn was würde ich in den letzten Stunden noch reißen können? Trotzdem gönnten mir die Umstände keine ruhige Minute.
Gegen drei Uhr morgens hatte ich Abmarschbereitschaft hergestellt. Als ich durch die Lücke in den Palisaden stapfte, trafen mich die ersten Regentropfen. Das Risiko konnte ich nicht eingehen. In Erwartung eines massiven Regenschauers befahl ich, umzukehren und in den Langhäusern Schutz zu suchen. Eine nasskalte Dusche konnten wir uns jetzt gar nicht leisten
Zehn Minuten später goss es in Strömen. Wir drängten uns in den Langhäusern und warteten sehnlichst auf das Ende des Gusses. Denn wir mussten weiter in Richtung der *grünen Zone*, durften unseren Einsatz nicht verpassen. Einer der Dorfbewohner stellte sich als Sam vor und meldete Bedenken an.

»Wenn das so weiterregnet, dann werden wir die *grüne Zone* nur schwer oder gar nicht erreichen!«

Ich musste ihm recht geben. Doch da wir über keine Regenkleidung verfügten, war unsere einzige Option zu warten. Die kalte Dusche hätte uns so unterkühlt, dass wir komplett handlungsunfähig gewesen wären.

Ich versuchte zu schlafen, schaffte es aber nur, für ein paar Minuten einzunicken. Nach einer Stunde hörte der Regen auf. Ich blies zum Aufbruch. Sam hatte wieder Bedenken.

»Der Bach, den du vor zwölf Stunden durchwatet hast, wird jetzt ein reißender Fluss sein. Jetzt ist da nichts mehr mit durchwaten. Im besten Fall können wir noch durchschwimmen.«

Ich erinnerte mich an das Flussbett, das ich achtlos durchquert hatte. Sicher, ich hatte mir nasse Füße geholt, aber den Bach keinesfalls als ernsthaftes Hindernis gesehen.

»Meinst du wirklich, dass der so schnell ansteigt?«, fragte ich zweifelnd.

Sam war sich sicher, aber wir mussten los, konnten nicht länger warten. Auch auf die Gefahr hin, dass es wieder wie aus Kübeln giessen würde.

Eine Stunde später zweifelte auch ich nicht mehr und stand reichlich dumm da. Was auf dem Hinweg noch ein höchstens knietiefer Bach gewesen war, floss jetzt als reißender Strom vor uns und war zum unüberwindlichen Hindernis geworden. Erst jetzt dämmerte mir, wie recht Sam gehabt hatte.

Sofort wurden Stimmen laut, umzukehren. Doch es gab keinen Weg zurück, wenn wir die Chance nutzen wollten, die nicht mehr wiederkehren würde.

Was ich jetzt gar nicht brauchte, war eine wenig zielführende Grundsatzdiskussion. Wir mussten einfach weiter in Richtung *grüne Zone*. Und das mussten wir so schnell wie möglich. Dumm nur, dass vor mir ein reißender Fluss toste und hinter mir etwa

zweihundertfünfzig hochmotivierte Kämpfer standen, die von mir erwarteten, dass ich sie da hinüberbrachte. Sam rettete die Situation. Allerdings nicht, ohne mich zuvor ein paar Minuten planlos vor der ganzen Mannschaft stehen zu lassen.
»Otto, wenn wir ein, zwei Kilometer flussabwärts gehen, dann kommen wir an eine Stelle, an der sich der Fluss zu einer Au auffächert. Da sind die einzelnen Flussläufe nicht so tief und reissend. Vielleicht schaffen wir es dort.«
Ich überlegte kurz. Besonders begeistert war ich nicht, aber die Idee war besser als weiter auf die Wassermassen zu starren, die da an uns vorbeischossen. Ich gab den Befehl flussabwärts zu marschieren. Die Meute folgte mir.
Nach ungefähr einer Dreiviertelstunde hatten wir die Au erreicht. Sam hatte die Stelle gut beschrieben. Was eben noch als tosender Strom neben uns her geflossen war, ergoss sich, soweit man das in der Dunkelheit der Nacht erkennen konnte, in eine Au, in der sich der Fluss in diverse Seitenarme auffächerte. Hier strömte das Wasser zwar noch mit einiger Kraft, war aber höchsten noch knietief.
Ich befahl, sich unterzuhaken und eine Kette zu bilden. Das sollte verhindern, dass jemand ausrutschte und an einer besonders reißenden Stelle abgetrieben wurde. Bei knietiefem Wasser eine der geringeren Gefahren, aber ich war mir sicher, dass die meisten meiner Mitstreiter nicht schwimmen konnten und in tieferem Wasser einfach absaufen würden.
Die Zeit drängte. Granit hatte vorausgesagt, dass es gegen sechs Uhr morgens die ersten Brocken regnen würde. Wenn wir dann nicht am Grenzzaun wären, dann würden wir die Chance verpassen, das Überraschungsmoment auszunutzen, wenn die ersten Brocken in der *grünen Zone* einschlugen. Denn dann wäre die *Instanz* erst mal damit beschäftigt, den Schaden zu erfassen und erste Maßnahmen zu ergreifen. Die Kräfte, die dadurch gebunden würden, könnte sie uns nicht sofort

entgegenwerfen, sobald sie bemerkte, was da wirklich passierte. Die erste Stunde nach den Einschlägen würde über Sieg oder Niederlage entscheiden. Sie würde darüber entscheiden, ob sich etwas änderte oder ob unser Angriff gnadenlos zurückgeschlagen würde.

Ich trieb meine Einheit zur Eile an. Wir hatten jetzt drei Seitenarme überquert, waren klatschnass, machten uns aber zuversichtlich daran, den letzten zu durchqueren.

Da geschah es. Fast die ganze Truppe hatte schon den letzten Seitenarm passiert, da rutschte einer der letzten Männer aus. Eigentlich hätte ihn die Kette halten sollen. Doch es funktionierte nicht so wie gedacht. Durch den Ausrutscher gerieten alle in der Kette in Panik und setzten alles daran, sich aus der Umklammerung, der neben ihnen Marschierenden zu befreien. Dadurch kamen noch zwei andere Männer zu Fall.

Von denen kämpfte jetzt jeder nur noch für sich allein. Doch allein hatte sie kaum einer eine Chance gegen die Strömung. In dem verzweifelten Versuch sich zu stabilisieren hielten sie noch einige Augenblicke der Strömung stand, um dann unter lautem Wehklagen weggespült zu werden.

Wir anderen standen währenddessen entsetzt am Ufer und betrachteten hilflos das grausame Schauspiel. Doch keiner unternahm etwas, um die Menschen, mit denen man über Jahre zusammengelebt hatte, zu retten. Die Entschuldigung war einfach: Wir konnten eh nichts tun. Der Grund war aber ein anderer: Warum sich die Chance auf ein besseres Leben entgehen lassen, um sein eigenes zu riskieren?

Im Dämmerlicht des Sonnenaufgangs erreichten wir den Grenzzaun der *grünen Zone*. Der Ort unserer Sehnsucht lag friedlich vor uns. Nichts deutete auf einen Einschlag von Meteoriten oder eine Invasion des Heeres der Hoffnungslosen hin.

Wir hatten unseren ersten Informationsaustausch für sechs Uhr morgens vereinbart. Ich schaltete mein Walkie-Talkie-Telefon ein.
»Gruppe Otto ruft die Gruppenführer. Bitte kommen!«
Keine Antwort. Ich wiederholte meinen Ruf mehrere Male, doch ich bekam nur ein Rauschen. Um Strom zu sparen, setzte ich eine SMS ab.
»Wir haben die grüne Zone erreicht. Wir warten auf den Beginn des Schauers. Einer erfolgreichen Aktion steht nichts im Wege. Ich bitte um Rückmeldung.«
Obwohl ich das Gerät mehrere Male aus- und wieder einschaltete, blieben Waana und Granit mir eine Antwort schuldig.
War schon alles verloren?
Endlich setzte der Meteoritenschauer ein.

Kapitel 13: D-Day

1.2.2066

Das Schauspiel war einzigartig, als die ersten Brocken in der Atmosphäre sichtbar wurden. Was im ersten Moment noch wie eine mickrige Sternschnuppe aussah, entwickelte sich innerhalb weniger Minuten zu einem Feuerwerk, das keiner von uns so je erlebt hatte. Tausende von leuchtenden Feuerkugeln prasselten in allen Farben des Regenbogens auf uns nieder. Viele von ihnen zogen einen leuchtenden Schweif hinter sich her. Am faszinierendsten waren die Feuerkugeln, die schlagartig und immer wieder ihre Farbe wechselten. Meine Truppe und ich standen im Niemandsland und verfolgten gebannt das Naturschauspiel.

»Wir sollten in Deckung gehen. Wenn einer der Meteoriten hier in der Nähe einschlägt, dann wird es ganz schön ungemütlich.«

»Wo willst du denn Unterschupf finden? Wenn so ein Ding direkt über uns herunterkommt, dann macht es uns alle platt.«

Sam nickte. Diesmal hatte ich recht. Trotzdem befahl ich meiner Truppe, sich auf dem Boden abzulegen. Doch viele blieben wie die Ölgötzen stehen und glotzen fasziniert in den leuchtenden Abendhimmel.

Als kommandierender Offizier brachte mich das ziemlich in die Bredouille. Ich konnte mich kaum auf den Boden werfen, während meine Truppe noch strammstand. So brüllte ich jeden einzelnen an, dass er sich verdammt noch mal hinzulegen habe. Manche gingen wenigstens in die Knie. Mit der Truppe wollte ich gegen die *Instanz* anrennen und ihr den Garaus machen. Otto, was ist nur aus dir geworden?

Die ersten Einschläge veränderten das Verhalten meiner Truppe buchstäblich schlagartig. Der erste Treffer ging direkt in der grünen Zone nieder. Was eben noch eine begrenzt leuchtende Feuerkugel gewesen war, erhellte die

Nacht mit einem Mal taghell. Ich zählte bis fünfzehn. Dann erreichte uns die Druckwelle. Der Knall ohrenbetäubend.
Jetzt verstand auch der letzte Mohikaner, dass es sich hier nicht um ein paar harmlose Knallfrösche handelte. Während in der *grünen Zone*, aber auch um uns herum, weitere Einschläge aufloderten, warf sich meine Truppe in die Horizontale.
»Mund auf und Ohren zuhalten!«, brüllte ich.
Weitere Einschläge folgten in enger Kadenz. Meine Truppe und ich lagen im feuchten Matsch des Niemandslandes vor dem Grenzzaun. Immer wieder krachte und blitzte es um uns herum. Die Detonationen drückten ordentlich auf das Trommelfell.
Mich meiner Führungsposition besinnend, erhob ich mich etwas, um mir einen Überblick über die Lage zu verschaffen. Überall um uns herum stieg Rauch auf. Die *grüne Zone* schien ordentlich was abbekommen zu haben. Gut so!
Genau in diesem Moment traf mich und meinen Optimismus eine Druckwelle wie ein Vorschlaghammer. Unfähig ihr auch nur im Ansatz etwas entgegenzusetzen, legte ich mich unsanft auf den Boden. Auch gut! Denn es lehrte mich, erst mal liegen zu bleiben, bis das Bombardement ein Ende finden würde.
Dieses währte noch etwa zehn Minuten. Dann schlug die letzte Feuerkugel aus dem All ein. Bald stieg mir ein beißender Brandgeruch in die Nase, der das Inferno um uns herum erahnen ließ.
Mühsam drückte ich mich hoch. Um mich herum stand die Welt in Flammen. An unzähligen Stellen loderten sie haushoch.
Ich verschaffte mir einen Überblick über meine Truppe. Die lag um mich herum im Matsch, schien aber unversehrt. Jetzt hieß es, die Gunst der Stunde nutzen.

»Alle aufstehen, es geht los!«, brüllte ich in die Rauchschwaden der Nacht. »Haben wir Verluste? Hat es jemanden erwischt?«
Keine Reaktion, meine Kämpfer waren starr vor Schreck. Wut stieg in mir auf.
»Los, ihr faulen Memmen! Wollt ihr hier liegen bleiben, bis sie uns niedermetzeln?«
Nur langsam kam Bewegung in die verschreckte Truppe. Ich rannte umher wie ein rasender Derwisch und packte jeden erbarmungslos am Schlafittchen, der sich nicht in der Vertikalen befand. So manches riss.
In der *grünen Zone* stieg weiter der Rauch auf. An vielen Stellen loderten Feuer. Versuche der *Instanz* den Schaden einzudämmen, bemerkte ich keine. Dafür war es jetzt noch zu früh. Doch für uns lief die Zeit. Lange würde es nicht dauern, bis die Zone sich organisierte. Wenn auch ganz anders, als wir uns das vorgestellt hatten.
»Los jetzt, das ist unsere Chance. Alle Marsch in Richtung Grenzzaun!«
Jetzt kam zum ersten Mal Bewegung in die Truppe. Das Ziel aller Träume schien mit einem Mal erreichbar. Die ersten Schritte waren zögerlich. Dann rannte jemand los und einer nach dem anderen tat es ihm gleich, bis schließlich die ganze Meute losstürmte. Ohne jegliche Intervention von drinnen erreichten wir den Grenzzaun. Der etwa fünf Meter hoch, nur aus einfachem Maschendraht bestehend.
»Die Seile raus! Ich brauche Freiwillige, die hinaufklettern und die Seile oben an den Pfosten befestigen.«
Ungefähr dreißig Freiwillige meldeten sich, unter ihnen Sven und auch mehrere der Chaoten. Ich wählte ihn und zwei junge Frauen aus, da ich hoffte, dass sie das Risiko einigermaßen richtig einschätzten. Sofort machten sie sich mit je einem Seil bewaffnet daran, den Grenzzaun zu erklimmen.

Aber nicht nur sie. Mehrere von den Chaoten machten ebenfalls Anstalten das Hindernis aus Maschendraht zu besteigen. Ich hätte kotzen können.
»Was soll das? Kommt sofort da runter!«, brüllte ich aus Leibeskräften.
Nur wenige gehorchten meinem Befehl. Ich nahm ein Gewehr vom Rücken, entsicherte es und drückte ab. Der Schuss zerriss die relative Stille der Nacht.
Ich hatte das bessere Argument. Die Chaoten setzten sich wieder Richtung Boden in Bewegung. Nur zwei Oberchaoten waren nicht zu bremsen. Für mich der willkommene Anlass, ein Exempel zu statuieren. »Letzte Warnung«, schrie ich, zählte innerlich bis drei und drückte ab.
Zwei Körper fielen aus etwa vier Metern Höhe vom Zaun. Die Aufschläge dumpf, die Meuterer tot, die Message deutlich. Sam und zwei Frauen hatten den Zaun inzwischen erklommen und blickten mich von oben verängstigt an.
»Macht die Seile fest! Ich habe euch nicht im Visier!«, schrie ich, hoffend, dass die armen Schweine mich da oben hörten. Damit wandte ich mich an meine Truppe.
»Ich hoffe, jeder hat die Lektion verstanden! Disziplin ist jetzt das Einzige was zählt. Jede Form der Befehlsverweigerung wird ab jetzt mit dem Tode bestraft.«
Die meisten meiner Kombattanten nickten. Wie das laufen würde, wenn sie erst mal Waffen in den Händen hielten, darüber wollte ich jetzt nicht nachdenken.
Die drei im Zaun ließen die zusammengestückelten Seile herab und kletterten herunter. Allerdings auf der inneren Seite, was so nicht ausgemacht gewesen war. Auch ohne ein Wort von mir griffen etwa gleich große Gruppen die Seile und machten sich bereit zu ziehen. Auf mein Kommando riss jeder Trupp an, was das Zeug hielt. Mit jedem »Hauruck« senkten sie die Spitzen der Pfosten weiter. Die Stimmung dagegen stieg.

Im selben Moment, als der erste Pfosten wegknickte, kamen wir unter Beschuss. Nicht etwa von Ordnungskräften aus der Zone, sondern von Gestein aus dem All.
In etwa hundert Metern Entfernung hatte ein Meteorit eingeschlagen. Sehr groß konnte er nicht gewesen sein, denn sonst wäre von uns nichts mehr übriggeblieben. Die Wucht des Einschlags erwies sich jedoch als brachial. Die Erde bebte. Meine Truppe und ich kriegten eine massierte Ladung von Trümmerteilen ab. Mich traf ein wachteleigroßer Kiesel an der linken Schulter. Das Steinchen warf mich fast um und es fühlte sich so an, als hätte mir jemand die ganze Schulter herausgerissen. Ich jaulte wie ein Straßenköter.
Einige von meinen Leuten kamen nicht so glimpflich davon. Sie lagen am Boden und krümmten sich vor Schmerzen.
Noch war ich handlungsunfähig. Starrte auf das Stückchen Erde mit dem umgeknickten Zaun, auf dem sich eben noch meine Truppe bereitgemacht hatte, die *grüne Zone* zu stürmen. Jetzt aber lagen meine Männer und Frauen im Acker und so mancher wand sich vor Schmerz. An den Sturm auf die Zone war nicht zu denken.
Ich war in die Knie gegangen und versuchte schwer atmend den bohrenden Schmerz in meiner linken Schulter zu verdrängen. Die Weile, die ich da so hockte, war eine gefühlte Ewigkeit.
Doch jetzt nur nicht schwächeln. Wir mussten weiter, das Überraschungsmoment nutzen. Ich befahl denen, die nichts abbekommen hatten, die Schwerverletzen einzusammeln.
Jetzt bot sich mir die einzigartige Möglichkeit, die Chaoten in der Truppe loszuwerden. Alle Typen, von denen mir Unheil schwante, kommandierte ich dazu ab, bei den Verwundeten zu bleiben. Ich log, dass sich die Balken bogen.

»Leute, ihr kümmert euch um die Verwundeten. Tragt sie ein, zwei Kilometer von der Zone weg. Gewährt ihnen jede erdenkliche Unterstützung. Sobald wir drinnen Fuß gefasst haben, führen wir euch nach, damit alle die medizinische Versorgung bekommen, die sie benötigen.«
Ich ging davon aus, dass ich von dem Haufen, den ich zurückließ, niemanden mehr lebend zu Gesicht bekommen würde. Der *Instanz* würde das Loch im Zaun nicht lange verborgen bleiben und sie würde alles daransetzen, das Loch zu schließen und die Verursacher zu eliminieren.
Für umso wichtiger hielt ich es, meine verbleibenden Kräfte zum entscheidenden Schlag zu führen. Ich trieb sie zur Eile an.
Über den umgeknickten Zaun drangen wir in die *grüne Zone* ein. Normalerweise hätten uns jetzt bewaffnete Drohnen aufhalten müssen. Doch von denen keine Spur. Die Einschläge hatten den gewünschten Überraschungseffekt gehabt.
Meine Uhr zeigte kurz vor acht. Genau jetzt tat sich ein Zeitfenster für die Kontaktaufnahme mit den anderen Stoßtrupps auf. Im Laufen schaltete ich das Walkie-Talkie ein.
»Gruppe Otto ruft die Gruppenführer. Bitte kommen!«
Zehn Minuten lang wiederholte ich den Ruf. Keine Antwort. Ich machte mir Sorgen. Waren Waana und Granit aufgerieben worden?
Wir erreichten schon die ersten Ausläufer einer urbanen Ansiedlung. Weder Roboter noch Androiden und biologische Menschen waren auf der Straße auszumachen. In einiger Entfernung brannte ein größeres Gebäude, doch von Löschmaßnahmen keine Spur. Eine SMS im schnellen Schritt abzusetzen, gelang mir nicht, ich vertippte mich dauernd. Ich hielt die ganze Truppe an und schrieb:

»Sind sind auf dem Weg zur Fabrik. Positiv: Kein Widerstand. Bitte Erhalt bestätigen und Lagebericht durchgeben.«
Sam kam zu mir.
»Du Otto, die fangen schon mit dem Plündern an!«
Aus dem Augenwinkel sah ich, wie eine Gruppe von mehreren meiner Leute dabei waren, in ein Ladengeschäft einzudringen. Ich drückte Sam meine Pistole in die Hand.
»Übernimm du die Führung. Du weißt, wo wir hinmüssen. Ich kümmere mich um die Idioten.«
Sam nickte.
Die Plünderer hatten die Tür des Ladens eingetreten. Einer von ihnen war schon dabei, sich in die Geschäftsräume zu quetschen. Die anderen sahen mich voll böser Vorahnung auf sich zukommen.
»Los, weg da!«, schnauzte ich sie an. »Habe ich irgendwas von plündern gesagt?«
Der Lauf meines Gewehres senkte sich.
»Aber Otto, das ist ein Elektronikmarkt. Da sind ganz viele Sachen drin, die wir dringend brauchen. Es dauert auch nicht lang!«, sagte einer der noch Außenstehenden und machte Anstalten sich ebenfalls durch den Spalt in der Tür zu quetschen.
Ich war wieder ganz der Alte, reagierte wie es mir mein Drill in einer solchen Situation vorschrieb. Der Typ vor dem Laden war für mich kein Mensch, auch kein Untermensch mehr, sondern nur Befehlsverweigerer.
Er bezahlte es mit dem Leben. Ohne jede Gefühlsregung jagte ich ihm eine Kugel in den Thorax und zwischen die Augen.
Die anderen nahmen die Warnung umso ernster. Sie stoben auseinander und suchten das Weite. Ich näherte mich mit dem Gewehr im Anschlag der aufgebrochenen Tür.
»Komm da raus, du Arschloch! Sofort und mit leeren Händen. Ansonsten mache ich dich auch alle.«

Ich hörte, wie der Mann drinnen die Schätze, die er rauben wollte, fallen ließ und sah, wie er sich mir näherte. Als er seinen toten Kumpel erblickte, fiel ihm die Kinnlade herunter. Totenbleich drückte er sich durch den Spalt in der Türe.
»Sag mal, du tickst doch nicht ganz richtig«, gab er völlig perplex von sich.
»Aufschließen und keine Faxen mehr machen!«, fertigte ich ihn ab. Er gehorchte wortlos.
Doch irgendwo hatte er recht. Ich fühlte rein gar nichts. Ich war nur darauf programmiert, den Einsatz mit allen Mitteln zu einem erfolgreichen Abschluss zu bringen. Irgendetwas konnte mit mir nicht stimmen. Dafür hatte ich aber jetzt gar keine Zeit. Ich schloss zu den überlebenden Plünderern auf und setzte ich mich wieder an die Spitze meiner Truppe.
Wir passierten mehrere brennende Gebäude, wie durch massive Bombeneinschläge zertrümmert, aber menschenleere Straßen. Über uns konnte ich zu meiner Erleichterung keine Drohnen ausmachen. Die Sonne war aufgegangen. Strom schien es in der *grünen Zone* nicht mehr zu geben. Ein gutes Zeichen, die Einschläge mussten erhebliche Schäden an der Infrastruktur hervorgerufen haben. Nur warum uns keine biologischen Menschen begegneten, verstand ich nicht.
Ich wusste genau, wo ich hinwollte. In der Zone gab es an drei Punkten Einrichtungen, an denen man größere Mengen an Waffen abgreifen konnte. Mein Ziel war ein Werk für Wehrtechnik, in der Androiden mitsamt ihrer Bewaffnung hergestellt wurden. Meine Truppe, außer Sam, wusste nichts davon, sollte sie auch nicht.
Auch auf dem weiteren Weg zur Waffenfabrik begegnete uns kein einziges Fahrzeug, kein Android oder biologischer Mensch stellte sich uns in den Weg. Noch überraschender und ermutigender war die Tatsache, dass sich keine einzige Drohne in der Luft befand.

Das Wehrtechnikwerk lag in einem Industriegebiet, in das sich wegen seiner Hässlichkeit selten biologische Menschen verirrten. Auch hier massive Zerstörung, brennende Trümmerteile, aber keine Anzeichen von Versuchen der *Instanz*, dem Chaos Herr zu werden. Ich stoppte meine Truppe, nicht ohne den Hinweis, dass es jetzt um alles oder nichts ginge. Man solle sich bitte auf die Mission konzentrieren.
»Du hast ja noch meine Knarre«, sagte ich zu Sam gewandt. »Du versuchst jetzt herauszufinden, wie die Lage im Werk ist. Ob und von wem es verteidigt wird und wie wir am besten vorgehen.«
Sam hatte seine Zweifel daran, dass er der Richtige für diese Mission war.
»Ich kenne mich hier doch null aus. Wie soll ich die Fabrik als sie identifizieren?«
»Keine Sorge, mein Freund«, versuchte ich ihn zu beruhigen. »Den grauen Kasten erkennst du sofort. Er ragt hinter der nächsten Ecke unübersehbar auf.«
»Und was mache ich dann?«
»Dann suchst du dir einen Punkt, von dem du das Gelände einsehen kannst. Ich will wissen, wo wir auf Gegenwehr treffen. Und wie wir sie am besten ausschalten.«
»Meinst du nicht, dass du das besser selbst machst?«
Natürlich meinte ich das.
»Ich muss den Haufen hier im Auge behalten. Sobald die außer Schussweite meines Gewehrs sind, gehen die doch sofort stiften.«
»Noch irgendwas, was ich wissen muss?«
»Lass dich nicht spotten!«
»Ich bin ein Mensch von draußen. Wenn wir etwas können, dann unsichtbar bleiben..«
Ich hoffte inständig, dass dem so war. Sam versuchte zu lächeln. Es wurde nur eine müde Grimasse. Sich meine Pistole in den Hosenbund schiebend machte er sich auf den Weg.

Sobald er hinter der nächsten Ecke verschwunden war, fuhr ich das Walkie-Talkie hoch. Ich hoffte inständig, jetzt endlich Nachrichten von Waana und Granit zu finden und mir ein besseres Bild von der Lage machen zu können.
Doch ich wurde enttäuscht. Ein Blick auf die Uhr zeigte mir außerdem, dass es keinen Sinn machen würde, einen Funkspruch abzusetzen. Meine beiden Mitstreiterinnen wären keinesfalls auf Empfang. Ich setzte noch eine weitere Nachricht ab:
»Gruppe Otto erbittet dringend Lagebericht. Wir haben das Wehrtechnikwerk erreicht. Die Erstürmung steht kurz bevor. Das nächste Funkfenster um 1800 bitte unbedingt wahrnehmen!«
Dann hieß es auf Sam warten. Die Stimmung um uns herum war weiterhin gespenstisch. Die Sonne war inzwischen aufgegangen. Am Himmel stiegen weiter Rauchschwaden auf, der Gestank war bestialisch. Ein jeder hielt sich den nächstbesten Fetzen, dessen er habhaft werden konnte vor die Nase, um das Kratzen im Rachen etwas abzumildern.
Sehnsüchtig erwarteten wir die Rückkehr unseres Spähers. Der ließ aber auf sich warten. Ich war kurz davor, weitere Kundschafter auszuschicken, als er endlich wieder auftauchte.
Die gesamte Anlage werde nur von zwanzig bis dreißig biologischen Polizeikräften gesichert. Androiden, soweit er sie überhaupt ausmachen hätte können, seien zwar vor Ort, aber nicht einsatzfähig. Er habe den Eindruck, dass sie von der Kommunikation mit der *Instanz* abgeschnitten seien. Damit wären sie handlungsunfähig und würden keine Bedrohung für uns darstellen. Ich konnte mein Glück kaum fassen.
»Wie checken sie die Lage um das Werksgelände herum?«
»Zwei weibliche Posten sind auf dem Dach in Position gegangen. Sie sind mit Ferngläsern und Sturmgewehren bewaffnet. Die Ferngläser nehmen sie ab und zu in die Hand, um die Umgebung abzusuchen, die Waffen rühren

sie aber nicht an. Ab und zu kommt einer, der Meldung macht, herauf, um dann nach kurzer Zeit wieder im Gebäude zu verschwinden. Die weiteren Verteidiger haben sich im Erdgeschoss des Gebäudes verschanzt. Soweit ich sehen konnte, sind sie ausschließlich mit Schnellfeuergewehren bewaffnet. Es schaut so aus, als würde der Melder dann den Leuten auf dem Werksgelände den Lagebericht persönlich überbringen. Die Kommunikation scheint vollständig Mund zu Mund zu erfolgen.«

»Bei denen läuft gar nichts mehr?«

»Wenn du mich fragst, ja. Die sind völlig auf sich gestellt.«

Das klang besser, als ich zu träumen gewagt hätte. Ich fasste einen Entschluss.

»Okay, ich werde die beiden Polizistinnen auf dem Dach ausschalten. Von da, wo du sie ausgekundschaftet hast. Das ist für dich und die Truppe das Go. Sobald ihr die ersten Schüsse hört, ran an die Mauer, rauf auf die Mauer und das Gebäude stürmen. Ich gebe euch Feuerschutz, so gut es eben geht. Ich schalte so viele Schützen wie möglich im Gebäude aus. Während ihr sie mit eurer schieren Masse überrennt. Wichtig ist, dass alle gleichzeitig stürmen, sodass sie völlig überrumpelt werden.«

Sam überlegte einige Sekunden.

»Unsere Verluste werden dramatisch sein.«

Ich musste ihm zustimmen.

»Hast du einen besseren Plan?«

Den hatte er nicht. Ich machte mich auf den Weg zu dem Punkt, von dem aus Sam das Werksgelände ausgekundschaftet hatte. Einige Minuten später brachte ich mich dort in Position.

Vor mir lag das Wehrtechnikwerk. Ich drückte mich an eine Hauswand und hoffte hinter einer zerfetzten Markise nicht entdeckt zu werden. Die Entfernung zum Dach betrug etwa fünfhundert Meter. Die Posten darauf auszuschalten, würde über diese Distanz nicht einfach werden. Ich würde mein ganzes Magazin verschießen müssen, um sicher zu sein, dass ich mein Ziel erreichte. Wenn nicht sogar ein zweites.

Die Polizisten im Erdgeschoss verließen sich völlig auf ihre Posten auf dem Dach. Immer wieder sah man Gestalten an den Fensteröffnungen vorbeihuschen. Hier würde ich mein zweites Magazin sowieso versenken müssen.

Ich verfolgte, wie sich meine Truppe in den Seitenstraßen unter mir in Position brachte. Bedenklich stimmte mich die Bewaffnung meiner Leute. Pfeil und Bogen, Äxte und Hämmer gegen Schnellfeuergewehre.

Ich musste in Aktion treten. Lange würde es den Bewachern im Haus nicht entgehen, dass eine Horde Untermenschen, als die sie sie verstanden, sich bereitmachte, die Fabrik zu stürmen.

Meine Chance kam. Wieder tauchte der Meldegänger auf dem Dach auf, um sich von den Kundschafterinnen über die Lage informieren zu lassen. Alle allgemeingültigen Vorsichtmaßnahmen außer Acht lassend, die in Krisensituationen das A und O der Verteidigung sind, bildeten sie in der Mitte des Dachs ein Grüppchen, um sich in aller Ruhe über die Lage auszutauschen. Verunsicherung? Ignoranz? Nachlässigkeit? Ich konnte mir keinen Reim darauf machen. Musste ich aber auch nicht.

Ich überprüfte mein Dauerfeuer und atmete tief ein. In meinem Fadenkreuz konnte ich die drei gestochen scharf erkennen. Trotzdem war die Distanz herausfordernd. Doch es war nicht an mir, das Zeichen zum Angriff zu geben.

Eine Gruppe von über einhundert Menschen schleicht sich nicht unbemerkt an. Was es genau war, das den metallischen Knall auslöste, weiß ich nicht. Einer meiner Leute musste ein größeres Stück Blech so unglücklich angestoßen haben, dass es herunter- oder umfiel. Und gewaltig schepperte.

Die Dreiergruppe auf dem Dach zuckte erschrocken zusammen. Ich nutzte die Schrecksekunde, drückte den Abzug durch. Fünf Kugeln sprengten die Gruppe, die eben noch diskutierend auf dem Dach gestanden hatte.
Doch auf die Entfernung sind präzise Treffer schier unmöglich. Insbesondere wenn man drei Ziele im Visier hat. Der Meldegänger und eine Kundschafterin gingen zu Boden. Der Dritten im Bunde gelang es jedoch, sich in die Deckung eines Dachaufbaus in circa zehn Metern Entfernung zu retten.
Mein Puls raste. Ich war wieder der Alte, wieder der Jäger, dessen einziges und unzweifelhaftes Ziel es ist, seine Beute auszuschalten. Vier weitere Kugeln machten die schon Getroffenen komplett handlungsunfähig. Eine der Kundschafterinnen war jetzt zweifelsfrei tot.
Die Schüsse eröffneten wie besprochen den Sturm auf das Werksgelände. Aus meiner Position sah ich, wie Sam der Truppe befahl, das Gelände zu stürmen. Alle rannten jetzt in Richtung Mauer und machten sich daran, sie zu überwinden.
Doch auch im Gebäude waren die Schüsse nicht unbemerkt geblieben. Im Erdgeschoss brach hektische Aktivität aus. An mehreren Fensteröffnungen konnte man jetzt Schützen erkennen, die sich in Position brachten. Eine Vierergruppe, drei Frauen, ein Mann, stürmte aus dem Firmengebäude heraus, um auf Kabelrollen an der das Gelände umschließenden Mauer zu klettern und von dort den Bereich vor der Mauer mit ihren Gewehren zu bestreichen. Schon machten sie sich daran, das Feuer auf meine Leute vor der Mauer zu eröffnen.
Das wollte ich unbedingt verhindern. Ein Fehler! Jeder Sniper, der etwas auf sich hält, setzt alles daran, seine Schussposition zu verlassen, nachdem er seine Schüsse abgegeben hat. Ich wähnte mich jedoch zu sicher und feuerte die restlichen Kugeln aus meinem Magazin auf die Gruppe an der Mauer ab. Ich traf nur einmal, aber spätestens jetzt wusste jeder im Werk, wo ich mich befand.

Mich rettete nur die Distanz. Ich kam nicht mal dazu, das leere Magazin gegen ein volles zu wechseln, denn die Einschläge um mich herum kamen immer näher.
Mich auf das Einmaleins der Scharfschützen besinnend, robbte ich soweit ich konnte zurück. Hoffend, dass die da unten nicht über Raketen verfügten, um das Dach unter mir in Schutt und Asche zu legen.
Unten wurde der Gefechtslärm lauter. Ich wagte es jedoch nicht mehr, einen Blick auf das Werksgelände zu werfen. Stattdessen setzte ich alles daran, mich schnellstmöglich zu repositionieren.
Jetzt hätten meine Leute dringend meine Unterstützung gebraucht. Doch ich rannte die Treppe des Hauses herunter. Als sich das Haus durch den Hintereingang verließ, konnte ich deutlich weitere Schüsse und die Schreie der Verwundeten hören.
Doch wohin jetzt? Ich musste in eines der angrenzenden Gebäude kommen. Hektisch suchte ich die ausgestorbene Straße nach einer Möglichkeit ab, wieder in Schussposition zu kommen. Drei Eingänge weiter sah ich eine Tür offen stehen.
Würde mir das Gebäude die Möglichkeit bieten, aufs Dach zu kommen? Keine Ahnung! Die Schüsse, deren Widerhall ich hörte, führten mir ohne jeden Zweifel vor Augen, dass das Scharmützel noch in vollem Gange war. Ich, der kommandierende Offizier, stand hier, jeglicher Eingriffsmöglichkeit beraubt. Sollte ich zu meinen Leuten aufschließen und mich mit ihnen in den Kampf werfen? Ich setzte alles auf eine Karte. Hoffend in eine kampfentscheidende Schussposition zu kommen, hielt ich auf die Tür zu.
Im Haus angekommen, stürmte ich die Treppe hinauf, bis ins oberste Geschoss. Wenn ich jetzt keinen Weg aufs Dach fände, würde ich meinen Leuten keine Hilfe mehr leisten können.
Die Treppe endete in einem Korridor. Der wirkte in Anbetracht der Lage auf den Straßen unwirklich gepflegt.

Kein Fussel, nicht die geringste Verunreinigung auf dem farbenfroh gekachelten Boden.
Ich hatte die Wahl zwischen mehreren Türen. Ich ging davon aus, dass sie zu Wohnungen führten, die mir die Möglichkeit bieten würden, das Werksgelände wieder unter Beschuss zu nehmen.
Ich wählte die Tür, deren Lage mir am geeignetsten für mein Vorhaben schien. Ich ging etwa drei Meter vor dem Türschloss in kniende Schussposition, zielt auf den Schließzylinder und drückte ab. Meine Knarre klickte leer.
Ein Fehler, der einem routinierten Soldaten nicht unterlaufen darf. Ein unverzeihlicher Fehler, der mich das Leben hätte kosten können. Im Eifer des Gefechts hatte ich völlig verdrängt, dass ich mein Magazin leer geschossen hatte. Ich zeigte Nerven.
Fluchend wechselte ich das Magazin. Die drei Meter, die ich vom Türschloss entfernt war, erhöhten das Risiko, dass mich ein Querschläger träfe, beträchtlich. Doch die Zeit, die Tür mit Hilfe meines Gewehrkolbens aufzubrechen, blieb mir einfach nicht.
Wieder legte ich an und drückte ab. Der Lärm der Detonation des Pulvers und der auf dem Türschloss zerberstenden Kugel dröhnte mir in den Ohren. Doch ich hatte ins Schwarze getroffen. Da, wo vorher der Schließzylinder gesessen hatte, klaffte jetzt ein beachtliches Loch.
Die Tür kriegte ich deswegen natürlich nicht auf. Also nochmal in Schussposition, hoffen, dass mich kein Querschläger erwischte und erneut schießen. Wieder rumpelte es gewaltig.
Die Zeit drängte, wenn ich überhaupt noch ins Kampfgeschehen eingreifen wollte. Öffnen ließ sich die Tür immer noch nicht, denn der Riegel steckte immer noch im Türrahmen. Ein Schlag mit dem Gewehrkolben ließ ihn zwar weiter nachgeben, doch er klemmte immer noch im Schließblech. Weiteres Bearbeiten mit dem Gewehrkolben würde zu lange dauern.

Ich kniete mich ein drittes Mal in den Korridor. Legte an, drückte ab und traf. Spürte, wie ein Querschläger mich an der Backe streifte. Das Metall zischte wie eine glühende Rasierklinge über meine Haut. Doch die Tür sprang auf.
Ich tat es ihr nach und rannte in die Wohnung. Wie die meisten Wohnungen in der Zone, war sie der meinigen zum Verwechseln ähnlich. Wenn sich mir jemand entgegengestellt hätte, hätte ich keinen Moment gezögert, von der Waffe Gebrauch zu machen. Doch das war nicht notwendig.
Ich stürmte ins Schlafzimmer, riss das Fenster zur Straße auf, wobei eine Gardine schwer in Mitleidenschaft gezogen wurde. Wieder hatte ich einen Volltreffer gelandet. In einer Entfernung von etwa zweihundert Metern lag das Werksgelände vor mir. Dort tobte der Kampf. Meiner Truppe war es gelungen, die Polizisten, die sich an der Fabrikmauer postiert hatten, auszuschalten. Sie lagen von Pfeilen durchbohrt auf den Kabeltrommeln. Ihre Gewehre hatten sie abgeben müssen.
Doch der Preis dafür war hoch gewesen. Innerhalb des Fabrikgeländes lagen Dutzende meiner Leute und hatten ihren Mut mit dem Leben bezahlt.
Die Eroberung der Gewehre bedeutete einen entscheidenden Vorteil für uns. Die Verteidiger im Erdgeschoss befanden sich trotz ihrer waffentechnischen Überlegenheit in der Defensive. Der Raum zwischen Werksgebäude und Mauer befand sich jetzt nicht mehr unter ihrer vollständigen Kontrolle und sie waren im Gebäude festgesetzt.
Auf diese Veränderung der Lage hatten sie damit reagiert, dass sich fast die gesamte Mannschaft auf das Dach begeben hatte. Was mir eine einzigartige Chance eröffnete. Ich tauschte das angefangene Magazin gegen ein volles und legte an. Ich atmete noch einmal durch, um dann in enger Kadenz auf alles zu feuern, was sich in meinem Schussfeld befand. Schon das erste Magazin richtete ein Blutbad auf dem Dach an.

Für den Magazinwechsel tauchte ich unter dem Fenster ab. Ich hörte, wie das Kampfgeschehen draußen neue Dynamik entwickelte. Als ich mich wieder ins Fenster schob, sah ich, wie unten meine Leute, ermutigt durch das Chaos auf dem Dach, in Richtung Fabrikgebäude stürmten. Mit den erbeuteten Gewehren feuerten sie aus allen Rohren.

Ich setzte alles daran, die Gegenwehr vom Dach zu unterdrücken. Die Kugeln aus dem zweiten Magazin forderten erneut hohe Verluste unter den Verteidigern.

Unten schlugen die Angreifer Scheiben in Stücke und drangen ins Gebäude ein. Erdrückt von der Masse des Ansturms, gaben die im Erdgeschoss positionierten Verteidiger, sofern noch zur Reaktion fähig, ihre Positionen auf und zogen sich in höhergelegene Stockwerke zurück.

Während aus dem Gebäude Schreie und Schüsse zu mir nach oben drangen, rührte sich auf dem Dach nichts mehr. Ich überlegte, ob es Sinn ergab meine Position aufzugeben, entschloss mich aber dann auszuharren.

Im Gebäude weiter Kampflärm. Doch nach etwa zehn Minuten erreichten meine Leute das Dach. Hier versuchten noch drei Polizistinnen Widerstand zu leisten, wagten sich aus der Deckung hervor. Ein Feuerstoß aus meinem Gewehr besigelte die Erstürmung des Wehrtechnikbetriebes.

Wenig später war ich zurück bei meiner Truppe. Es herrschte eine vollkommen apathische Stimmung, die das Entsetzen der vergangenen Stunden reflektierte. Die meisten Kämpfer hockten auf allem, was sich bot, und starrten fassungslos ins Nichts. Keine Spur von Euphorie über das Erreichte, zu groß war die Erschöpfung.

Ich dagegen war immer noch voll auf Adrenalin. Rannte hektisch umher und versuchte mir ein detailliertes Bild der Lage zu machen. Im Keller des Werkes stieß ich auf die Waffenkammer und das Munitionsdepot. Unsere Opfer waren nicht umsonst gewesen. Ich stürmte los, um Sam

mit der Verteilung der Waffen zu beauftragen. Im Erdgeschoss traf ich auf eine Gruppe aus drei Frauen und zwei Männern. Auch ihnen waren die Strapazen des Kampfes ins Gesicht geschrieben. Neben ihnen lehnten die erbeuteten Sturmgewehre. Sie mussten die Hauptlast der erfolgreichen Erstürmung getragen haben.
»Weiß einer von euch, wo ich Sam finde?«
»Er ist draußen an der Mauer, dort wo die Schweine uns niederballern wollten«, antwortete mir eine der Frauen müde.
Ich setzte dazu an, nach draußen zu gehen, um mit dem tapferen Sam das weitere Vorgehen abzustimmen.
»Was willst du von ihm?«, fragte mich die Frau erschöpft und wartete die Antwort nicht ab. »Sam ist tot. Die haben ihn komplett durchsiebt.«
Sams Tod machte mich unendlich wütend. Jetzt in der Stunde des Sieges, wollte ich seinen Tod nicht wahrhaben. Doch mir durfte die Sicherung jetzt nicht durchbrennen. Zu viel stand auf dem Spiel.
»Wer hat die Pistole?«
Die Frau beugte sich in Zeitlupe ein Stück nach vorne und zog die Pistole aus ihrem Hosenbund im Rücken, hielt sie mir hin.
»Das Magazin ist leer. Die Kugeln stecken in den vier Schweinen, die uns an der Mauer aufhalten wollten.«
Ich konzentrierte mich darauf, zu funktionieren. Leicht fiel es mir nicht.
»Wie heißt du?«
»Iris.«
»Du wirst ab jetzt Sams Platz einnehmen.«
Iris schaute mich ohne jede Gemütsregung an.
»Du blutest an der Backe«, kommentierte sie die Beförderung schließlich.
Iris' körperliche Verfassung erschien mir weitaus besser als die der meisten Frauen von draußen. Sie war bei weitem nicht so mager wie viele der Frauen außerhalb der Zone. Fett oder Muskelmasse, sie wusste sich auf jeden Fall

durchzusetzen. Aus meinem Erste-Hilfe-Kit zog ich etwas Desinfektionsmittel, Tape und Verbandsmaterial und hielt es in die Runde.

»Kann das einer machen?«

Iris fiel es sichtbar schwer, sich vom Boden hochzudrücken. Sie griff sich die Sachen und verarztete mich. Kaum war sie fertig, wollte sie sich schon wieder ablegen. Das konnte ich nicht zulassen.

»Das ist der Plan: Du gibst jetzt die Waffen aus und sagst den Leuten, dass wir drei Stunden zum Ausruhen haben. Ich nehme Kontakt mit den anderen Gruppen auf und postiere Wachen.«

»Welche Waffen?«, fragte sie mich verständnislos.

»Die im Keller. Wir sind jetzt nicht mehr völlig wehrlos!«

Zum ersten Mal meinte ich, eine Regung in ihrem Gesicht zu bemerken.

»In drei Stunden stellst du Abmarschbereitschaft her!«

Sie nickte schweigend. Der Hauch von Optimismus in ihrem Gesicht war verschwunden.

Kapitel 14: Neue Fronten

2.2.2066

Der Plan für meine Gruppe war gewesen, nach dem Eindringen in die *grüne Zone* das Rechenzentrum der *Instanz* zu stürmen und sie so handlungsunfähig zu machen, wenn nicht gar völlig zu vernichten.

Der Weg dorthin ist weit, wenn man von draußen kommt, denn die geballte Intelligenz der *Instanz* hat sich mitten in der *grünen Zone* niedergelassen.

Da wir, selbst wenn die Einschläge ein ziemliches Chaos hinterließen, dort kaum unbemerkt hinkommen würden, hatte Otto mir einen Einstiegspunkt auf einer Karte der *grünen Zone* markiert. Dort sollten wir in die Unterwelt absteigen und unseren Weg dann durch die Kanalisation fortsetzen.

Vor Ort wäre die Strategie dann, mit gezielten Schlägen die Sicherheitsmaßnahmen zu unterlaufen und dank schierer Masse die Oberhand zu gewinnen. Der Gedanke war, dass der Widerstand durch die Einschläge und die hervorgerufenen Schäden starkt geschwächt wäre. Das Überraschungsmoment würde uns so in die Karten spielen, dass wir leichtes Spiel hätten. Eine Idee, die sich als falsch herausstellen sollte.

Wie auch die anderen Gruppen erreichten wir kurz vor den ersten vorausgesagten Einschlägen die grüne Zone. In der Morgendämmerung entfaltete sich vor uns dasselbe grausig-schöne Schauspiel, von dem auch die Überlebenden der anderen Gruppen berichten sollten.

Dann wurde es ungemütlich.

Einer der Meteoriten schlug in etwa zweihundert Metern Entfernung von uns ein. Die Wucht des Aufpralls

ließ den Erdboden unter unseren Füßen erbeben. Mancher von uns legte sich unfreiwillig hin.
Den Grenzzaun traf trotz des Beschusses jedoch keines der Geschosse aus dem All. Den Ort, an dem wir in die *grüne Zone* eindringen wollten, hatten wir so gewählt, dass wir es im Inneren nicht mehr so weit hätten. Folglich entschied ich, dass es das Beste sei, den Grenzzaun hier und jetzt zu überwinden. Was aber bedeutete, dass wir ihn niederreißen mussten.
Darauf waren wir vorbereitet, führten genug Seil mit und machten uns daran, die Pfosten, die ihn hielten, umzureißen.
Wie ich es geplant hatte, hatte sich Ila aus der Siedlung meiner Gruppe angeschlossen. Ihr vertraute ich am meisten. So hatte ich ihr die Pistole gegeben, die einzige Handfeuerwaffe, über die unsere Gruppe neben meinem Schnellfeuergewehr verfügte.
Jetzt hielt ich aber beide Waffen in der Hand, da Ila erstaunlich behändig den Grenzzaun hochkletterte, um an der Spitze eines Pfostens ein Zugseil zu befestigen.
Es formierten sich gerade zwei Mannschaften, als Granit sich in ein paar Dutzend Metern von mir aus dem Gebüsch schälte. Etwa fünfzehn weitere Kämpfer aus seiner Gruppe taten es ihm nach.
Als er näherkam, sah ich im Licht der Morgensonne, wie mitgenommen er aussah. Es war ganz und gar nicht geplant gewesen, dass er zu meiner Gruppe aufschloss.
»Granit, du hier?«
Seine Kleidung, wie auch die der anderen Mitglieder seiner Gruppe, war verdreckt. Und er war kreidebleich. Schwer atmend berichtete er: »Wir hatten den Punkt, an dem wir in die Zone eindringen sollten, relativ früh erreicht. Nach einer Weile tauchten am Himmel die ersten Feuerbälle auf. Und dann der eine. Der, der

rasend schnell immer weiter wuchs. Als wir erkannten, dass er direkt auf uns zukam, war es schon zu spät. Ich konnte gerade noch dazu aufrufen, sich schnellsten aus dem Staub zu machen, da schlug das Teil direkt neben uns ein. Die meisten von uns waren sofort tot. Ich selbst verlor bei dem Rumms das Bewusstsein. Unsere Gruppe wurde nahezu komplett aufgerieben. Zehn der Kameraden habe ich mit den Verletzen zurückgeschickt. Mit dem Rest schließe ich mich jetzt dir an.«

Das Häufchen geschlagener Krieger stand jetzt um mich herum. Die meisten von ihnen sahen noch mitgenommener als Granit aus. Ein herber Dämpfer für die Moral.

Doch das konnte ich nicht zulassen. Die Seile waren jetzt an den Pfosten befestigt, in der *grünen Zone* schien das Chaos zu herrschen und keine einzige Drohne war am Morgenhimmel auszumachen. Wir mussten einfach los.

»Das ist furchtbar, was euch da widerfahren ist, aber wir dürfen deswegen unsere Chance nicht vergeigen. Ihr reiht euch jetzt in meine Gruppe ein. Ich kann euch gut gebrauchen.«

Ich deutete auf die Rauchwolken in der *grünen Zone*:

»Wir werden ein leichtes Spiel haben!«

Granit schaute mich nur müde an. Müdigkeit war das, was ich im Moment am wenigsten gebrauchen konnte.

»Auf mein Kommando: Alle ziehen gleichzeitig an. Und los! Und los! Und los!«

Wenigstens einige der Leute an den Seilen, die uns aufmerksam beobachtet hatten, begannen rhythmisch zu ziehen. Als sie merkten, dass sich die Seile bewegten, fielen auch die anderen mit ein. Langsam knickten die Pfosten ab. Wenig später fiel der Zaun auf einer Länge von etwa zehn Metern.

Otto hatte mir den Weg zum Einstieg in die Kanalisation genau beschrieben. Bis dorthin waren es nur etwa fünfhundert Meter.
Ich packte Granit an der Jacke und zog ihn zu mir heran. Gemeinsam würden wir die Vorhut bilden. Dafür, dass niemand verloren ging, würde Ila sorgen, mit unserer Pistole bewaffnet.
Der Tross folgte Granit und mir, begierig, endlich die *grüne Zone* betreten zu können. Allerdings in einer Langsamkeit, die unser ganzes Unternehmen infrage stellen konnte. Ich trieb zur Eile an, was aber weitestgehend ignoriert wurde.
Nachdem wir den Grenzstreifen passiert hatten, führte unser Weg über eine Straße, die an beiden Seiten von Geschäften gesäumt wurde.
Die Straße lag absolute verlassen da. Nicht ein Mensch war zu sehen. Auch fuhr kein einziges Fahrzeug, auch kein autonomes. Kein Lichtlein brannte irgendwo. Das gesamte Leben in der *grünen Zone* musste zum Stillstand gekommen sein. Ich war mir nicht sicher, ob das ein gutes Zeichen war.
Kaum waren wir etwa einhundert Meter vorangekommen, hörte ich, wie eine Fensterscheibe klirrte. Dem geschlagenen Granit die Führung zu überlassen, war reichlich wagemutig, doch ich musste für Disziplin sorgen und sicherstellen, dass keiner von meinen Leuten sich mit ein paar erbeuteten Haushaltsgeräten vom Acker machte.
Ich stürmte in Richtung des Ladens. Ila stand schon vor der eingeschlagenen Scheibe. Einige der Möchtegern-Plünderer waren im Laden damit beschäftigt, wertvolle Beutestücke zusammenzutragen.

»Ich sorge dafür, dass hier niemand mehr reingeht. Du räumst drinnen auf. Dass mir all die Hanswurste da sofort wieder rauskommen.«

Ila nickte und stieg durch das Loch in der Scheibe. Ich postierte mich direkt davor und ließ keinen Zweifel daran, dass ich jeden, der noch den Versuch unternähme, ohne Rücksicht auf Verluste daran hindern würde.

Meine Kämpfer verlangsamten ihren Schritt und warfen mir fragende Blicke zu. Auch sie hätten sich drinnen gerne bedient.

Ich wiegte mich nicht lange in dem Glauben, dass Ila die Lage schon in den Griff kriegen würde. Ein Schuss aus dem Laden zerriss die morgendliche Stille der lahmgelegten Zone. Jetzt musste auch ich rein.

Drinnen hielt Ila die Plünderer mit der Pistole in Schach. Die Vier hielten die maximale Beute, die sie irgendwie noch tragen konnten, in den Händen. Und weigerten sich strikt, von ihr abzulassen.

Ich wurde richtig sauer: »Geht's noch? Habt ihr überhaupt nicht verstanden, worum es uns geht? Wir sind nicht hier, um zu plündern!«

Die vier schauten mich trotzig an.

»Wenn wir hier ein paar Sachen abgreifen, dann ...«

»Schnauze jetzt!«, brüllte ich und hielt einer Plünderin den Lauf meines Gewehres direkt unter die Nase. »Runter mit dem Krempel oder ich blase dir das Hirn raus!«

Die Frau starrte mich aus ihren weit aufgerissenen Augen voller Entsetzen an. Dann ging sie langsam in die Hocke. Ich folgte ihr mit dem Lauf des Gewehres. Schließlich legte sie Stück für Stück ihrer wertvollen Fracht am Boden ab, bis sie mit leeren Händen dahockte.

»Okay, raus mit dir! Die anderen machen das jetzt ganz genauso.«
Die machten das aber ganz und gar nicht. Stattdessen umklammerten sie ihre Schätze noch fester. Die Botschaft war vollkommen unmissverständlich: Ihr müsst uns schon erschießen, wenn ihr uns die Sachen abnehmen wollt.
Ila riss der Geduldsfaden. Diesmal ging der Schuss nicht in die Decke, sondern nur um Haaresbreite am linken Ohr einer Plünderin vorbei. Die Frau würde auf dem Ohr so bald nichts mehr hören.
Zumindest hatte sie verstanden, dass wir es ernst meinten. Es riss sie so, dass ihr alles, was sie an sich genommen hatte, aus den Händen fiel. In Bewegung setzte sich sich aber erst, als Ila ihr einen saftigen Tritt verpasste.
Die restlichen Plünderer begannen endlich, den Lauf meiner Waffe vor der Nase, in Richtung der kaputten Scheibe zu gehen. Schritt für Schritt legten sie ihre erbeuteten Schätze ab. Ich folgte ihnen in kurzem Abstand.
»Wenn ihr Idioten noch mal Ärger macht, dann fackeln wir nicht mehr so lange. Ab jetzt gibt es nur noch kurzen Prozess«, gab ich ihnen mit auf den Weg.
Wenn ich heute darüber nachdenke, warum das alles so schief lief, dann frage ich mich immer noch warum. So doof, dass ihnen nicht klar war, wie sehr sie unserem Einsatz mit ihrem Verhalten schadeten, waren meine Leute mit Sicherheit nicht. Nein, sie waren und sind ganz und gar nicht doof.
Ich sehe es heute so, dass sie von der Menge das Angebots und der einfachen Verfügbarkeit so überwältigt waren, dass sie der Versuchung einfach nicht widerstehen konnten. Die Jahre im Elend immer

mit der grünen Zone vor Augen ließen sie so nach diesen Schätzen dürsten, dass sie einfach nicht anders konnten. Menschen, die immer ins nächste Geschäfte gehen und einfach mal so ihre Bestellung bei Amazon absetzen konnten, werden das wohl nie verstehen. So ähnlich muss es einem Junkie gehen, wenn der nächste Schuss vor ihm liegt. Alles in ihm schreit dann danach. Und warum dann nein sagen, wenn man einfach zugreifen kann?

Während Ila bei der Gruppe blieb, die jetzt unfreiwillig die Nachhut bildete, stürmte ich an die Spitze des Zuges. Der war an einer Kreuzung zum Stehen gekommen. Granit wusste nicht mehr weiter. Otto hatte mir die Einstiegstelle genau beschrieben. Der Kanaldeckel, an dem wir einsteigen sollten, lag an der Ecke der Kreuzung, an der sich das »All Foodstuffs« befand. Er hatte mir versprochen, mich dorthin einzuladen, wenn der ganze Zauber vorbei wäre.

Das Anheben des Kanaldeckels wurde zum Akt. Alle drängten sich um ihn herum und meinten, das Ihrige dazu beitragen zu müssen, um ihn aus seiner Öffnung zu heben. Er rührte sich zwar, fiel aber immer wieder in seine Ausgangsposition zurück, da man sich ihn förmlich gegenseitig aus der Hand riss. Nach mehreren schmerzhaften Versuchen lag er dann doch neben der Kanalöffnung.

Wir hatten exakt dreizehn Fackeln für über hundertfünfzig Kämpfer. Die hatten wir aus Holzstöcken, Stofffetzen und allerhand Fettresten zusammengestückelt. Wie viele von den dreizehn Fackeln wie lange durchhalten würden, war nicht abzuschätzen.

Otto hatte mir genau erklärt, wie wir uns da unten zu orientieren hätten. Wir mussten uns immer an die

Markierung Z13-4a halten. Das war der Kanal, der direkt zum Rechenzentrum führte.
Mit der unruhig brennenden Fackel in der Hand, stieg ich als erste in die Unterwelt der *grünen Zone* hinab. Beim Einsteigen hatte sich, wie nicht anders zu erwarten, mein Gewehr im Einstiegsschacht verhakt. Die dicke Luft empfing mich wie ein Keulenschlag. Im Halbdunkel machte ich einige Ratten aus, die Reißaus nahmen. Ihre Augen funkelten im Schein meiner Fackel.
Der Kanal war etwa zwei Meter hoch, ein fast quadratischer Schacht. In dessen Mitte floss ein Rinnsal aus übelriechendem Abwasser. Krampfhaft hielt ich Ausschau nach einem Schild mit der Aufschrift Z13-4a, leuchtete mit der Fackel in alle Ecken und Winkel. Fehlanzeige! Oben wurden Stimmen laut.
»Was dauert das da unten so lange?«
»Ich suche die Kanalnummer.«
»Das passt schon, wir kommen auch runter.«
»Nein, wartet!«
Das taten sie nicht. Ein weiterer Fackelträger drängte von oben nach. Warum taten die Leute nicht, was man ihnen sagt? Zu übermächtig die Begierde, endlich etwas zu tun, endlich etwas zu verändern.
Endlich, nachdem ich den Kanal schon etwa dreißig Meter abgeschritten hatte, fand ich die erlösende Aufschrift Z13-4a auf einem Blechschild, das verrostet an nur einer Befestigungsschraube an der Wand hing. Hinter mir drängte die ganze Meute ohnehin schon in den Abwasserkanal. Granit schloss zu mir auf.
»Ich konnte sie einfach nicht mehr aufhalten«, entschuldigte er sich matt.
»Hast du ihnen eingebläut, dass der letzte den Kanal wieder hinter sich zu macht?«

Hatte er nicht. Die Schultern zuckend schlängelte er sich gegen den Strom der Nachrücker, um dafür zu sorgen, dass die Letzten den Kanaldeckel wieder in Position hoben.
Dutzende von freiwilligen Kämpfern durch einen Abwasserkanal zu lotsen, klingt einfach, ist aber fast ein Ding der Unmöglichkeit. Immer wieder wurde unser Tross durch die Suche nach der richtigen Kanalnummer an Abzweigungen, Hindernisse wie schwer überwindbare Stufen und versiffte Rückhaltebecken gestoppt.
Doch die Uhr tickte unaufhaltsam. Mit jeder Minute nahm meine Befürchtung zu, dass wir erst an unserem Ziel ankämen, wenn die *Instanz* die Lage schon wieder vollständig unter Kontrolle gebracht hatte.
Nach einem schier endlosen Stopp-and-Go hatten wir endlich den Ausstieg am Rechenzentrum erreicht. Ich erkannte dies anhand einer Kanalnummer, die mir Otto ebenfalls genannt hatte: Z12-2a.
An der Wand mit der Aufschrift war eine Leiter, deren Sprossen in der Form eines breiten »U« geformte Stangen aus Baustahl, die in die Wand eingelassen waren. Hier führte der Weg nach oben, direkt vor das Rechenzentrum.
Der Plan war einfach, zu einfach: In Gruppen von fünf bis sieben Männern und Frauen würden wir an der Oberfläche ausschwärmen und alles, was wir an datentechnischer Infrastruktur fänden, lahmlegen. Ila, Granit und ich sollten dafür sorgen, dass das auch einigermaßen koordiniert geschah. Dafür mussten wir zuerst das Gebäude des Rechenzentrums erstürmen. Das Pfand, mit dem wir am meisten hofften wuchern zu können, sollte wieder unsere schiere Masse sein.

Über klassische Sicherungsmaßnahmen wie Stahltüren, Gitter und Zäune verfügte das Rechenzentrum, der innerste Kern der *Instanz,* nur wenige. Warum auch? Schwer bewaffnete Drohnen schwebten normalerweise vierundzwanzig Stunden über dem Gebäude und extrem flexibel einsetzbare Roboterpolizisten würden jeden aufhalten, der sich unbefugt dem Gebäude näherte.
Wir nahmen an, dass wegen der Einschläge keine da wären und wir deshalb nur geringen Widerstand zu erwarten hätten.
Otto hatte den Ausstieg gut gewählt. Der lag in sicherer Entfernung vom Gebäude am Rande einer Grünanlage, sodass wir den Deckel würden lüpfen können, ohne große Aufmerksamkeit zu erregen.
»Wer kann den Kanaldeckel so anheben, dass nicht die ganze Stadt davon Wind bekommt?«, fragte ich Ila.
»Ich kümmere mich darum«, war die knappe Antwort.
Sie drängte sich im Kanal zurück, um geeignete Leute für die Aufgabe zu organisieren.
Es brannten nur noch fünf Fackeln. Die meisten meiner Gruppe standen im Dunklen. Die Fackel in meiner Hand würde auch bald heruntergebrannt sein. Die Versuchung, selbst hinaufzusteigen und mein Glück zu versuchen, war übermächtig. Doch ich riss mich am Riemen. Wir warteten. Das dauere verdammt lange, raunte mir Granit zu. So wie ich das im Halbdunkel erkennen konnte, war er am Ende seiner Kräfte. Endlich tauchte Ila mit zwei Männern aus dem Dunkel auf.
»Die beiden haben sogar ein bisschen Werkzeug dabei«, versuchte sich Ila für die Verzögerung zu entschuldigen.
»Ihr klettert jetzt da rauf, öffnet den Ausstieg vorsichtig und kommt dann wieder runter. Ihr steigt da keinesfalls raus.«

Die beiden bestätigten mir meinen Befehl und machten sich auf den Weg nach oben. Für uns andere hieß es warten. Meine Fackel musste ich ablegen, sie war so nah an meine Hand heruntergebrannt, dass ich es nicht mehr aushielt. Sie glomm noch schwach am Boden, ihre Leuchtwirkung ging gegen Null. Oben im Schacht hörte ich ein Schlagen.

»Was macht ihr?«

»Das Teil klemmt!«, kam es von oben.

»Kriegt ihr es auf?«

»Wir arbeiten daran.«

Das taten sie. Von Oben hörten wir ein Klopfen und Hämmern. Dann wurde es plötzlich Licht. Nicht viel, aber doch merklich.

»Seid ihr durch?«, rief ich nach oben.

Keine Antwort. Ich rief nochmals. Wieder blieb meine Frage unbeantwortet. Auch Granit drängte sich jetzt unter den Schacht. Das Licht von oben blendete uns. Von den beiden keine Spur.

»Da stimmt was nicht«, sagte Granit und begann den Schacht empor zu klettern.

Ich tat es ihm nach.

Sobald er oben ausgestiegen war, hörte ich ihn fluchen.

»Habt ihr Tomaten auf den Ohren? Was war der Befehl? Ihr solltet nach dem Öffnen wieder runterkommen!«

Jetzt entstieg auch ich dem Schacht.

Die beiden standen wie verzaubert in der Landschaft und konnten kaum fassen, wo sie hier gelandet waren. Die *grüne Zone* lag ihnen blitzblank zu Füßen. Und das als Stillleben. Nichts rührte sich. Zwar wehte ein kühles Lüftchen, aber über uns hatte sich der Himmel in tiefstem Blau und ohne jedes Wölkchen aufgetan. Nichts rührte sich.

»Was sollen wir noch in der Kanalisation?«, rechtfertigte sich einer der Männer. »Ich habe das Stinkeloch satt. Und hier oben ist nichts und niemand!«
Ich musste ihm zustimmen. Die *grüne Zone* und auch das Rechenzentrum lagen völlig friedlich und verlassen vor uns. Auch mich lullte die sonnige Ruhe ein. Hinter mir stiegen weitere meiner Leute aus dem Schacht.
»Da stimmt was nicht!«, wiederholte sich Granit. »Da stimmt was ganz und gar nicht.«
Er sollte recht behalten. Plötzlich tauchten aus mehreren Seitenstraßen bewaffnete Trupps von Bewohnern der *grünen Zone* auf.
»Los, alle wieder runter!«, brüllte ich.
Das war das Zeichen für die Bewohner der *grünen Zone*, das Feuer zu eröffnen. Und meine Leute standen da wie auf dem Präsentierteller, konnten den Beschuss mangels Feuerwaffen nicht erwidern.
Um uns herum pfiffen die Kugeln aus den automatischen Gewehren unserer »Mitmenschen«. Sie hätten ein Blutbad unter meinen Leuten anrichten müssen, die am Boden liegend, Richtung Kanalschacht robbten. Doch unseren Gegnern fehlten Disziplin und die Ausbildung an der Waffe. Sie ballerten aus allen Rohren, vergeudeten Munition, aber trafen nur zufällig.
Granit und ich suchten Deckung hinter einer Parkbank. Kein besonders guter Schutz gegen den Kugelhagel, der auf uns einprasselte, aber in dem Chaos ausreichend.
Granit warf mir den Blick zu, der mehr sagte als tausend Worte. Militärisch koordiniert gingen wir aus der Hocke nach oben. Eine kurze Salve aus Granits Waffe mähte zwei der Angreifer wirksam um. Denn dadurch kriegten die angreifenden Bewohner der *grünen Zone* ohne »Wenn und Aber« mit, dass auch sie unter Feuer standen.

Nach der ersten Salve versenkte Granit direkte Einzelschüsse in den Flüchtenden. Ich zählte mit. Drei, zwei, eins und übernahm.
Um Munition zu sparen, schoss ich in weiter Kadenz. Ich wollte damit den Druck auf unsere Gegner aufrechterhalten und Granit mehr Zeit für den Magazinwechsel verschaffen. Das rettete mehreren Bewohnern der grünen Zone das Leben.
Denn Granit musste nicht mehr übernehmen. Sobald ich meine letzte Kugel verschossen hatte, trat die Stille von vor dem Sturm ein.
Von unseren Gegnern waren nur noch die zu sehen, die tot am Boden lagen. Die anderen hatten sich in Seitenstraßen geflüchtet und dachten nicht daran, ihr ewiges Leben für ein paar Kanalratten aufs Spiel zu setzen.
»Die warten auf die automatisierten Kräfte«, zischte Granit.
»Machen wir, dass wir hier wegkommen!«
Doch am Einstieg des Schachtes staute es sich weiterhin. Granit und ich positionierten uns in Gegenrichtung, um den gesamten Vorplatz im Auge behalten zu können. Jeden Moment konnte der Gegenangriff der automatisierten Kräfte kommen, die erkannt hatten, dass sie nicht auf ihre menschlichen Verbündeten zählen konnten. Der kam aber nicht. Beide Gewehre geschultert stieg ich den Schacht herab. Oben setzte Granit den Kanaldeckel auf. Unten machten wir, dass wir wegkamen.
Doch wir kamen nur tastend voran. Alle Fackeln waren verbraucht, wir hatten keine Lichtquellen mehr. Wie ein Zug Blinder, eine Hand auf der Schulter des Vordermanns, tasteten wir uns durch das Dunkel der

Unterwelt. Keiner konnte auch nur ahnen, wo wir hingingen.
Wir sammelten uns in einem Rückhaltebecken. Hier drang durch mehrere Einlassöffnungen in der Decke etwas Licht ein. Man konnte seine Mitstreiter wenigstens schemenhaft erkennen. Die Stimmung war am Tiefpunkt. Meine Leute erwarteten einen Befreiungsschlag von mir. Bloß wie sollte ich den führen?
»Ich werde Otto anfunken. Er wird uns sicher weiterhelfen können. Ruht euch erst mal aus!«
Leichter gesagt als getan. Zumindest war der Boden des Rückhaltebeckens trocken.
Ich schaute auf meine Uhr. Die zeigte halb sechs. In einer halben Stunde würde sich eines der vereinbarten Funkfenster öffnen, das mir vielleicht die Möglichkeit eröffnete, mit Otto Kontakt aufzunehmen.
Kurz vor sechs Uhr kletterten Ila und ich an einer Leiter in Richtung einer der Einlassöffnungen nach oben. Wir schoben den Deckel auf und sie spähte nach draußen.
»Nichts zu sehen, du kannst hochkommen.«
Ich kletterte hinter ihr an die Oberfläche. Wir befanden uns auf einer vierspurigen Straße, auf der normalerweise wahrscheinlich reger Verkehr herrschte. Doch jetzt lag sie komplett verlassen da. Kein einziges Fahrzeug war auszumachen und es ließ sich weder ein Roboter noch eine Menschenseele blicken. Nur ein Schild verkündete: »Ausfahrt 35: 200 Meter.«
Ich fuhr mein Walkie-Talkie hoch. Auf dem Display sah ich die SMS mit dem dringenden Aufruf, uns zu melden.
»Gruppe Waana ruft Gruppe Otto. Bitte kommen!«
»Otto hört, wo seid ihr? Over.«
Meine Erleichterung war grenzenlos, als ich Ottos Stimme im Äther vernahm.

»Zweihundert Meter vor Ausfahrt fünfunddreißig. Over.«
»Was siehst du? Over.«
»Hinter der Ausfahrt geht es eine Brücke hoch. Over.«
»Verschanzt euch unter der Brücke. Ich komme euch holen. Over and out!«
»Die werden uns auf dem Weg dorthin niedermetzeln. Ende.«
Otto war schon weg, der Äther blieb tot. Ich rief Granit nach oben und berichtete, was Otto angeordnet hatte.
»Das ist reiner Selbstmord. Wenn die uns auf dem Weg dorthin spotten, dann sind wir erledigt.«
Das sahen Ila und ich genauso. Wir einigten uns darauf, dass sie und ich uns bis zur Brücke vorarbeiten würden. Granit würde den Befehl vor Ort übernehmen.
»Kann ich deine Knarre haben?«, fragte Ila Granit.
Der schaute mich fragend an.
»Es macht Sinn. Wir wissen so gar nicht, was uns auf dem Weg zu Brücke erwartet. Du kannst hier auch mit der Pistole für Ordnung sorgen.«
Gern gab Granit das Schnellfeuergewehr nicht ab, doch es musste einfach sein. Jede Deckung ausnutzend, die sich uns bot, machten Ila und ich uns auf den Weg zur Brücke.

~

Ich hatte Iris das Kommando vor Ort übergeben. Mein Befehl lautete, das Wehrtechnikwerk um jeden Preis zu halten. Mit den neuen Waffen und der Munition waren wir jetzt wesentlich schlagkräftiger. Entlang der Mauer und auch auf dem Dach hatten wir Wachen postiert, die sofort jeden Angriff auf den Industriekomplex abschmettern würden.

Ich zog mit acht Freiwilligen los, um Waana und ihre Gruppe aus ihrer misslichen Lage zu befreien. Ich führte den Trupp an. In Abständen von fünfzehn bis zwanzig Metern marschierten wir in Richtung der Brücke, unter der ich hoffentlich auf Waana treffen würde.

Die Straßen lagen weiterhin menschen- und maschinenleer vor uns. Nichts, außer einigen Vögeln, Katzen und ein paar Zweigen, die sich im lauen Februarwind bewegten. Ansonsten marschierten wir durch eine Geisterstadt.

Nur einmal sahen wir in der Ferne eine aus drei Frauen bestehende Gruppe in den Trümmern des stark beschädigten Umspannwerks herumturnen. Als sie uns erblickten, suchten sie sofort das Weite.

Jetzt wurde mir einiges klar. Der Meteoriteneinschlag im Umspannwerk war ein Volltreffer gewesen. Er hatte die gesamte Energieversorgung der *grünen Zone* lahmgelegt. Ein Riesenglück für uns, denn deswegen hatte uns so wenig Widerstand erwartet.

Sicher, viele Systeme der Instanz liefen auf Batterie. Aber die entleerten sich rasch beim Versuch, die durch den Meteoritenhagel aufgeflammten Brände und die entstandenen Schäden einzudämmen. Trotzdem konnte ich mir nicht erklären, warum wir auf überhaupt keinen maschinellen Widerstand gestoßen waren. Wenig später, ohne jegliche Zwischenfälle, erreichten wir die Brücke, unter der Waana sich mit einer Kameradin hatte verschanzen wollen.

Gleich würde ich sie endlich wieder in die Arme schließen können. Seit wir uns draußen getrennt hatten, hatte ich jede Minute an Waana gedacht. Und an den Wahnsinn, den wir hier veranstalteten.

Auf einer Seite der Brücke führte eine Treppe zum Widerlager unter der Fahrbahn. Dort hatten sie sich eingenistet und hielten nach uns Ausschau. Im Fall des Falles hätten sie dort eine gute Position gehabt, um sich zu verteidigen. Mit ihren Gewehren hätten sie die Fläche unter der Fahrbahn weiträumig bestreichen können,

hätten aber auch jederzeit hinter den Betonblöcken, auf denen die Widerlager fußten, Deckung gefunden, sich jedoch auch hervorragend verteidigen können. So gut war ihr Versteck, dass ich sie beinahe übersehen hätte.
»Otto, hier sind wir!«
Wie ein pickliger Teenager rannte ich los. Musste einen beachtlichen Umweg machen, um auf die Brücke zu kommen, und dann wieder zu den Auflagepunkten herabsteigen. Die Treppe wäre ich fast heruntergefallen.
Unten angekommen konnte ich sie endlich in die Arme schließen. Wir waren wenig mehr als einen Tag getrennt gewesen, aber es durchströmte mich ein Glücksgefühl, das ich in den mehr als hundert Jahren meines Lebens so nicht gekannt hatte. Die Kameradin, die mir Waana später als Iris vorstellte, betrachtete die Szene mit kaum verhohlenem Unverständnis. Sie fragte sich sicher, was zwei solche Turteltäubchen hier im Kampfgebiet zu suchen hatten. Aber was war jetzt schon normal?
Auf dem Weg zurück zu ihrer Gruppe tauschten wir uns über die Ereignisse der vergangenen sechunddreißig Stunden aus. Die Tatsache, dass wir das Wehrtechnikwerk eingenommen hatten, erfüllte sie nach den erlittenen Niederlagen mit Zuversicht. Trotzdem blieb sie verunsichert.
»Otto, was geht hier vor? Warum ist hier niemand?«
»Ich verstehe es auch nicht. Doch was wollen wir mehr? Angesicht zu Angesicht hätten wir der *Instanz* nie gegenübertreten können. Sie scheint von jeglicher Stromversorgung abgeschnitten zu sein. Das reduziert ihre Fähigkeiten auf ein Minimum. Wer weiß, welche lebenswichtigen Einrichtungen noch getroffen wurden.«
»Du meinst, die *Instanz* ist komplett vernichtet?«
»Wünschen würde ich es mir, daran glauben kann ich nicht so recht.«

~

Als wir das Rückhaltebecken erreichten, die gute Nachricht überbrachten, war die Freude groß. Doch Otto mahnte zu Eile. Der Rückweg hielt noch einige Gefahren parat. Wir waren zwar jetzt besser ausgerüstet, aber hatten viel zu verlieren.

Gedeckt durch bewaffnete Kameradinnen und Kameraden traten wir den Weg Richtung Wehrtechnikwerk an. Um uns herum herrschte immer noch die ausgestorbene Stadt. Das änderte sich mit einem Schlag, als wir in einem Kilometer Entfernung von unserem Ziel in eine schmale Straße einbogen.

Auf beiden Seiten wurde die zweispurige Straße von vierstöckigen Wohnhäusern gesäumt. Sie waren großflächig mit grauen Platten aus Isolationsmaterial verschalt, die nur an manchen Stellen von Fenstern durchbrochen wurden.

Die vermeintliche Ruhe hatte uns unvorsichtig werden lassen. Ohne die geringsten Vorsichtsmaßnahmen bog die Truppe völlig tiefenentspannt in die Straße ein.

Kaum bevölkerten unsere Leute wie auf dem Präsentierteller die ganze Straße, wurde von den Dächern der umliegenden Häuser das Feuer eröffnet.

Jetzt war das Motto: Rette sich wer kann. Wir stoben kopflos auseinander. Ich rettete mich in einen Hauseingang auf der rechten Seite. Einfach, weil die Haustür weit offen stand. Otto folgte mir auf dem Fuße.

Wir stürmten die Treppe hinauf. Der Spurt bis in den vierten Stock kostete Kraft. Dabei hielten wir die Gewehre in Schussposition, was das Laufen erheblich erschwerte.

Der Aufgang zum Dach war leicht zu finden. Die Tür an dessen Ende war weder versperrt noch blockiert. Diese Unachtsamkeit kostete zwei Bewohnerinnen der *grünen Zone* das Leben. Während wir durch die Tür traten,

schossen sie ohne Unterlass auf unsere Leute auf der Straße. Otto schob mich unsanft zur Seite und feuerte vier Schüsse ab. Je zwei in die Köpfe und zwei in den Thorax. Die beiden Schützinnen hatten ihr Leben ausgehaucht, bevor sie am Boden lagen.
Wir stürmten zum Dachgeländer, um uns von oben einen Überblick über die Lage zu verschaffen. Die Fahrbahn war übersät mit den Leichen unserer Kameraden. Die Kadenz der Schüsse nahm aber nach und nach ab. Einige unserer Mitstreiter hatten die anliegenden Dächer erobert. Auf einem Dach bat noch jemand erfolglos um Gnade. Was hätten wir mit ihm anstellen sollen?
Zurück im Wehrtechnikwerk sicherten wir es, so gut wir konnten. Jeder von uns verfügte jetzt über ein Schnellfeuergewehr und mehrere volle Magazine. Angreifer von außen würden es schwer haben, das Werksgelände zu stürmen.
Unser Plan war etwas zu schlafen, um gestärkt zum Rechenzentrum aufzubrechen. Als wir uns am nächsten Morgen, ausgerüstet mit dem Proviant aus den umliegenden Supermärkten, auf den Weg machen wollten, stellten sich uns bis auf die Zähne bewaffnete Menschen aus der *grünen Zone* entgegen. Saßen wir jetzt in der Falle?
Die biologischen Bewohner der *grünen Zone* hatten sich jetzt besser organisiert. Über die nächsten Tage gelang es ihnen, jeden Versuch unsererseits aus dem Wehrtechnikwerk auszubrechen, zu unterbinden. Die Verluste waren nicht übermäßig, aber umso schmerzhafter. Unsere Leute starben einen sinnlosen Tod.
Krieg heißt meist Langeweile. Die Stimmung sackte ab, obwohl sich draußen nichts rührte. Doch wir konnten

nicht auf Hilfe hoffen, woher sollte die kommen? Wir beschlossen, unser Leben so teuer wie möglich zu verkaufen.

~

Trotzdem ging es mir gut, denn ich wusste, was ich tat. An meiner Seite immer Waana, die Freude meiner letzten Tage.
Ich erkundete vom Dach aus die Lage rund um das Werksgelände. In einiger Entfernung sah ich die Stellungen meiner ehemaligen Mitmenschen, nun meine erbittertsten Gegner. Warum machten die uns nicht den Garaus? Dann traute ich meinen Augen nicht.
Ein weißes Handtuch an einer Eisenstange schwingend rollte die unverwüstliche Amira auf das Werkstor zu. Völlig perplex brauchte ich einen Moment, um mich zu sammeln. Dann rannte ich die Treppe hinunter zum Werkstor. Durch eine antiquierte Schiebeöffnung, die ich mit dem Gewehrkolben zur Seite hämmern musste, nahm ich Kontakt mit ihr auf.
»Amira, was machst du hier?«
»Ich muss mit dir reden!«
»Schieß los!«, meine ich jovial, bis mir kam, was ich da sagte.
»Ihr werdet aus der Sache so nicht rauskommen.«
Das war mir klar.
»Sollen wir uns ergeben, damit uns unsere lieben Mitmenschen gnadenlos niedermetzeln? Vergiss nicht, ich war einer von ihnen.«
»Ach Otto, du alter Sturkopf, niemand wird hier niedergemetzelt. Wir wollen kein weiteres Blutbad!«
»Wer ist wir?«
»Die *Instanz* und ich!«
Das nahm ich ihr nicht ab.
»Du bist alles, was die *Instanz* zu bieten hat?«

»Nein, das bin ich nicht. Wenn du auf stur schaltest, dann wird sie dir vor Augen führen, über welche Ressourcen sie noch verfügt. Aber du wirst es nicht überleben.«
»Was schlagt ihr vor?«
»Friedensverhandlungen.«
»Über was sollen wir verhandeln? Darüber wie ihr uns außen vor zugrunde gehen lasst?«
»Nein. Die *Instanz* strebt ergebnisoffene Verhandlungen unter Beteiligung der Bewohner der *grünen Zone*, der *Instanz* und den Aufständischen an.«
Ich konnte es nicht glauben.
»Ist das euer Ernst?«
»Habe ich dich je belogen, Otto?«
Amiras Rechthaberei war mir zwar all die Jahre über gewaltig auf die Nerven gegangen, aber ich vertraute ihr.
»Hast du nicht. Also, was schlägt die *Instanz* vor?«
»Du und ein oder zwei weitere Verhandler. In zwei Stunden hole ich euch ab, bringe dich zum Verhandlungsort.«
»Wo ist der?«
»Im Rechenzentrum, eigentlich logisch!«
Ich dachte kurz nach. Viel Hoffnung hatte ich nicht, erwartete, wie ein Schuljunge abgekanzelt zu werden, aber den Versuch war es wert.
»Ich werde Meldung machen und dann komme ich zurück. Wird ein bisschen dauern, denn die Kommunikation über die üblichen Funkkanäle funktioniert nicht.«
Amira vollführte eine Hundertachtziggraddrehung und wollte schon davonrollen. Dann drehte sie sich nochmals um.
»Otto, eine Frage noch. Warum der ganze Zirkus? Ich versteh‘ dich einfach nicht. Du hattest doch alles. Ich war doch immer gut zu dir!«
Hörte ich da eine Spur von Enttäuschung in ihrer Stimme?
»Amira, es lag bestimmt nicht an dir!«
»An was dann?«

»Schwierig, sagen wir mal so: Was bedeutet ein endloses Leben im Paradies? Mir bedeutet es nichts. Das habe ich erkannt, als ich die arme Waana da vor mir liegen sah. Ich konnte so einfach nicht weitermachen. Und schon gar nicht ewig!«
Amira stand wie eingefroren vor mir.
»Du weißt doch, was ich getan habe«, fuhr ich fort. »Du weißt, was mein Job war: Wehrlose Menschen abknallen. Ich war ein erbarmungsloser Killer. Wie werde ich mit dieser Schuld jemals leben können?«
Amira regte sich immer noch nicht. Es hatte den Anschein, als würde sie nachdenken.
»Liebst du sie?«
»Ich liebe sie mehr als alles andere auf der Welt!«
Amira verharrte regungslos vor mir. Dann war ihr Ton nur noch strenge Rüge.
»Otto, ich habe es immer gewusst. Du bist und bleibst ein hoffnungsloser Romantiker! Und jetzt ist die Kacke am Dampfen. Wo ich doch alles Menschenmögliche getan habe, um dich vor solchen Dummheiten zu bewahren!«
Sie drehte sich um und rollte davon. Ich schaute dumm durch das Guckloch dem weißen Handtuch hinterher, wie es da schlaff am rollenden Meter hin. Ich fürchte, ich habe sie wahnsinnig enttäuscht.

Kapitel 15: Friedenskonferenz

3.2.2066

Amira brauchte mehr als drei Stunden, um ihren Weg zu uns zurückzufinden. Ich traf sie wieder am Tor.

»Hallo Amira. Was sagt die *Instanz*?«

Amira hatte schon mal bessere Laune gehabt.

»Jetzt hör mir mal zu, mein lieber Otto. So fangen wir gar nicht erst an. Um eins klarzustellen: Wenn hier etwas verhandelt wird, dann keinesfalls über die Köpfe der Menschen in der *grünen Zone* hinweg. Oberstes Ziel ist und bleibt der gesellschaftliche Dreiklang!«

»Den habe ich doch gar nicht infrage gestellt. Mir ging es nur darum, ob die Friedenskonferenz stattfindet oder nicht.«

Mir war jetzt wirklich nicht nach Grundsatzdiskussionen zu Mute.

»Deinen süffisanten Unterton habe ich nicht überhört. Ich kann dich beruhigen, die Friedenskonferenz wird stattfinden. Dieser Granit und du, ihr werdet mich jetzt begleiten.«

»Und das machen wir einfach so?«

»Ihr könnt es auch lassen. Die *grüne Zone* bietet euch freies Geleit an. Ihr könnt eure Waffen mitnehmen. Das ist natürlich nur eine symbolische Geste, aber mehr haben wir für euch nicht. Was sollen wir euch sonst anbieten? Ihr seid immer noch Bürger der *grünen Zone.*«

»Wann soll es losgehen?«

»Jetzt.«

»Ich muss das mit meinen Leuten besprechen. Warte hier und gib mir ein bisschen Zeit.«

»Die kannst du haben. Komm aber gar nicht auf die Idee, deine Schlampe mitzuschleifen. Für sie gibt es keinen Platz bei den Verhandlungen.«

»Wenn du sie noch mal Schlampe nennst, dann schalte ich dich für immer ab!«

»Das kannst du nicht mehr. Und jetzt sprich noch mal mit deinen Leuten. Und denk daran: Ich habe dich nie verraten!«

Ich tat, was Amira gesagt hatte. Waana und Granit waren auch jetzt genauso wenig von dem Vorschlag begeistert, aber hatten auch keine bessere Idee. Nur zu warten, bis uns alle Vorräte ausgingen, war auch keine Lösung.

Etwa eine halbe Stunde später verließen Granit und ich im Schlepptau von Amira das Werksgelände. Sie machte mich noch an, ob ich mich nicht ein wenig hätte beeilen können.

Die *grüne Zone* befand sich immer noch in kompletter Schockstarre. Alles schien stillzustehen, die Straßen waren weiterhin absolut menschenleer.

Im Rechenzentrum angekommen, führte uns Amira in einen Konferenzraum. Ich hatte nicht erwartet, dass es dort derartige Räume gab, da ich mir nicht vorstellen konnte, was hier verhandelt wird.

Der hell gehaltene Raum war sehr funktionell eingerichtet, ohne jegliche Schnörkel. Die Wände blendend weiß gestrichen, an einer hing ein riesiger Bildschirm. Der Konferenztisch bot Platz für acht Personen, das graue Furnier wirkte eher billig, die Stühle bequem, aber eindeutig Massenware. Auf dem Tisch standen mehrere Wasserflaschen und Gläser.

»Setzt euch. Unsere Delegation kommt gleich«, sagte Amira und verließ den Raum. Granit und ich nahmen Platz.

Wenig später staunte ich nicht schlecht. Drei biologische Menschen, die mir nicht unbekannt waren, betraten den Raum. Als erster Ali Gator. Er erwiderte meinen Gruß nicht. Ihm folgte Lotti Prolifke, die mich wenigstens eines Grußes für würdig hielt. Dann die Blonde aus dem Casino, die uns die Waffen verkauft hatte. Sie stellte sich als Jana Klar vor. Sie schien sich als Verhandlungsführerin der Drei zu sehen.

Die drei setzten sich uns gegenüber und wir musterten uns schweigend.
»Auf was warten wir?«, fragte Granit, dem das Schweigen offensichtlich unangenehm war.
»Die Instanz wird sich noch aufschalten und wir warten noch auf jemanden, den ihr alle gut kennt.«
»Darf ich fragen, wer das ist?«
»Geduld«, kam es eiskalt von Jana.
Trotzdem hakte ich nach.
»Wer hat euch als Verhandler bestimmt?«
»Niemand«, ließ mich Jana wissen. »Wir wurden von der *Instanz* gefragt, ob wir bereit wären, die heikle Aufgabe zu übernehmen. Der Gedanke dahinter war, dass wir keine Unbekannten für euch sind. Dennoch werden wir ohne Kompromisse die Interessen der Bewohner der *grünen Zone* vertreten.
»Daran hege ich keine Zweifel«, konnte ich mir nicht verkneifen.
An der Wand schaltete sich der Bildschirm ein, auf ihm waren nun die sinnstiftenden Worte »*Die Instanz*« zu lesen.
»Es gibt sie also doch noch?«, flüsterte ich Granit zu.
Der schaute mich leicht befremdet an: »Hast du wirklich gedacht, dass wir ihr den Garaus gemacht haben? Natürlich nicht, sie läuft auf Batterie.«
Ein Polizeiroboter, der augenscheinlich auch noch Strom hatte, öffnete die Tür. Wir waren völlig baff, als er hinter sich Manna Sarin in Handschellen in den Raum führte. Er drückte sie auf einen der noch freien Stühle und nahm ihr die Fesseln ab.
»Manna? Was ist passiert? Geht es dir gut?«, fragte Granit.
Sofort schaltete sich die *Instanz* ein: »Keine Privatunterhaltungen bitte.«
Die Stimme kam aus einem Konferenztelefon in der Mitte des Tisches. Es war die Frauenstimme, mit der die *Instanz* immer zu mir gesprochen hatte, als ich mich noch in der *grünen Zone* aufgehalten hatte.

»Verehrte Damen und Herren, hiermit erlaube ich mir, die Konferenz zur Beilegung der Feindseligkeiten der letzten Tage zu eröffnen. Ich bitte nun die Verhandlungsführer der Menschen von draußen um eine Darlegung ihrer Position und ihrer Vorstellungen. Bitte zuerst die Stellungnahme der Menschen von außerhalb der *grünen Zone.*«
Das war blanker Zynismus in Anbetracht der Tatsache, dass unter uns kein wirklicher Untermensch von draußen weilte. Wenigsten verzichtete die Instanz auf den Ausdruck Untermensch.
»Mach du das«, forderte ich Granit auf, wissend dass ich nicht dazu fähig wäre, unseren Standpunkt schlüssig darzulegen.
Granit schien sich zu sammeln, dann legte er los.
»Werte *Instanz*, meine Damen und Herren, zuerst möchte ich betonen, dass ich die Ereignisse der letzten Tage, die damit verbundenen Verluste an Menschenleben und die einhergehenden Zerstörungen zutiefst bedaure. Aber wir hatten keiner andere Wahl, als durch dieses Fanal ein Zeichen zu setzten.«
Granit pausierte theatralisch. Meiner Meinung nach übertrieb er es, aber das würde jetzt auch nichts mehr ändern.
»Alle Menschen sind von Natur aus gleich. Dieser über Jahrhunderte etablierte Grundsatz wurde nach den Verheerungen der zwanziger Jahre einseitig gekündigt. Stattdessen wurde eine Zweiklassengesellschaft geschaffen, die auf einer völlig abwegigen und ungerechten Verteilung der Ressourcen auf dem Planeten basiert. Dieser Zustand muss sich ändern, wir fordern eine gerechte Teilhabe am Reichtum dieses Planeten. Kernpunkte dieser Forderung werden ein Zugang aller Menschen zu den *grünen Zonen* sein, ein Ende des Raubes von Organen zum Zwecke der Lebensverlängerung und eine gerechte Verteilung der Ressourcen des Planeten, sodass diese allen Menschen zugutekommen. Nur dann

sind wir bereit, die *grüne Zone* ohne weitere Zerstörung zu verlassen.«

Die drei Verhandler der *grünen Zone* blickten uns mit versteinerten Mienen an. Die Instanz erteilte Jana Klar das Wort.

»Herr Schotter, große Worte, die Sie da gesprochen haben. Dass Sie die Dreistigkeit besitzen, das alles nach den Verwüstungen, die Sie hier angerichtet haben, zu fordern, befremdet mich, um es mal ganz vorsichtig auszudrücken. Sie stellen alles infrage, was wir in den letzten dreißig Jahren hier in der grünen Zone aufgebaut haben. All die Errungenschaften, die wir der Natur abgerungen haben, sind die Früchte unserer Kreativität und unseres unermüdlichen Schaffens. Wer gibt Ihnen das Recht, all das was unser ist, so einfach für sich einzufordern?«

Granit schnaufte. Doch die Frau, die ihren Unterhalt vornehmlich mit illegalem Glücksspiel finanzierte, ließ sich nicht von ihm aus dem Konzept bringen.

»Wir haben hier etwas geschaffen, von dem der Mensch seit jeher träumt. Etwas, das so von kaum jemanden für möglich gehalten wurde. Im Prinzip das Paradies! Ein Leben ohne diesen entsetzlichen Mangel, die nicht endenden Kriege und den unweigerlichen Tod. Der aber erst nach einem jahrelangen quälenden Alterungsprozess eintritt, der uns Tag für Tag schwächer und hilfloser werden lässt. Genau das kann und darf doch das Leben nicht sein.«

»Da irren Sie sich, Frau Klar«, fuhr ich ihr ins Wort. »Nur der Tod gibt dem Leben einen Sinn. Ohne den Tod gibt es kein Leben. Nur die begrenzte Zeitspanne, die wir hier auf Erden zur Verfügung haben, lässt den Menschen seine Schaffenskraft und Kreativität entwickeln, die ihn zur Krone der Schöpfung erhebt. Dieser Rolle kann er nur gerecht werden, wenn er sich als Teil der Schöpfung der Notwendigkeit unterwirft, abzutreten. Abzutreten, um neuen Generationen Platz zu machen, die das gleiche Recht haben, ihren Anteil zu der Gestaltung dieses

Planeten beizutragen. Abzutreten, um nach der Ableistung ihres Beitrages sich wieder in die Gesamtheit der Schöpfung zur Ruhe zu begeben.«

Ich konnte es selbst nicht glauben, was ich da sagte. Hörte mir zu, als wäre ich nicht ich selbst. Dass ich mal so zur Höchstform auflaufen würde, dass ich meine Gefühlslage mal so messerscharf in Worte würde fassen können, das war mir fast unheimlich. Es war unzweifelhaft das Resultat der letzten Tage und Wochen. Ausgelöst durch diese völlig irrationale Leidenschaft für Waana, die Frau, ohne die mein Leben keine Bedeutung mehr hatte.

Wieder warfen uns die Verhandler der *grünen Zone* versteinerte Blicke zu. Eine Kompromisslinie zeichnete sich nicht ab.

»Ihr seid mir schon zwei so Vögel«, ergriff jetzt Lotti das Wort. »Bei aller Liebe, ich verstehe euch echt nicht. Was wollt ihr denn? Seid ihr völlig bekloppt? All das hier aufgeben, um da draußen wie Steinzeitmenschen zugrunde zu gehen? Leute, kommt doch zur Vernunft. Das, was ihr angerichtet habt, dürfte eigentlich kein Pardon kennen. Trotz allem sind wir bereit, euch zu verzeihen, euch noch eine zweite Chance zu geben. Wenn ihr diesen Wahnsinn beendet! Das ist die einzige Bedingung.«

»Eine Bedingung, die wir nicht erfüllen können!«, entfuhr es Granit mit dem Brustton tiefster Überzeugung. »Es kann ...«

»Granit, ist dir klar, was die mit mir machen, wenn wir hier keine Lösung finden?«, unterbrach Manna ihn verzweifelt.

Die Qual, die ihm das bedeutete, war deutlich in Granits Gesicht zu lesen: »Manna, es tut mir unendlich leid. Aber wir können jetzt nicht einfach aufgeben! Es steht zu viel auf dem Spiel.«

»Granit, bitte!«, flehte Manna ihn an.

Wir redeten uns bis tief in die Nacht die Köpfe heiß. Dieselben Argumente wurden wieder und wieder vorgetragen. Je müder wir wurden, desto persönlicher wurden die Angriffe. Sachlich kamen wir nicht weiter.

Gegen zwei Uhr morgens schaltete sich die *Instanz*, die sich bis dahin komplett zurückgehalten hatte, ein.
»Meine Herrschaften, unsere Geduld neigt sich dem Ende zu. Wir haben beiden Seiten über Stunden die Möglichkeit gegeben, ihre Standpunkte darzulegen. Doch ein Kompromiss erfordert Zugeständnisse auf beiden Seiten. Eine Bereitschaft dazu konnten wir in den vergangenen Stunden kaum erkennen. Wir werden jetzt eine Kompromisslinie vorlegen, die Sie dann annehmen oder ablehnen.
Erstens: Die strikte Aufteilung in die *grüne Zone* und das Gebiet draußen wird mit sofortiger Wirkung aufgehoben. Sinnvolle Zugangsregelungen werden ausgearbeitet und ein geregelter Austausch in die Wege geleitet. Dessen primäres Ziel ist die Verbesserung der Lebensbedingungen der Menschen außerhalb der Zone.
Zweitens: Der Gewinn von Menschenmaterial durch die zielgerichtete Menschenjagd ist ab sofort strikt untersagt. Die Benutzung des Begriffs Untermensch ist in keiner Weise mehr zulässig. Über Kurz oder Lang ist der Begriff aus dem allgemeinen Sprachgebrauch zu tilgen.
Drittens: Alle kriegerischen Handlungen werden mit sofortiger Wirkung eingestellt. Den Verbänden der Menschen von draußen wird freies Geleit nach draußen zugesichert.
Viertens: Im Gegenzug werden alle Blockaden des Zugangs zu den Subzonen mit sofortiger Wirkung aufgehoben. Eine Wiederherstellung des normalen Wirtschaftsprozesses liegt im Interesse beider Seiten. Wir weisen darauf hin, dass die Beschneidung der Zugangsmöglichkeit zu den Subzonen ein Pfund ist, mit denen Sie meine Herren Schotter und Doble auch in Zukunft wuchern können.
Fünftens: Schwierigster Punkt der Verhandlungen waren die lebensverlängernden Maßnahmen bis hin zur Unsterblichkeit. Hier konnte nicht die geringste Annäherung erzielt werden, was bezüglich eines so

zentralen Punktes nicht überraschend ist. Sofern das ohne Organspenden von draußen möglich ist, werden die lebensverlängernden Maßnahmen aufrecht erhalten. Die Möglichkeiten, sie allen Menschen zugänglich zu machen sind der Kernpunkt weiterer Diskussionen. Hier sollten aber auch den begrenzte Spielraum nicht aus den Augen verloren werden.«

Jana Klar setzte dazu an, weiter Forderungen aufzustellen: » Wie soll denn ...«

Die *Instanz* unterbrach sie brüsk: »Frau Klar, wir schreiten jetzt zur Abstimmung. Als *Instanz* gehen wir davon aus, dass Sie alle dem Vorschlag zustimmen. Wer stimmt denn mit Ja?«

Mannas Hand schoss als erste nach oben. Lotti und Jana schlossen sich ihr an. Ali zögerte etwas, aber hob dann auch die Hand.

»Herr Schotter und Herr Doble, Ihre Zustimmung bitte!«

»Wir würden uns gerne noch intern beraten«, sagte Granit.

»Sie haben fünf Minuten.«

Die Verhandler, der Roboterpolizist und Manna verließen den Raum. Der Bildschirm schaltete sich aus. Granit und ich blieben zurück. Wir waren beide so erschöpft, dass wir kein Wort herausbrachten. Schwiegen uns erst mal an.

»Lass uns den Kompromiss annehmen«, sagte Granit schließlich. »Mehr werden wir nicht bekommen.«

Ich nickte. Zu mehr war ich nicht mehr fähig.

Nach Ablauf der fünf Minuten schaltete sich der Bildschirm wieder ein.

»Herr Schotter, Herr Doble, wie haben Sie sich entschieden?«

»Wir stimmen dem Vorschlag zu.«

Die drei Verhandler kamen wieder ins Zimmer. Auch ihnen war die Erschöpfung ins Gesicht geschrieben. Wir standen auf und schüttelten uns die Hände. Nur Ali verweigerte mir den Handschlag.

»Für mich bleibst du ein Verräter!«

»Herr Gator, reißen Sie sich zusammen. Entschuldigen Sie sich bei Herrn Doble und reichen Sie ihm die Hand«, kam es aus dem Lautsprecher der Konferenztelefons.
Ali gehorchte. Sein Handschlag brach mir fast die Pfote.
Amira brachte uns ohne einen ihrer rügenden Kommentare zurück zum Wehrtechnikwerk. Dort angekommen drehte sie sich noch mal zu mir um.
»Vielleicht hast du recht, Otto. Adieu!«
Dann rollte sie mit Vollgas davon.

Kapitel 16: Leben und Tod

Bis zum 9. August 2066

Die *Instanz* hatte uns allen freies Geleit aus der *grünen Zone* garantiert. Einer der wichtigsten Punkte der Übereinkunft war, dass wir die erbeuteten Waffen, die Munition und auch die Lebensmittelvorräte behalten durften. Besonders den Verbleib der Waffen in unseren Händen sahen wir als Garantie dafür, dass sich jetzt etwas ändern würde.

Das Wehrtechnikwerk hinter uns lassend, marschierten wir in Gruppen von etwa zwanzig Kämpfern in Richtung des Grenzzauns. Zwischen den Gruppen hielten wir Abstände von etwa fünfhundert Metern ein, die es im Falle eines Verrats eventuellen Angreifern erschweren sollten, uns zeitgleich unter Beschuss zu nehmen. Otto hatte die Losung ausgegeben, sich nach dem Verlassen der *grünen Zone* noch weiter aufzuteilen, um einem eventuellen Gegenschlag auch dort möglichst wenig Angriffsfläche zu bieten. Aus diesem Grund hatte ich mich darauf eingestellt, getrennt von Otto zu marschieren.

»Das kannst du vergessen! Nie wieder lasse ich mich von dir trennen!«, war die Antwort gewesen, die nicht den geringsten Widerspruch duldete.

Um uns herum erwachte die *grüne Zone* zu neuem Leben. Was vor Stunden noch wie ein Totalausfall der Infrastruktur ausgesehen hatte, erholte sich überraschend schnell. Es waren wieder selbstfahrende Transportmittel unterwegs, all die Roboter, die vor Stunden noch völlig lahmgelegt schienen, erwachten wieder zum Leben. Die *Instanz* hatte uns nicht belogen: Sie hatte sich bewusst zurückgehalten.

Es fühlte sich sehr surreal an, unter den Kameras ihrer Drohnen bewaffnet durch das Gebiet der *Instanz* zu marschieren. Nicht eine Sekunde zweifelten wir daran, dass sie uns genauestens im Blick hatte. Doch sie ließ uns, wie vereinbart, gewähren.

Am Grenzzaun schloss sich das Tor nach draußen hinter jeder Gruppe. Wie vereinbart setzten unsere Leute alles daran, in der Ödnis des Draußen möglichst schnell unsichtbar zu werden.

Wir verabschiedeten uns von allen Frauen und Männern aus unserer Gruppe. Die Stimmung war ambivalent. Einerseits erfüllte uns das Gefühl, einen entscheidenden Sieg errungen zu haben mit Zuversicht. Andererseits war sich keiner sicher, ob die Übereinkunft so, wie sie aufgesetzt worden war, wirklich halten würde.

Umso mehr überraschte es Otto und mich, als unvermutet Granit zu uns stieß. Wie wir schulterte er neben seiner militärischen Ausrüstung einen großen Rucksack mit Schätzen, die er in der *grünen Zone* abgegriffen hatte.

»Ich würde mich gern bei euch verstecken. Eure Hütte ist das Einzige, was ich vom Draußen kenne.«

»Dann können sie mit einem Schlag die gesamte Führung des Widerstands ausschalten.«

»Da irrst du dich, Otto. In den vergangenen Tagen haben unsere Leute so viel Kampferfahrung gesammelt, dass sie durchaus autonom handeln können. Nichts ist wie vor dem Einschlag, wir sind nicht mehr so wichtig. Außerdem: Wo soll ich denn hin? Hast du eine schlaue Idee?«

Otto hatte keine. Nach einer innigen Verabschiedung von unseren Leuten setzten wir schweigend den Weg zu unserer schäbigen Behausung im Wald fort. Wir waren todmüde und hingen unseren Gedanken nach. Eigentlich

hätten wir zufrieden sein müssen, denn wir hatten mehr erreicht, als wir noch vor Monaten zu träumen wagten. Doch Freude über das Erreichte wollte einfach nicht aufkommen. Schließlich hielt ich es nicht mehr aus.
»Meinst du, es wird funktionieren?«
Otto zögerte, einen Moment lang befürchtete ich, dass er mich nicht gehört hatte. Dann stoppte er unvermittelt und drehte sich zu mir um.
»Darüber denke ich die ganze Zeit nach. Um ehrlich zu sein, ich weiß es nicht.«
Ottos Blick werde ich nie vergessen. Wie er da so stand, nachdem er sich zu mir umgedreht hatte. Dieses Gesicht voller Zweifel und doch dieser Silberstreifen Hoffnung, dass alles gut werden würde.
Wurde es aber nicht. Die Antwort auf unsere Zweifel folgte auf dem Fuße. Normalerweise sieht man die Drohne nicht, wenn sie ihre tödliche Fracht absetzt. Doch Granit hatte sie, vielleicht weil er die besten Augen von uns besaß, am Himmel gespottet. Einen Moment lang zögerte er noch, den Verrat nicht für möglich haltend. Dann brüllte er aus Leibeskräften:
»Drohne! Die haben uns verarscht!«
Das Teil flog direkt auf uns zu, sodass jedem von uns klar war, wen sie anvisierte. Otto und ich blickten noch eine Schrecksekunde nach oben, um dann den antrainierten Reflexen folgend in verschiedenen Richtungen Deckung zu suchen.
Ich hatte mich für einen Findling entschieden, der in etwa dreißig Metern Entfernung lag. Jetzt zählte jeder Sekundenbruchteil. Als ich unsanft hinter ihm aufschlug, detonierte die explosive Fracht der Drohne.
Die Druckwelle war ohrenbetäubend. Die Hände über meinen Ohren, hinter dem Findling liegend, spürte ich, wie unter mir der Boden bebte.

Minutenlang lag ich da. Von der Wucht betäubt und weitere Einschläge befürchtend.
Als diese ausblieben, wagte ich es, mich auf den Rücken zu rollen und einen Blick zum Himmel zu werfen. Die Drohne war verschwunden, die plötzliche Stille unheimlich.
Noch blieb ich liegen, wagte es weiterhin nicht aufzustehen. Drückte mich dann langsam nach oben.
In etwa fünfzig Metern Entfernung sah ich die Umrisse eines Kraters, aus dem Rauch aufstieg.
»Otto! Granit!«
Weiterhin Stille.
Ich zog mich am Findling hoch. Im Rauch regte sich etwas.
»Waana, ich bin hier.«
Das kam von Otto. Aber nicht aus dem Krater. Sehen tat ich ihn nicht.
»Wo bist du?«
Die ausbleibende Antwort ließ mich nichts Gutes erahnen. Immer noch ordentlich benommen, machte ich mich dorthin auf, wo ich die Stimme verortet hatte.
»Otto?«
Nichts. In einem Gebüsch liegend fand ich ihn. Die Druckwelle der Explosion hatte ihn dort hinein katapultiert. Sein rechtes Hosenbein war von Blut durchweicht. Als er mir sein Gesicht zuwandte, sah ich, dass er aus einigen Platzwunden blutete. Er war kaum noch bei Bewusstsein.
»Mich hat es ganz schön erwischt.«
Ich schaltete instinktiv auf Durchhaltemodus. Wenn ich Otto verlöre, dann wäre ich ganz auf mich allein gestellt. Was sollte aus meinem ungeborenen Kind werden? Wie sollte ich das durchbringen, noch dazu auf der Flucht vor der *Instanz*?

»Wir müssen hier weg! Wir können hier nicht bleiben! Die setzen sicher gleich nach!«
Otto nickte kraftlos. Er wusste, dass ich recht hatte. In der Ferne hörten wir weitere Explosionen. Sie ließen uns erkennen, dass alles, was wir vereinbart hatten, nichts, rein gar nichts, wert gewesen war. Die *grüne Zone* setzte dazu an, allem den Garaus zu machen, was ihr noch gefährlich werden konnte.
Aber Otto wusste auch, dass er kaum laufen konnte. Ich riss ihm den Gürtel aus der Hose, wickelte ihn zweifach um den verletzten Oberschenkel und zog ihn fest. Otto jaulte, doch die Blutung ließ nach.
Seinen rechten Arm über meiner Schulter zog ich ihn hoch. Mit der linken Hand stützte sich Otto auf sein Gewehr. Mühsam hielt ich den schweren Mann auf den Beinen. Dann humpelten wir los. Nur sein kräftiger Oberarm erlaubte ihm, so vorwärtszukommen.
Keine fünfzig Meter weiter stolperten wir über Granit. Ihn hatte es voll erwischt. Er lag regungslos im Krater, den die Sprengladung der Drohne geschlagen hatte. Daran, dass er sein Leben ausgehaucht hatte, bestand kein Zweifel. Die Wucht der Detonation hatte ihm das Genick gebrochen. Sein Kopf lag wie eine Kapuze auf seinem Rücken. Wir humpelten wortlos weiter. In der Ferne ließ uns der Lärm weiterer Detonationen verstehen, dass wir hier ganz schnell wegmussten.
Vor uns erstreckte sich die Ödnis des Gebiets außerhalb der *grünen Zone,* die nicht *grüne Zone* eben. Die Deckung von vereinzelten Baumgruppen suchend, schleppten wir uns weiter. Wenn wir uns einigermaßen blickgeschützt wähnten, verschnauften wir. Warum uns die Infrarotkameras der Drohnen über uns nicht erfassten, kann ich mir bis heute nicht erklären. Vielleicht waren sie mit der Zerstörung um uns herum so

beschäftigt, dass sie uns keine weitere Aufmerksamkeit mehr schenkten.
Um uns herum das Inferno. Immer wieder hörten wir Detonationen und sahen Rauchsäulen dort aufsteigen, wo Granaten oder Raketen einschlugen. Ich schleppte Otto weiter, aber mir schwanden die Kräfte. Er tat, was er konnte, um mich zu entlasten.
Endlich erreichten wir ein Gehölz, das uns mehr Deckung bieten würde. Als wir an den ersten schützenden Bäumen angekommen waren, wollten wir uns schon auf den Boden fallen lassen, um die Wundversorgung wieder aufzunehmen. Da entdeckte Otto den meterhohen Findling nicht weit von uns.
»Da, der Stein bietet uns mehr Schutz!«
Ich war zu erschöpft, um zu antworten. Ich nahm meine letzten Kräfte zusammen und drückte mich wieder unter Ottos Schulter.
Nachdem wir ihn erreicht hatten, ließen wir uns unter den Findling fallen. Eine Höhlung an seinem Fuß bot uns Deckung. Otto stürzte förmlich hinein. Nicht, dass ich das so gewollt hätte, aber ich konnte ihn nicht zurückhalten. Er sackte komplett in sich zusammen.
Schwer atmend nahm ich die Wundversorgung wieder auf. Ich zog mir den Rucksack, der mir schweißnass am Rücken klebte, herunter und öffnete den Verbandskasten. Otto drohte abzuschmieren, ich musste etwas tun.
»Du darfst jetzt nicht ohnmächtig werden. Bleib bei mir!«
Ottos Antwort war nur ein zusammenhangloses Stammeln. Und dann ein verzweifelter Schmerzensschrei, als ich begann, die Hose aufzuschneiden. Die Wunde im Oberschenkel war etwa fünfzehn Zentimeter lang, der Splitter tief in das

Muskelfleisch eingedrungen. Wenigstens die Arterie schien nicht verletzt.
Was tun? Sicherlich: Desinfizieren und Nähen lag auf der Hand. Zitternd kramte ich in der Notfallbox. Da sie für den militärischen Einsatz vorgesehen war, enthielt sie auch ein medizinisches Nähset. Eine Wunde, noch dazu ohne Narkose, zu nähen, brachte auch mich an meine Grenzen. Ich zog Otto ein Stück hoch, damit der den Riss in seinem Oberschenkel selbst begutachten konnte. Sobald er das Ausmaß seiner Verletzung erfasst hatte, fluchte er derb. Mühsam stammelte er verzweifelte Anweisungen.
»Erst desinfizieren. Dann nähen. Einfach so, dass es zusammenhält!«
Was auch mein Gedanke gewesen war. Ich lagerte das Bein auf einem Stein und suchte in der Notfallbox. Darin befand sich ein Fläschchen Alkohol. Wie lange würde das reichen? Ich tropfte möglichst wenig auf die Kompresse und tupfte vorsichtig. War das genug? Nur Ottos Stöhnen vermittelte mir etwas Zuversicht, dass meine Bemühungen irgendwie das gewünschte Resultat zeigten.
Schlimm war das Nähen. Otto jaulte vor Schmerz, wenn ich einstach und dann die Wundränder zusammenzog. Sein Bein zuckte wild, mit der Linken musste ich es auf dem Stein fixieren. Nach jedem Stich hielt ich inne. Es kostete mich ordentlich Überwindung weiter zu nähen. Doch Otto trieb mich an, nicht aufzuhören, wenn der Schmerz so weit nachließ, dass er sich wieder äußern konnte. Stich um Stich schloss ich die Wundränder.
Endlich waren wir durch. Der Riss im Oberschenkel mit unregelmäßigen Stichen so zusammengezogen, dass er heilen konnte. Ich desinfizierte ein letztes Mal. Otto war jetzt zu erschöpft, um überhaupt noch einen Mucks von

sich zu geben. Dann wickelte ich den Oberschenkel in eine dicke Schicht aus Verbandsmaterial und sank, auch völlig am Ende, gegen den Stein.
Eine Weile lehnten wir unter dem Findling und starrten apathisch ins Gehölz. Um uns herum der Lärm von Einschlägen und Detonationen. Wenigstens die Schüsse wurden weniger.
Doch wir mussten weiter. Mit dem Einbruch der Dunkelheit brachen wir auf. Otto musste sich zwar noch immer auf mich und das Gewehr stützen, aber der Blutverlust durch die Wunde am Bein war gestoppt.
In der kargen Landschaft Deckung suchend, schleppten wir uns in Richtung Heimstatt. Die Angriffe um uns herum hatten endlich aufgehört. Hatten die Drohnen ihr Pulver schon verschossen? Waren sie mit anderen Aktionen so beschäftigt, dass sie uns schlichtweg nicht »bedienen« konnten? Damals war mir das Warum egal, wir konnten sowas von Glück reden, noch am Leben zu sein.
Immer wieder mussten wir Pausen einlegen. Meist nickte der völlig ausgelaugte Otto dann sofort ein. Ich dagegen hielt mich krampfhaft wach, konnte es mir nicht erlauben, einzuschlafen. Obwohl die Müdigkeit an mir zerrte, die Erschöpfung mich zu zerreißen drohte.
Gegen Morgen erreichten wir die Hütte. Otto humpelte nicht mehr, er taumelte. Mir ging es kaum besser. Von Vater keine Spur. Bis ich die klapprige Tür unseres Verschlages aufzog.
Vater lag regungslos im Halbdunkel auf unserem Lager. Als ich ihn ansprach, reagierte er nicht. Otto versuchte, sich neben mir in die Hütte zu quetschen. Konnte sich gerade noch an den groben Balken des Türstocks festkrallen, als ich ihm die weitere Unterstützung versagte.

Ich sprang zum Lager, warf mich darauf und rüttelte an Vater. Auch ihn musste es erwischt haben. Seine Klamotten waren an vielen Stellen blutdurchtränkt.
»Vater, Vater!«
Ich rüttelte wie besessen weiter. Endlich zeigte der arme Mann eine Reaktion, öffnete langsam die Augen.
»Wo hat es dich erwischt?«
»Ich war im Dorf, als die begannen, uns abzuschießen!«
Mehr bekam ich nicht aus ihm heraus.
»Du musst was tun! Du kannst ihn nicht so liegen lassen!«, sagte Otto, der an unserem Plastiktisch zusammengesunken war, nachdem er mit letzter Kraft und sich auf dem Gewehr abstützend sich dorthin geschleppt hatte.

~

Waren wir am Ende? Ich war schwanger, hatte zwei schwer verletzte Kranke und keinerlei Unterstützung. Wir saßen da in einer Hütte mitten im Nirgendwo und besetzten die ersten Plätze auf der Abschussliste der Instanz.
Ich fragte mich sowieso, warum ich überhaupt noch lebte. Warum hatte die *Instanz* nicht nachgelegt? So beschäftigt konnte sie doch gar nicht gewesen sein, als dass sie nicht bemerkt hätte, wie wir ihr durch die Lappen gegangen waren.
Viel Zeit darüber nachzudenken hatte ich nicht. Zu sehr war ich damit beschäftigt, Otto und Vater durchzubringen. Die ersten Wochen halfen mir die Desinfektionsmittel, die Antibiotika und das Verbandsmaterial aus den Medikits, die wir abgegriffen hatten.

Doch ich bin nun mal keine Ärztin, nicht mal Krankenschwester. Mit gelang es zwar, den Zustand der beiden zu stabilisieren, aber eine Gesundung erreichte ich nicht.
Außerdem oblag es mir, für uns alle Essen heranzuschaffen. Keine leichte Aufgabe! Notgedrungen wurde ich zur Jägerin und Sammlerin. Bewaffnet mit Ottos Gewehr machte ich mich auf die Pirsch und knallte alles ab, was mir vor das Gewehr kam. Hasen, Rehe, Enten, Fasane, ab und zu Waschbären und Nutria. Egal was, alles, was Nährwert besaß.
Zusätzlich sammelte ich Pilze, Beeren und Nüsse. Doch oft war die Ausbeute dermaßen mager, dass ich mit erbärmlich wenig zu meinen Kranken zurückkam. Die wenigen Vorräte, die wir während unseres Aufstandes hatten bunkern können, gingen auch zur Neige.
Immer wieder überkam mich die Verzweiflung, weil ich mir einfach nicht vorstellen konnte, wie es weitergehen sollte. Natürlich versuchte ich, die Stimmung nicht weiter absacken zu lassen. Schwierig!
Doch meine beiden Kranken erholten sich nie so weit, dass sie mir zur Hand hätten gehen können. Vater erhob sich kaum noch von seinem Lager, Otto konnte sich ohne Gehhilfen nicht mehr fortbewegen.
Oft saßen wir im Kerzenlicht in der Hütte und versuchten, uns Mut zuzusprechen. Doch Otto neigte immer mehr dazu, alles infrage zu stellen, was er in seinem Leben gemacht hatte.
»Ich habe die armen Schweine einfach so abgeknallt. Ohne jegliche Skrupel!«
»Es war dein Job«, wollte ich ihn beschwichtigen. Was mich dazu trieb, verstehe ich heute noch nicht. Wahrscheinlich wollte ich den letzten Rest unserer Kampfmoral nicht darangeben. Doch Otto sah es anders.

»Aber ich hatte Spaß daran. Bin ich pervers? Wie ein Jäger auf Treibjagd, der Karnickel schießt. Ich habe den armen Teufeln gnadenlos nachgestellt. Als wären sie Kaninchen. Aber es waren doch Menschen ...«
Otto stöhnte voller Seelenqual, saß mir gegenüber und dürstete nach einem Schluck Wodka, der ihm etwas Linderung verschaffen würde. Doch wir hatten keinen Tropfen mehr.
Immer wenn ich den Wald auf der Suche nach etwas Essbarem durchstreifte, machte ich mir Gedanken, wie es weitergehen sollte. Meine Schwangerschaft wurde von Tag zu Tag spürbarer. Wenigstens hatte das Kotzen aufgehört. Wie aber sollte ich das Kind zusätzlich zu den beiden Männern noch durchbringen? Was, wenn auch mir etwas zustieß?
Als ich mit einem Hasen und einer Handvoll Pilzen zurückkam, waren Vater und Otto in ein Gespräch vertieft. Ich machte mich an die Zubereitung des einzigen Mahles des heutigen Tages. Sie beachteten mich kaum.
»Wie werde ich das jemals loswerden, was ich getan habe?«
»Du büßt jeden Tag, merkst du das nicht?«, antwortete ihm Vater.
Otto lag eine Weile schweigend auf dem Lager aus Decken und Stroh und nagelte Vater mit Blicken fest. Dann warf er sich mit einem Stöhnen der Verzweiflung herum.
»Du machst dir ja keine Vorstellung, wie viele ich abgeschlachtet habe! Und noch viel schlimmer: Es ging mir gut dabei. Mein Leben war nicht sonderlich erfüllend, aber sicherlich nicht schlecht. Besser als in diesem Dreckloch allemal! Wenn ein Tag nicht so toll war, dann war das auch egal. Ihm würden ja noch

unendlich viele folgen, an denen ich alles anders und besser machen könnte. Obwohl ich dann doch nichts anders gemacht habe.«

Otto lag jetzt schluchzend auf seinem Lager. Ich hätte bei ihm sein müssen, ganz nah. Aber ich konnte nicht. Außerdem hatten wir alle Hunger. Selbst wenn ich gewollt hätte, mein Körper hätte nicht reagiert.

»Ich muss dafür bezahlen, was ich getan habe. Eine solche Schuld darf nicht ungesühnt bleiben«, geißelte sich Otto auf ein Neues.

Doch Vater setzte alles daran, die Stimmung nicht weiter zu trüben.

»Mensch Otto, du hast meine Tochter, das Einzige, was mir auf dieser Welt etwas bedeutet, gerettet. Glaub mir, das werde ich dir nie vergessen. Du bist für mich der Held, egal was du auf dem Kerbholz hast. Und hier draußen ist doch eh alles egal. Hier schlagen wir uns wegen jeder Kleinigkeit den Schädel ein. Wenn du mich fragst, dann ist das hier draußen kein Leben, wie wir hier dahinvegetieren. Du hast all denen etwas genommen, was sie dir nie freiwillig gegeben hätten. Obwohl es nichts, rein gar nichts wert war! Das Leben hier draußen ist Strafe genug, der Tod meist eine Erlösung. Unsere Strafe ist, dass wir nichts mehr als ihn fürchten.«

Ich traute meine Ohren nicht. Wie konnte Vater so etwas labern? War das alles hier denn nichts wert? Ich setzte zu einer Antwort an:

»Vater, ist dir klar, was ...«

Weiter kam ich nicht. Otto war von seinem Lager aufgesprungen und an die Kochstelle getreten. Er riss mir den Löffel aus der Hand, tat sich mehr als ihm eigentlich zustand auf einen unserer Holzteller, setzte sich an den Plastiktisch und schaufelte mechanisch Fleischstücke und Pilze in sich hinein. Vater und ich

musterten ihn wortlos. Nur die Ess- und Kaugeräusche verdrängten die verzweifelte Stille in der Hütte.
Ich setzte noch einmal an:
»Vater, das Leben hier draußen ist nicht sinnfrei. Sag das nicht! Die Freiheit in der *grünen Zone* ist keine. Die Menschen dort sind nur blöde Haustiere. Doch hier draußen fordert dich das Leben jeden Tag. Und du entscheidest, wie du leben willst. Nicht eine *Instanz*, die vorgibt, dir ein freies Leben zu schenken. Dich aber an der Nase …«
Der strenge Blick meines Vaters ließ mich verstummen. Otto fraß weiter in sich hinein, ohne auf uns zu achten. Auch ich schob mir jetzt noch den zähen Hasen und labbrige Pilze hinter die Kiemen.
Vater würde heute nicht mehr hochkommen. Ich brachte ihm seinen Plastiknapf ans Bett. Er kaute lustlos auf den Fleischbrocken herum und ließ die Hälfte seines Abendessens stehen.
Auch am nächsten Morgen kam er nicht mehr hoch. Ich bemerkte es kaum, so war ich mit den morgendlichen Verrichtungen beschäftigt.
Das Feuer musste angeschürt, die heutige Suche nach Essbarem vorbereitet werden.
Von den Vorräten, die Otto während des Aufstands mitgebracht hatte, war noch etwas Instantkaffee übrig. Jeden Morgen gönnte sich jeder von uns eine Blechdose dünnen Aufgusses. Eine Art Trotzreaktion, mit der wir uns versicherten, dass nicht alles verloren war.
Vater schien noch immer zu schlafen. So entschloss ich mich, ihm das anregende Heißgetränk ans Bett zu bringen. Ich kniete mich neben das Lager und strich ihm über das Haar, um ihn sanft dem Schlaf zu entreißen.

Ich erschauerte bei der ersten Berührung. Der alte Mann war völlig kalt. Panik übermannte mich. Fast wäre mir die Blechdose auf das Lager entfallen.
Mit beiden Händen begann ich Vaters Leiche zu schütteln. Schleuderte ihn immer wieder hin- und her, obwohl ein Teil von mir verstanden hatte, dass er in dieser Nacht gestorben war.
Ich schrie meinen Schmerz hemmungslos heraus. Otto zuckte kurz zusammen, verstand aber sofort, was passiert war. Er humpelte zu unserer Bettstatt und wollte mich dem toten Vater entreißen. Ich klammerte mich an den Leichnam, versuchte, ihm durch meine Nähe wieder Leben einzuhauchen. Eine trotzige Auflehnung gegen das Unvermeidliche, getragen von der Woge der Verzweiflung, die mich ergriffen hatte.
Vor zehn Monaten hatte ich dem Tod direkt ins Auge gesehen. Doch mein Henker hatte mich gerettet, mich zu seinem Weibe gemacht, mich geschwängert. Einen kurzen Moment hatte es so ausgesehen, als würde alles nicht paradiesisch, aber zumindest spürbar besser werden.
Und jetzt hatte ich den letzten Menschen verloren, der mir etwas bedeutete. Otto und ich standen ganz oben auf der Abschussliste der *Instanz*, die vermutlich weiterhin erbarmungslos Jagd auf uns machen würde. Was blieb mir außer zu verzweifeln ohne einen Silberstreifen am Horizont?
Tags darauf fingen wir an, Vater zu begraben. Otto tat alles, um mir beim Ausheben der Grube beizustehen, doch er war keine große Hilfe. Wir besaßen bloß eine klapprige Schaufel und so zog sich das Ausheben lähmend lange hin. Immer wieder stieß ich auf Steinbrocken im Erdreich, die ich nur unter größten Anstrengungen freilegen konnte.

Doch ich ließ nicht nach. Ich musste die zwei Meter Tiefe erreichen, die verhindern würden, dass die Tiere des Waldes Vater wieder ausbuddelten und sich an ihm gütlich taten.
Erst am vierten Tag nach seinem Dahinscheiden konnten wir Vater endlich zur letzten Ruhe betten.

~

Otto und ich lebten nun allein als Jäger und Sammler im Wald. Immer wieder kamen wir darauf zu sprechen, was werden würde, was werden könnte. Wir waren uns einig, dass wir trotz der bitteren Erfahrungen der vergangen Monate Anschluss an eine größere Gruppe Menschen suchen mussten. Doch noch fürchteten wir die Rache der *Instanz* zu sehr. Bis zu dem Tag, als zu unserer großen Überraschung Manna Sarin vor unserer Tür stand. Sie war so vorsichtig, sich durch lautes Rufen anzukündigen. Trotzdem war unsere erste Reaktion, zu unseren Waffen zu greifen. Dann klopfte sie an unsere Tür.
»Hallo, ist da wer? Ich bin es, Manna. Ich bin allein!«
Otto schaute mich zweifelnd an, bedeutete mir, in möglichst großem Abstand von der Tür Deckung zu suchen. Die Waffe im Anschlag, zog er die Tür einen Spalt auf und lugte hinaus. Davor stand Manna. Sie schien tatsächlich allein zu sein.
»Hallo Otto!«
Der konnte seine grenzenlose Verwunderung nicht verbergen.
»Manna, du?«
Manna machte Anstalten, die Hütte zu betreten. Doch Otto stoppte sie brüsk.
»Was hast du hier zu suchen?«

»Otto, keine Panik, ich bin allein. Niemand ist mir gefolgt.«

Was sie so nicht wissen konnte. Trotzdem zog Otto die Tür auf. Ich, die ich mich hinter unserer Wassertonne verschanzt hatte, starrte die Frau an, als wäre sie ein Wesen von einem anderen Stern. Endlich gab Otto die Tür frei und Manna schob sich in unsere bescheidene Hütte. Ich kroch hinter der Wassertonne hervor und wir hockten uns auf die wackligen Plastikschemel. Wie jedes Mal, wenn wir uns darauf niederließen, quietschten sie noch beunruhigender. Aber wir hatten definitiv drängendere Probleme.

Noch hatten wir etwas Instantkaffee und es gelang mir, uns als Zeichen der Gastlichkeit drei Tassen Blümchenkaffee aufzugießen. Im Schein einer Kerze berieten wir uns über die neue Lage. Die aber so neu nicht war, sondern eigentlich nur schlimmer.

Manna berichtete, dass es trotzdem noch Hoffnung gebe. Obwohl die Rundumüberwachung in der *grünen Zone* Ausmaße angenommen habe, die man sich vor dem Aufstand so nicht hätte ausmalen können. Die *Instanz* sei allgegenwärtig wie nie zuvor. Der Wiederaufbau der *grünen Zone* sei ihr beeindruckend schnell gelungen. Vor dem Aufstand hätten viele biologische Menschen ihr Leben im Wohlstand ohne großes Aufhebens vor sich hingelebt. Warum auch nicht, es fehlte ja an nichts. Jetzt seien Anschwärzung und Missgunst an der Tagesordnung. Keiner traue dem anderen mehr über den Weg, jeder beschränke sich nur noch darauf, seinen Besitzstand zu sichern. Die gute Nachricht sei, dass sich trotz der Niederlage weiterhin Widerstand rege. Natürlich im Untergrund, denn offen rebellieren könne man logischerweise nicht. Sicher, Granit sei tot, was einen schweren Verlust für den

Widerstand bedeute. Doch innerhalb der engen Grenzen einer Arbeit in absoluter Geheimhaltung sei eine Form des Widerstandes entstanden, die sie so nicht für möglich gehalten habe. Eine der wichtigsten Waffen seien nach wie vor Cyberattacken, durch die der *Instanz* Freiräume abgerungen wurden.

»Das ist ja alles schön und gut, aber du hast uns immer noch nicht verraten, warum du hier bist«, sagte Otto.

Die Antwort folgte auf dem Fuße und ich traute meinen Ohren nicht.

»Ich möchte, dass ihr in die Zone zurückkommt und den Kampf erneut aufnehmt.«

Wir starrten Manna fassungslos an.

»Du vergisst, dass Otto nicht mehr so einsatzfähig ist, wie er es einmal war. Die Wunde im Bein ist nur schlecht verheilt. Und ich bin schwanger.«

Manna mag es so gar nicht, wenn man ihr widerspricht. Ihre Antwort war dementsprechend patzig.

»Jetzt hör mir mal zu: Welche Zukunft siehst du hier draußen für dein Kind? Sei doch mal ehrlich: Es hat keine. Willst du es hier im Wald großziehen? Hier, wo es nichts gibt als wilde Tiere und Entbehrungen. Macht dir das keine Angst?«

Sie hatte meinen wunden Punkt getroffen. Es jagte mir eine Heidenangst ein. Otto sah es auch so.

»Wo du recht hast, hast du recht«, gab er zögerlich zu. »Aber wie stellst du dir das vor? Wir sind auf der Liste der Meistgesuchten ganz oben. Wenn sie uns nur einmal mit einer ihrer Kameras erwischen, dann haben sie uns. Und sie werden keine Gnade walten lassen.«

Mannas Laune sackte weiter ab. Sie wurde laut:

»Was seid ihr nur für Luschen! Der Kampf muss weitergehen! Ich komme hier raus zu euch, nicht zuletzt, um euch zu helfen. Und ihr? Hockt hier in eurem Elend und blast Trübsal. Wo ist der Spirit, der euch noch vor ein paar Wochen erfüllt hat? Alles weg?«

Sie holte dramatisch Luft. Ein Fehler, denn ich konnte einhaken.

»Manna, in welcher Welt lebst du? So viele sind gestorben, auch Granit ist tot. Wir haben alle unendlich viele Opfer gebracht. Was haben wir erreicht? Nichts!«

Manna war kurz davor auszurasten.

»Das siehst du völlig falsch! Nichts ist verloren! Der Kampf hat erst begonnen. Sicher, wir haben schwere Fehler gemacht. Aber wir haben daraus gelernt. Wir müssen die *Instanz* mit ihren eigenen Mitteln bekämpfen. Unser schärfstes Schwert ist nach wie vor der Widerstand im virtuellen Raum. Trotz der totalen Kontrolle gelingt es der *Instanz* nur sehr bedingt, uns dort aufzuspüren. Die Datenmenge ist einfach zu riesig, zu umfangreich. Die werden ihrer nicht mehr Herr. Für jedes Schlupfloch, das sie schließen, reißen wir zwei neue auf. Habt ihr schon alles vergessen? Wir konnten den Einschlag eines Meteoritenschwarms vor ihnen geheim halten.«

Ich traute meinen Ohren nicht. Wie konnte die Frau auch nur einen Moment lang glauben, was sie da erzählte? Mir schien nichts offensichtlicher, als dass wir dem Ende nah waren. So nah wie nie zuvor. Nachdem Manna geendet hatte, saßen wir schweigend am Tisch und starrten uns an.

»Nicht dass ich auch nur ein Wort von dem glaube, was du da fantasierst«, nahm Otto den Faden wieder auf. »Aber lass uns mal die ganze Aktion durchspielen. Punkt eins: Wie willst du uns unbemerkt in die *grüne Zone* zurückschleusen?«

Manna hatte sich wieder ein bisschen beruhigt.

»Das ist kein Problem. Ich hacke mich in einen der Konvois zwischen den Zonen ein, stoppe einen der Lastwagen und wir springen hinein. Alles wie gehabt. Unser Taxi in die *grüne Zone.*«

»Das könnte klappen, vielleicht. Aber schon beim Aussteigen wird es vorbei sein. Eine Kamera erfasst uns und wir sind dran.«

Manna lächelte überlegen.

»Eben nicht!«

»Eben was?«

»Es wird uns keine Kamera erfassen!«

»Und wie willst du das anstellen?«

Manna war jetzt voll in Fahrt. Der Plan, den sie ausgeklügelt hatte, erfüllte sie mit der Genugtuung, die sie so oft missen musste.

»Alle Transporte, die in die *grüne Zone* gehen, enden unweigerlich im Zentrallager. Dort werden sie entladen und an ihren Bestimmungsort weitergeleitet. Nichts was angeliefert wird, wird ausgepackt, sondern einfach nur weitergeleitet. Den Zielort legt ein Chip fest. Von denen habe ich ein paar dabei.«

Manna war jetzt fast euphorisch. Ihr Stimmungsumschwung im Minutentakt befremdete sowohl Otto als auch mich. Aber wir ließen sie gewähren.

»Sobald wir den Transporter gekapert haben, öffnen wir den Container, den er transportiert. Im Container suchen wir uns eine Kiste, ein Paket oder irgendeine andere Verpackungseinheit, in die wir alle hineinpassen. In was immer uns geeignet erscheint, wir steigen hinein, ich schnappe mir den Adresschip und ersetze ihn durch einen von meinen. Dann müssen wir uns nur noch ausliefern lassen.«

Jetzt erwartete Manna von uns bewundernde Zustimmung. Wir erfüllten ihre Erwartung nur bedingt.
»Und wo willst du uns hinliefern lassen?«, fragte Otto eher nüchtern.
»Natürlich ins Connect. Dort filmt uns keine Kamera. Dort können wir uns unbeobachtet bewegen.«
»In einer öffentlichen Kneipe? Da erkennt uns doch sofort jeder!«, wandte Otto ein.
»Wir lassen uns natürlich nicht an den Gastraum liefern. Alle Anlieferungen gehen ans Lager. Dort können wir bequem aussteigen, ohne dass es die *Instanz* mitbekommt.«
Otto dachte einige Momente über den Plan von Manna nach.
»Ich gebe zu, der Plan ist gar nicht so schlecht. Aber was machen wir dann im Lagerraum des Connect?«
»Dort bringt Waana euer Kind zur Welt. Ich kenne eine Ärztin, die wird ihr bei der Geburt beistehen. Die kann sich auch um dein Bein kümmern. Die kriegt es so hin, dass du wieder ordentlich laufen kannst. Dann haben wir alle Optionen offen und organisieren vom Connect aus den Widerstand neu.«
Was Manna da vorschlug, kam mir wie ein Déjà-vu vor. Wieder eingesperrt in einen goldenen Käfig. Und doch, trotz des hohen Risikos, bot es uns allen mehr Optionen als das erbärmliche Leben hier im Wald.
»Ihr glaubt gar nicht, wie viele Illegale es in der *grünen Zone* gibt. Besonders Kinder werden von Obermenschen wie Haustiere gehalten. So manches ist der *Instanz* durchaus bekannt. Sie duldet überraschend viel, solange man sich augenscheinlich an die Regeln hält.«
Manna blickte mich erwartungsvoll an. Doch von mir kam nichts. Ich war vollkommen verwirrt, wollte mich nicht an die vage Hoffnung klammern, dass es doch

noch einen Ausweg aus der verfahrenen Situation gab. Otto sprang für mich ein, was Manna nicht so richtig schmeckte. Er setzte zu einem Einwand an.

»Ich würde das ...«

Manna würgte ihn ab:

»Das musst du schon Waana entscheiden lassen!«

Jetzt wurde es auch Otto langsam zu viel. Er wurde lauter als sonst.

»Wer sagt dir, dass ich nicht genau das will? Aber ich möchte es mit ihr unter vier Augen besprechen. Wir beide werden ein bisschen Luft schnappen gehen und uns deinen Plan durch den Kopf gehen lassen. Du kannst dich derweil hier ausruhen.«

Manna schnaubte entrüstet. Wohl nicht, weil sie etwas dagegen hatte, dass wir uns zu zweit berieten. Die Vorstellung, sich in unserem Loch ausruhen zu müssen, schmeckte ihr vermutlich gar nicht. Widerstrebend stimmte sie Ottos Vorschlag dennoch zu.

Draußen ging gerade die Sonne unter und tauchte die Lichtung um uns in ein surreales Licht. Wir setzten uns auf zwei Baumstümpfe, die wir oft benutzten, wenn wir der Enge unserer Hütte entfliehen wollten. Wir genossen die laue Abendluft, waren einige Minuten unfähig, uns weiter zu beraten. Schließlich fragte mich Otto: »Was denkst du, was willst du?«

»Vieles von dem, was Manna uns verspricht, kann ich nicht glauben. Ich könnte mir sogar vorstellen, dass sie uns in eine Falle locken will.«

»Das hätte sie einfacher haben können. Sie hätte der *Instanz* nur mitteilen müssen, wo sie uns findet. Eine gut platzierte Rakete und wir wären kein Thema mehr.«

»Dann sollten wir es versuchen. Hier draußen haben wir keine Zukunft. Zumindest ich. Da hat Manna schon recht. Ich bin so müde. Ich möchte nicht werden wie die

da drinnen, aber ich habe nach all dem einfach nicht mehr genug Kraft.«
Otto nickte: »Du hast recht, du solltest die Chance nutzen. Auch wenn sie noch so gering ist.«
»Und was machst du?«
Ottos Antwort überraschte mich nicht schlecht.
»Ich werde mich stellen. Ich ertrage dieses Leben sowieso nicht mehr. Sollen sie doch mit mir machen, was sie wollen. Vielleicht kann ich noch etwas für dich herausholen.«
Ich kannte Otto nicht mehr. Die Zerknirschung der vergangenen Wochen hatte mich schon befremdet. Doch ich hatte ihr nicht viel Aufmerksamkeit geschenkt. Wie auch, ich hatte ja genug um die Ohren. Aber dass Otto, der alte Kämpfer, sich stellen wollte, kampflos aufgeben, das sprengte die Grenzen meines Verstehens.
»Bist du dir sicher? Auf das, was du getan hast, gibt es nur eine Antwort: den Tod.«
»Vielleicht ist das genau, was ich will«, seufzte Otto.
Nie zuvor hatte ich ihn so gesehen.

~

Am nächsten Tag brachen wir mit den ersten Sonnenstrahlen in Richtung der Verbindungsstraße zwischen den Zonen auf. Obwohl es als Aufbruch ohne Wiederkehr geplant war, hatten wir wenig Marschgepäck. Natürlich trugen wir unsere Waffen und allen Proviant, den wir noch hatten, aber ansonsten nur die Kleidung auf unseren Leibern. Manna hatte uns angeboten, beim Tragen zu helfen, dann aber schnell erkannt, dass es da kaum etwas zu tragen gab.
Der Marsch verlief schweigend. Jeder hing seinen Gedanken nach. Mir wurde klar, wie wenig ich von dem

Leben hier draußen vermissen würde und wie sehr ich hoffte, dass unser Plan gelingen würde.
Nach ungefähr zwei Stunden Marsch brachten wir uns an der Verbindungsstraße in Position. Auf Otto Rücksicht nehmend hatten wir mehrere Male pausieren müssen. Als Sichtschutz diente uns eine Senke mit ein paar Bäumen und Sträuchern. Manna fuhr ihr verschlüsseltes Handy, das sie eigentlich so auch nicht besitzen durfte, und ihren Laptop hoch. Tippte wie besessen auf dem Teil herum. Otto und ich schwiegen uns an.
Nach etwa einer halben Stunde passierte uns der erste Konvoi in Richtung »unserer« *grünen Zone*. Er passierte uns, ohne seine Geschwindigkeit auch nur im Geringsten zu reduzieren.
»Warum hast du die nicht angehalten?«, fragte Otto.
Manna gab keine Antwort, tippte weiter auf ihrem Rechner herum. Otto hakte nicht nach, ich auch nicht, wissend, dass ich keine vernünftige Antwort bekommen würde. So warteten wir ab, uns gegenseitig anschweigend. Es kamen noch mehrere Konvois vorbei. Manna ließ uns schmoren.
Erst nach Stunden kam ein einzelner Lastwagen in unsere Richtung. Manna ließ sich zu einer knappen Bemerkung herab:
»Den nehmen wir!«
Jetzt dämmerte mir, warum sie vorher nicht einen der anderen Konvois angehalten hatte. Für uns würde es wesentlich einfacher sein, einen einzelnen Lastwagen ungesehen zu kapern.
Jetzt wurde sie auch ein wenig gesprächiger.
»Der Laster wird direkt vor uns halten. Wir müssen auf jeden Fall vermeiden, in das Sichtfeld der vorderen und der Rückfahrkamera zu kommen. Also immer von der Seite direkt auf den Laster zu rennen. Sobald wir ihn

erreicht haben, entriegle ich die Seitentür. Wir haben Glück. Nicht alle haben eine!«
Wie von Manna angekündigt, stoppte der Lastwagen direkt vor uns. Die Bremsung, die er hinlegte, war abrupt. Die Bremsen quietschten kläglich. Manna drückte mir das Handy in die Hand.
»Ja nicht fallen lassen. Los jetzt, wir haben wenig Zeit!«
Wir spurteten los. Setzten alles daran, die hundertfünfzig Meter im Laufschritt zu überwinden. Doch plötzlich stoppte Manna, ließ mich auf sich auflaufen.
»Scheiße! Da kommt was! Zurück!«
Sie rempelte mich ohne Warnung, warf mich fast zu Boden und rannte zurück zu der Senke, in der wir Unterschlupf gefunden hatten. Otto und ich blickten uns fragend an, stürmten ihr dann hinterher. In unserer Deckung angekommen, begann Manna wieder, ihr Laptop zu bearbeiten.
»Wieso kam da noch was? Ich habe doch extra gecheckt, ob die Straße frei ist!«
Ein Konvoi, bestehend aus drei Lastwagen, rauschte in Gegenrichtung an uns vorbei. Manna hackte weiter auf ihrem Laptop herum, gab dann aber endlich Entwarnung.
»Okay! Zweiter Versuch. Ich konnte die Pannenmeldung, die der Konvoi abgesetzt hatte, unterdrücken.«
Der Lastwagen, der uns aufnehmen sollte, stand immer noch da, wo Manna ihn hinbestellt hatte. Die Straße schien jetzt frei. Wir rannten.
Diesmal klappte es, die Seitentür klappte auf. Manna öffnete sie mit einem Return auf dem Laptop. Ich half ihr den Meter in den Laderaum des Fahrzeugs hinauf.
Otto kam als nächstes dran. Was noch vor Wochen eine der leichtesten Übungen für ihn gewesen wäre, schaffte

er jetzt nicht mehr allein. Sein lädiertes Bein erlaubte es ihm nicht, sich in den Laderaum zu schieben. Ich musste nachhelfen. Schließlich kam ich dran. Mein Bauch machte es mir auch nicht gerade leicht, aber Manna zog kräftig an meinem Rucksack. Als ich im Inneren zu liegen kam, blutete mein Knie, aber die Tür glitt lautlos wieder zu und der Lastwagen setzte sich in Bewegung.
Zuerst saßen wir völlig im Dunklen. Dann schaltete Manna eine Taschenlampe ein, und wir konnten uns umsehen. Beim Einsteigen hatten wir mehrere mit Spanngurten befestigte Holzkisten ausgemacht, die den Frachtraum ausfüllten.
Jetzt hieß es, eine der Kisten zu öffnen, hineinzusteigen und sie irgendwie wieder so zu verschließen, dass es nicht weiter auffiel. Zu den wenigen Utensilien, die wir aus unserem Hausstand mitgebracht hatten, gehörte ein Satz Werkzeug. Natürlich nicht das, was man sich in der *grünen Zone* darunter vorstellt, sondern eine Sammlung uralter Schraubenzieher, Zangen und sonstiger eher nutzlos anmutender Geräte.
Mittels Schraubenzieher und Beißzange gelang es uns, den Deckel der ersten Kiste so zu entfernen, dass wir ihn auch wieder verschließen könnten. Doch als wir den Inhalt erblickten, wurde uns schnell klar, dass das Öffnen vergebliche Liebesmüh gewesen war. Das Innere der Kiste füllte ein sicherlich mehrere hundert Kilo schwerer Elektromotor aus. Den würden wir niemals aus der Transportkiste heben können, und er ließ uns nicht mal genug Platz, um einen unserer Rucksäcke neben ihm in der Kiste unterzubringen.
Enttäuscht nagelten wir die Transportkiste wieder zu, so gut es eben ging. Noch enttäuschter waren wir, als wir die anderen Kisten öffneten. Auch in ihnen befanden

sich Elektromotoren, die keine blinden Passagiere zuließen.
Otto und ich blickten Manna im Licht der Taschenlampe fragend an.
»Es hilft alles nichts! Ich halte den Truck wieder an und wir steigen wieder aus.«
Otto fluchte. Ich innerlich auch. Der Lastwagen bremste, die Seitenluke öffnete sich langsam. Von draußen blendete uns die Sonne.
»Raus jetzt!«, befahl Manna.
Wir beide sprangen, Otto versuchte es auch. Ihm gelang es aber nur mittelprächtig, den Sprung mit seinem gesunden Bein abzufangen. Der Schmerz ließ ihn aufheulen. Fast wäre er gefallen, ich konnte ihn gerade noch stützen.
»Macht, dass ihr wegkommt!«, schnauzte uns Manna an. Otto - an meiner Schulter hängend - und ich humpelten los, was das Zeug hielt.
Diesmal hockten wir uns in minimal notwendiger Entfernung hinter einen vertrockneten dünnen Busch. Die Deckung war dürftig, aber es war nicht viel Bewuchs zur Auswahl. Manna kramte ihr Notebook hervor.
»Verdammt, jetzt macht auch noch der Akku schlapp! Ich habe nur noch siebzehn Prozent!«
Unser Unternehmen stand unter keinem guten Stern. Zumindest bis jetzt nicht. Trotzdem hackte Manna, völlig in ihr Hacken vertieft, auf ihrem Notebook herum.
Die Sonne näherte sich langsam dem Horizont. Endlich tauchte wieder ein einzelnes Fahrzeug auf und stoppte. Wir setzten uns in seine Richtung in Bewegung.
Diesmal hatten wir mehr Glück. Im Inneren konnten wir eine Rollbox aus Aluminium ausmachen, deren antiquiert wirkende Schieberiegel sich leicht öffnen ließen. In ihr waren mehrere technische Geräte in übel

riechendem Schaumstoff verpackt. Deren Sinn und Zweck blieb uns verborgen. Wir rissen sie und den Schaumstoff achtlos aus der Kiste. Manna öffnete ein weiteres Mal die Seitentür, um die Sachen bei voller Fahrt zu entsorgen. Während die Seitentür wieder zuglitt, quetschten wir uns in den Rollcontainer.
Um die zwei Riegel von innen zuzuziehen, mussten wir Manna ihrer Schnürsenkel berauben. Das Risiko, dass einem der Entladeroboter die Reste an den Bügeln auffielen, konnten wir nicht ausschalten. Aber die wären so mit der Auslieferung des Containers beschäftigt, dass sie den Senkeln keine Aufmerksamkeit widmen würden.
Nun lagen wir im Dunkel der Kiste und warteten. Warteten darauf, im Zentrallager entladen und dann an das Connect ausgeliefert zu werden. Manna hatte den Auslieferungschip in der Box mit wenigen Handgriffen durch einen der ihren ersetzt. Er würde sicherstellen, dass wir auch im Connect ankamen.
Bis zum Zentrallager lief alles wie geschmiert. Na ja, sicherlich wurden wir durchgeschüttelt, lagen in der Kiste nicht sonderlich weich gebettet und atmeten den widerlichen Gestank des Verpackungsmaterials ein. Aber wir kamen ohne jegliche Blessuren in die *grüne Zone*.
»Gleich haben wir es geschafft. Der Stapler hebt uns jetzt von der Ladefläche und in einer halben Stunde steigen wir im Connect aus diesem Gemeinschaftssarg«, raunte Manna.
Doch weit gefehlt! Der Gabelstapler hob uns zwar aus dem Lkw, dann war unsere Reise jedoch beendet.
Die Kiste hatte kaum den Boden berührt, da wurden die Riegel der Transportkiste von aufgeschoben.
»Was zum Teufel …«, entfuhr es Manna. Ich griff zur Waffe.

Doch der Deckel klappte wie von einer Sprungfeder katapultiert nach oben und wir starrten in die Läufe von drei Schnellfeuergewehren.
»Okay Leute! Gut ausgedacht, hat aber nicht funktioniert. Ihr schält euch jetzt ganz langsam aus der Kiste. Eine falsche Bewegung und wir mähen euch sofort nieder!«
Um uns herum standen ein Mann in voller Menschenjägermontur und zwei Roboterpolizisten. Manna würde mir später erzählen, dass es ich um Ali Gator handelte, dem einzigen Kollegen aus der Spezialeinheit, mit dem Otto auch privat Kontakt hatte.
Ali grinste dreckig. Ich ließ meine Pistole fallen und hob langsam die Hände.
»Raus aus der Kiste! Und macht bloß keine Faxen!«
Mühsam drückten wir uns aus der Kiste. Otto tat sich verdammt schwer und wäre beinah gestürzt. Mit den Händen auf dem Kopf mussten wir vor der Kiste Aufstellung nehmen.
»Schütze sechzehn fordert Schussfreigabe«, setzte Ali völlig ungerührt in sein Headset ab. Wir alle erwarteten nichts anders als den Todesschuss.
Doch nichts passierte. Ali schien noch auf die Freigabe zu warten, die aber nicht kam.
»Was soll das? Ich habe die Eindringlinge direkt vor meiner Flinte!«
Doch die Schussfreigabe kam nicht. Ali machte einen wütenden Eindruck, wirkte aber auch leicht verunsichert.
»Was sollen wir machen? Bitte den Befehl eindeutig bestätigen!«
Noch immer zögerte Ali, sein Gewehr nur zwei Handbreit von Ottos Kopf entfernt. Einer der Roboterpolizisten schaltete sich ein.

»Gator, reiß dich zusammen! Du hast den Befehl gehört!«
Das hatte er wahrscheinlich. Er ignorierte ihn aber.
»Du mieses Verräterschwein!«
Die Verachtung für den Verrat, den Otto an der *grünen Zone* begangen hatte, saß wohl so tief, dass er abdrückte. Die Kugel traf Otto direkt zwischen die Augen. Er sank ohne einen Mucks in sich zusammen.
Manna und ich standen zitternd daneben. Was ich in diesem Moment dachte und fühlte? Nur blankes Entsetzen. Und das setzte mich schlagartig auf leer. Die Todesangst im Anblick der eigenen Auslöschung. Ich war nicht einmal fähig, zu schreien oder zu protestieren. Ich erwartete das gleiche Schicksal, das Otto eben ereilt hatte.
Doch jetzt erstarrte auch Ali, fror so, wie er eben abgedrückt hatte, ein. Noch hielt er sein Gewehr, aber die Beine versagten ihm den Dienst. Er kam vor dem toten Otto zum Liegen. Ich verstand gar nichts mehr. Bis einer der Roboterpolizisten uns endlich eine Erklärung auftischte, die wir in unserer Agonie als letztes erwartet hatten.
»Schütze Gator hat einen unmissverständlichen Befehl missachtet. Die *Instanz* hat ihn sofort ausgeschaltet. Wir werden Frau Waana in Anbetracht ihres Zustands in ein Krankenhaus bringen, Frau Manna ist verhaftet und kommt auf das Kommissariat. Wir haben zwar keinen Schießbefehl, werden aber nicht zögern, von der Waffe Gebrauch zu machen, solltet ihr euch unseren Befehlen widersetzen.«
Was redete der da? Noch war ich so betäubt, dass es mich nicht wirklich interessierte. Ich war komplett widerstands- und handlungsunfähig.

Ein Streifenwagen kam neben uns zum Stehen. Die Roboterpolizisten befahlen uns, uns umzudrehen, die Hände aufs Dach zu legen und tasteten uns ab. Dann banden sie uns mit Kabelbindern die Arme auf den Rücken, stülpten uns Kapuzen über und schoben uns auf die Rückbank des Autos.

»Was werden die mit uns machen?«, fragte ich Manna.

Eine Antwort bekam ich nicht.

»Schnauze! Ansonsten werden wir nicht vor drastischen Maßnahmen zurückschrecken, um den Informationsaustausch zu unterbinden.«

Nach etwa einer Viertelstunde Fahrt zogen sie mich aus dem Streifenwagen. Einer der Roboterpolizisten brachte mich in ein Gebäude, in dem es sehr steril roch. Sehen konnte ich nichts.

Als er mir dann die Kapuze vom Kopf zog, befand ich mich in einem Raum mit einer Duschkabine. Auf einem Hocker lagen ein Umhang und ein Schlüpfer.

»Du hast eine Viertelstunde zum Duschen«, sagte der Roboter und verließ den Raum.

Zugang zu Körperpflege in dieser Form hatte ich nie gehabt. Vater und ich wuschen uns, wenn uns danach war, im Bach unweit der Hütte.

Mehrere blütenweiße Handtücher und einige Fläschchen mit verschiedenen Seifen waren auf einem Schemel neben der Dusche aufgereiht. Auf einer Ablage neben dem Waschbecken lagen Kämme und Bürsten und zu allem Überfluss hatte man noch zwei Fläschchen mit edlen Düften daneben platziert.

Der Blick in den Spiegel ließ mich erschrecken. Meine Haare waren völlig zerzaust und verfilzt, im Gesicht hatte ich mehrere Kratzer und Platzwunden. Ich sah aus, als hätte ich mich im Dreck gewälzt.

Sofort machte ich mich daran, das zu ändern. Um den Wasserstrahl der Dusche zum Laufen zu kriegen, musste ich einige Versuche unternehmen. Schließlich strömte kristallklares Wasser aus dem Duschkopf über meinen geschundenen Körper. Es fühlte sich so gut an. Ich ließ es sich minutenlang über mich ergießen. Dass man auch warm duschen konnte, bemerkte ich nur durch Zufall. Als ich mich in meinem Rausch der Sauberkeit unter dem reinigenden Strahl der Dusche umdrehte, berührte ich nichts ahnend den Einhebelmischer. Dass man ihn, um die Temperatur des Wassers anzupassen, auch nach rechts und links drehen konnte, hatte ich weder geahnt noch gewusst.
Ich habe mich mein Leben lang kalt geduscht. Warmes Wasser kannte ich nur aus einer Plastikschüssel, sogar in der Zeit in Ottos Appartement war ich nie hinter das Geheimnis gekommen, das Sanitärarmaturen in sich bergen. Wie ergötzend es sein kann, wenn Wasser warm ist, erfuhr ich in diesem Moment. Leider nicht, ohne mich ordentlich zu verbrühen.
Als ein Pflegeroboter von außen an die Tür klopfte und mich daran erinnerte, dass die Duschzeit um sei, sträubte sich alles in mir, die wohlige Wärme und Reinheit der Duschkabine zu verlassen. Doch ich wusste, dass ich zu gehorchen hatte. Wenige Minuten später verließ ich den Hort der Reinlichkeit gewaschen, gekämmt und mit den Düften aus den Fläschchen bestäubt. Von draußen drängte mich der Pflegeroboter zur Eile.
Er brachte mich zu einem fensterlosen quadratischen Raum von etwa drei auf drei Metern. Das Bett einladend weiß, der Nachttisch eher spartanisch, ansonsten stand nur ein Stuhl im Raum. Der Geruch nach

Desinfektionsmittel wurde noch strenger. Neben der Tür war eine Gegensprechanlage montiert.
»Wenn du Hilfe brauchst oder aufs Klo musst, dann den grauen Knopf drücken«, ließ mich mein Bewacher wissen und verschwand. Er zog die Tür zu, ich hatte nicht den Eindruck, dass er sie verriegelte.
Auf dem Nachttisch fand ich eine Dose mit süßer Brause und eine kleine Packung Kekse. Ich warf mich auf das makellose Lager, begann an dem Softdrink zu nuckeln. Die Kekse waren mit viel Butter gebacken und zerfielen mürbe auf der Zunge. Ich stopfte sie gierig in mich hinein. Während ich die leere Dose auf dem Nachttisch abstellte, war ich schon fast eingeschlafen. Die Krümel auf dem Laken piekten, aber das störte mich nicht. Es war eher eine Bewusstlosigkeit als Schlaf, in die ich fiel.
Als der Pflegeroboter mich weckte, hatte ich jegliches Zeitgefühl verloren. Er musste mich wachrütteln.
»Waana, steh bitte auf. Ich nehme dich jetzt mit zur medizinischen Untersuchung. Zieh dir bitte den Kittel über und komm raus. Trödle nicht, Frau Doktor wartet auf dich.«
Der Pflegeroboter ging diskret aus dem Zimmer. Ich schlüpfte unter der Bettdecke hervor, zog mir Schlüpfer und Patientenkittel über und verließ mein Krankenzimmer. Oder war es meine Zelle?
Unterwegs traute ich meinen Augen nicht. Die Korridore, die mich mein maschineller Begleiter hinab begleitete, waren mit Teppich ausgelegt. An den Wänden hingen Bilder idyllischer Landschaften und wohlgeformter Körper. Leise Musik kam aus unsichtbaren Lautsprechern. Auf dem flauschigen Teppich folgte ich brav meinem Pfleger. Vor einer Tür in Schweinchenrosa stoppte er und drehte sich zu mir um.

»Frau Doktor Bert wird dich jetzt gleich untersuchen. Sie wartet schon. Und glaube mir, sie tut das nicht gerne.«
Strammen Schrittes stürmte der Pflegeroboter los, bis er vor einer weiteren Tür, diesmal in Smaragdgrün jäh stoppte. Ohne offensichtliches Zutun öffnete sich diese. Mich musste der Roboter mit sanfter Gewalt hineinschieben.
Frau Doktor begrüßte mich mit der mürrischen Aufforderung, mich zu setzen. Was ich dann tat. Sie fragte mich, wie alt ich sei und seit wann meine Regel ausbliebe. Die erste Frage konnte ich ihr nur ungefähr beantworten. Meinen Geburtstag hatte Vater mir nicht genau sagen können. So musste ich der Ärztin eröffnen, dass ich wahrscheinlich Anfang zwanzig sei. Sie nahm das mit der Verachtung eines gut situierten Menschen auf, der für die chaotischen Verhältnisse einer Frau von da draußen nicht das geringste Verständnis hat. Dann warf sie einen stechenden Blick auf meinen Bauch.
»Es dürfte bald so weit sein. Achter Monat?«
Auch das wusste ich nicht so genau. Ich gab ihr einfach recht, was hätte ich sonst sagen sollen. Im Durcheinander der letzten Wochen hatte ich jeglichen Überblick über meine Schwangerschaft verloren. Nur mein wachsender Bauch erinnerte mich daran, dass ich ein Kind erwartete.
Frau Doktor Bert wies mich an, mich auf der Behandlungsliege niederzulassen und mich freizumachen. Was in Anbetracht von Schlüpfer und Patientenkittel nicht weiter schwer war.
Frau Doktor nahm mir Blut ab und wies mich an, nach der Untersuchung Urin abzugeben. Sie verteilte kaltes Gel auf meinem Bauch und fuhr mit einem seltsamen Gerät darüber. Der Aufforderung meine Beine zu spreizen, kam ich zuerst nicht nach. Sie bereitete mir

ziemliches Unbehagen. Mein fragender Blick rang der Ärztin dann doch eine Erklärung ab. Verstehend was sie von mir wollte, machte ich dann, was sie von mir verlangte. Wohl war mir dabei gar nicht, wie sie in meiner Möse herumfuhrwerkte. Mich zu verweigern wagte ich nicht, denn ich hegte keinen Zweifel daran, dass man meinen Widerstand brechen würde, sollte ich auch nur auf den Gedanken kommen. Schließlich wies mich Frau Doktor an, mich anzuziehen.

»Du wirst eine Tochter bekommen. Sie sieht gesund aus, ich erwarte keine Komplikationen. Ich rechne mit einer Niederkunft in etwa zehn Tagen. Bis dahin habe ich genug Zeit, alles vorzubereiten. Ich möchte dir die Wahrheit nicht verheimlichen: Wir haben hier verdammt selten Geburten, eigentlich nie. Ich brauche dann noch Urin von dir.«

Frau Doktor hielt mir einen verkappten Becher hin und damit war ich entlassen. Vor der Tür des Behandlungsraums erwartete mich der Pflegeroboter. Aber er brachte mich nicht zurück in die Zelle. Stattdessen führte er mich in ein Zimmer mit allen Annehmlichkeiten: ein eigenes Bad, Fernseher, ein unvergittertes Fenster mit Blick auf den Park samt Teichen. Ich staunte nicht schlecht.

~

Da saß ich nun in meinem goldenen Käfig, bekam drei Mahlzeiten am Tag, konnte mich warm duschen und wurde einmal täglich von Frau Doktor besucht.

Wie es mir ging? Vater, Otto tot und Manna vermutlich auch. Ich hatte mit dem gleichen unabänderlichen Schicksal gerechnet. Der Versuch, etwas zu ändern, war auf ganzer Linie gescheitert, mit Hunderten von Toten.

Doch in wenigen Tagen würde ich Mutter einer gesunden Tochter werden. Ich genoss die Annehmlichkeiten, war aber innerlich völlig leer. Fragen nach meiner Zukunft beantwortete niemand. Man werde es mich schon wissen lassen, wenn der richtige Zeitpunkt dafür gekommen sei.

~

Meine Niederkunft rückte immer näher. Bisweilen spürte ich Wehen, die diese ankündigten.
Ich sah mir irgendeine Seifenoper im Fernsehen an, als es an der Tür klopfte. Als sie sich dann öffnete, war ich komplett platt. Plötzlich stand Manna im Raum.
»Manna, ich war mir sicher, dass du tot bist!«
Manna schnaubte höhnisch und setzte sich, ohne auch nur einen Moment zu zögern, auf den Stuhl neben meinem Bett.
»Wäre ich auch fast gewesen, aber nur fast! Waana, wie geht es dir?«
Ich hielt nicht damit hinter dem Berg, dass es mir gut ging. Dass es mir an nichts fehlte und dass ich in spätestens drei Tagen niederkommen würde. Ich verstünde nicht, warum man mich nicht eliminiert hatte, so wie es einst Ottos Befehl gewesen war. Für dessen Verweigerung er mit dem Leben bezahlt hatte.
»Ich habe es auch nicht verstanden, warum sie mich nicht an Ort und Stelle erschossen haben«, erklärte Manna mir. »Ich ging davon aus, dass sie mich noch verhören und dann eliminieren würden. Doch da irrte ich mich gewaltig.«
»Wieso?«, fragte ich ungläubig.
Wieder schnaubte Manna vernehmlich.

»Ja, wieso? Die *Instanz* stellte mich vor die Wahl. Ich könne kooperieren oder sie würde mich gnadenlos der Strafe zuführen, die ich verdiene.«
»Und du hast dich entschlossen zu kooperieren?«
»Ich habe es für uns getan.«
»Wie bitte? Für mich auch?«
»Für dich, mich und - vergiss das nicht - unser Kind!«
Ich wollte sie fragen, wie sie darauf kam, von unserem Kind zu sprechen, verschob es aber auf später. Zu begierig war ich, zu erfahren, was uns noch am Leben hielt.
»Du hast kooperiert? Du, die immer die Radikalste von uns allen war? Du, die du nicht müde wurdest zu betonen, dass du den Tod nicht fürchtest?«
»Ich habe so einiges gelernt, in den letzten Tagen.«
»Ach ja?«
»Der Verrat kam nicht von der *Instanz*. Ganz und gar nicht. Nachdem wir uns geeinigt hatten, plante die *Instanz* allen Ernstes, die Aufteilung des Planeten in *grüne Zonen* und das Draußen aufzuheben.«
»Warum hat sie es dann nicht gemacht?«
»Zuerst waren die Bewohner der *grünen Zone* durchaus damit einverstanden, die Grenze niederzureißen. So lange, bis ihnen die *Instanz* verklickerte, was das für sie hieße.«
»Wieso, was würde das für die heißen?«
»Es ist ein simples Mengenproblem. All die schönen Errungenschaften hier, die gibt es nicht umsonst. Die kosten diesen Planeten täglich Unmengen an Ressourcen. Für die *Instanz* und die *grüne Zone* reicht es. Aber niemals für das Heer der Hoffnungslosen da draußen. Obwohl die *Instanz* alles daransetzt, die Methoden der Wohlstandsgewinnung so zu verfeinern, dass es für alle reicht. Als sie den Vertretern der

biologischen Bürger der Zone klarmachte, was es für sie bedeuten würde, ihre Ressourcen mit »denen da draußen« zu teilen, schlug die Stimmung schlagartig um. Insbesondere die Tatsache, dass dann kein Leben ohne Sterben mehr garantiert werden könne, brachte meine lieben Mitbürger auf die Barrikaden.«

»Ich bitte dich, da hat die *Instanz* dir einen schönen Bären aufgebunden.«

»Nein, das glaube ich nicht. Sicher, man kann alles fälschen, Bildaufnahmen sind kein Beweis der Wahrheit mehr. Aber die Videos, die man mir von der Friedenskonferenz zeigte, nachdem wir weg waren, haben mich überzeugt. Nicht die *Instanz* hat uns verraten, es waren unsere lieben Mitbürger. Glaub mir, es ging hoch her. Bei Gelegenheit kannst du dir die Aufnahmen anschauen. Denen hier drinnen ist es reichlich egal, wie die sogenannten Untermenschen da draußen vor sich hin vegetieren, wie das Elend da draußen wütet. Notfalls schieben sie es immer auf die *Instanz*.«

Manna hielt kurz inne, um dann noch nachzulegen.

»Du denkst sicher, dass die *Instanz* Ottos Hinrichtung angeordnet hat. Da irrst du dich. Die beiden Roboterpolizisten haben die Wahrheit gesagt. Ali hat ihn in seinem Jagdfieber über den Haufen geschossen, obwohl er nicht die Freigabe dazu hatte. Die *Instanz* hat Ali daraufhin abgeschaltet.«

So richtig überzeugt war ich nicht. Der einzige Grund, warum ich ihr ein wenig Glauben schenkte, war die Tatsache, dass sie noch am Leben war.

»Und wieso bist du dann noch hier und lebendig?«

»Ich habe kooperiert. Ich habe ihnen alles erzählt, was ich über unseren Aufstand wusste. Ich musste versprechen, mich in Zukunft jeglicher subversiver Betätigung zu enthalten.«

»Und das haben sie dir so einfach geglaubt?«

»Nein. Ich werde jetzt permanent überwacht. Den Chip, den ich in mir trage, kann ich nicht mehr ausschalten, egal wo ich mich befinde. Du fragst dich sicher, was die von uns wollen. Die Antwort ist einfach: Die brauchen Menschen wie uns, für die die Geschenke der *grünen Zone* keine Selbstverständlichkeit sind. Die *Instanz* sieht uns als Multiplikator eines letzten Restes an Menschlichkeit.«

Wir schwiegen uns eine Weile lang an, ich musste das Gesagte sacken lassen.

»Aber kommen wir zu dir.«

»Zu mir?«, fragte ich überrascht.

»Auch du hast eine Zukunft. Wenn du möchtest. Auch du bekommst den Chip, den alle hier in sich tragen. Auch du wirst ihn nicht ausschalten können. Was heißt, dass die *Instanz* dich immer auf dem Radar hat. Dafür aber wirst du Bürgerin der *grünen Zone* und kannst dein Kind hier großziehen.«

Die Möglichkeit hatte ich nicht im Entferntesten in Betracht gezogen.

»Warum macht die *Instanz* das, verdammt noch mal? Noch vor Tagen war ich einer der größten Staatsfeinde?«

Eine Antwort, die diesen Namen auch verdient hätte, blieb mir Manna schuldig.

»Du stellst zu viele Fragen. Für eine Zukunft für dich, gibt es nur einen Weg: Bedingungslose Kooperation und Unterordnung.«

Nicht, dass ich das nicht schon kapiert gehabt hätte. Weswegen ich nicht weiter nachhakte. Manna dagegen schon.

»Weißt du denn schon, was es wird?«
»Eine Tochter.«
»Du kannst deine Tochter bekommen und wir werden sie gemeinsam großziehen. Ich habe schon ein neues, größeres Appartement angeboten bekommen«, sagte Manna euphorisch.
So ganz teilte ich ihre Euphorie nicht. Wie oft in den letzten Tagen überrollten mich die Ereignisse förmlich. Manna stand unvermittelt auf, verabschiedete sich und versprach, mich so bald wie möglich wieder zu besuchen.
Ein weiteres Mal überrascht wurde ich durch ein besonderes Angebot eines der Pflegeroboter. Man hätte Ottos Chip aus seinem Kopf entfernt. Wenn ich wolle, dann könne ich mir seine Erinnerungen ansehen.
Entrüstet lehnte ich ab. Ein solches Eindringen in die privatesten Gedanken und Gefühle eines Menschen erschien mir als vollkommen unangemessen.
»Wir haben den Chip sowieso ausgelesen«, antwortete mir der Pflegeroboter. »Ottos Gedanken und Gefühle werden kein Geheimnis bleiben. Du kannst es dir ja nochmal überlegen.«

~

Kinder kriegen ist kein Kinderspiel. Drei Tage später setzen die Wehen so stark ein, dass es keinen Zweifel mehr daran gab, dass ich in den nächsten Stunden niederkommen würde. Der Pflegeroboter schob mich in einem Rollstuhl in einen Operationssaal, in den ein provisorischer Gebärstuhl gebracht worden war. Es sah so aus, als hätte man ihn nur für mich zusammengezimmert.

Frau Doktor und ein weiterer Pflegeroboter waren während der Geburt anwesend. Ich habe viel Schmerz im meinem Leben erdulden müssen und die Pein der Schusswunden nicht vergessen. Die Schmerzen der Übergangs- und Presswehen werden mir jedoch bis an das Ende meiner Tage unauslöschlich in Erinnerung bleiben.
Frau Doktor Bert spielte allenfalls eine Nebenrolle. Sie hatte offensichtlich nicht die geringste Erfahrung, was Geburten betraf. Die beiden Pflegeroboter taten jedoch alles, um mir die Geburt zu erleichtern. Trotzdem schwitzte ich unter der Anstrengung aus allen Poren und jaulte wie ein waidwundes Tier.
Nach etwa drei Stunden war alles vorbei. Ich lag in meinem Krankenzimmer der ersten Klasse, gebettet auf blendend weißen Laken und hielt meine Tochter im Arm. Das Kind des Henkers, dem ich mein Leben verdankte.
Obwohl objektiv gesehen kaum ein Grund dafür bestand, war ich glücklich. So glücklich wie niemals in meine Leben zuvor. Dieses winzige Wesen in meinem Arm erfüllte mich mit so viel Energie und Hoffnung, wie ich sie niemals in all den Jahren gespürt hatte. Die Fragezeichen, die über meiner Zukunft standen, berührten mich in keiner Weise. Ich lag nur da und sah mich an dem Kind satt, das von heute an meine Tochter sein würde. Ich konnte es kaum fassen, wie sie sich zum ersten Mal an meiner Brust nährte.
Da ich dieses kleine Wesen liebte, muss ich wohl auch Otto irgendwie geliebt haben. Der mich dann rettete, um in Zerknirschung zu vergehen. Wir Menschen sind schon komische Wesen. Wie schnell werfen wir in unserer Gier nach dem Glück alles über den Haufen, was

uns eben noch hoch und heilig war. Mir blieb auch keine Zeit, Gedanken über richtig und falsch nachzuhängen.
Denn erschreckend fix stand Manna mit einem riesigen Blumenstrauß in meinem Zimmer. Fast riss sie mir mein Kind aus dem Arm und wiegte es gedankenverloren, als wäre es ihr eigenes.
»Sie sieht Otto verdammt ähnlich.«
Mir war die vermeintliche Ähnlichkeit völlig entgangen.
»Wie soll sie denn heißen?«
Ich setzte alles daran, die Frage schnell zu kontern, obwohl ich mir noch keinen Gedanken darüber gemacht hatte. Doch wenn ich Manna den Raum lassen würde, ihre eigenen Vorstellungen kundzutun, dann müsste ich gegen ihre Sturheit argumentieren. Und ich würde Manna trotz allem brauchen. Ein Geistesblitz rettete mich.
»Ich werde sie Esperanza, Hoffnung, nennen. Denn die Hoffnung stirbt nie.«

Dank:

Wie schon viele Male zuvor danke ich dem unverwüstlichen EO für inspirierende Tage auf seinem seit Jahren im Werden begriffenen Schlösschen auf Kreta. Jana Grüger hat sich mit großer Liebe zum Detail meinem Werk angenommen und ihm den letzten Schliff verliehen, den eine ordentliche Dystopie braucht. Auch ihr gilt mein besonderer Dank.

Printed in Poland
by Amazon Fulfillment
Poland Sp. z o.o., Wrocław

55538614R00164